Саша Соколов

Школа для дураков

зел, исполнившись

глив на него взор,

всякого коварства

сын диавола, враг

нешь ли ты совра-

ей Господних?

ия Святых Апостолов, 13, 9-10

Но Савл, он же и
Духа Святаго и ус
сказал: о, исполненны
и всякого злодейств
всякой правды! перест
щать с прямых п

Де

бежать, обидеть,
и вертеть,
ненавидеть,
и терпеть.

лаголов русского языка,
щих известное исключение
; ритмически организована
тва запоминания.

Гнать, держа
слышать, виде
и дышать,
и зависеть

Группа
составл
из прав
для удо

…от же облик!

…гар По. Вильям Вильсон

То же имя!

Саша Соколов

Школа для дураков

Оглавление

目錄

超脱時空的愚人神話
推薦序

蘇淑燕
淡江大學俄文系副教授兼系主任

筆耕不輟的宋老師又有新的翻譯作品面世，這次是薩沙・索科洛夫（Саша Соколов）小說《愚人學校》（Школа для дураков）。索科洛夫既是俄國現代主義最後一批作家，也是後現代主義的開創者，《愚人學校》被盧德紐夫（В.П.Руднёв, 1958-）稱作現代主義最難懂的作品之一。這部小說充滿許多文字遊戲、超文本、互文、聲音疊句、戲擬、不加標點符號的長句……，這些文字遊戲幾乎不可譯，對譯者來說是巨大艱難挑戰。小說還反映了蘇聯時期各種社會亂象（包括逮捕、無神論、鎮壓、對人性的撕裂……）、基督教傳說、神話、童話等等，如果知識不夠淵博，不容易看穿作者的隱喻。宋老師挑戰這麼困難的作家，如此難懂的文本，僅只用了一年兩、三個月的時間便將它譯完，真是令人佩服。

宋老師找我幫他寫推薦序，著實令我心虛又惶恐，我對這個作家相當陌生，他不是普希金、不是萊蒙托夫，不是我所熟悉的寫實主義……。但是宋老師相信我，我只能接下這個任務。我在家裡翻箱倒櫃，努力翻書，希望可以如同《天龍八部》裡的虛竹，短時間被灌入一甲子功力，馬上變成索科洛夫通。這一翻才發現，有關索科洛夫的資訊少得可憐，通常只有少少幾頁、寥寥數語，還眾說紛紜，有人將他歸於現代主義、有人歸為後現代主義。讀他的文本，根本就像瞎子摸象，解讀各不相同。

我開始閱讀《愚人學校》。當我讀到一大段(有時是好幾段、好幾頁)沒有標點符號的句子時，我內心吶喊：「這是什麼鬼啊！是在考驗讀者的耐心嗎？是宋老師忘了標，還是索科洛夫忘了標？」我努力地辨識一大段、一大段沒有標點符號的冗長句子，想著哪裡該斷句、哪裡該停頓，不停地叫苦不迭。這時方才了解標點符號的重要性，內心不斷地感謝發明標點符號的人，給了他滿滿祝福，希望他子孫滿堂……。我也對翻譯此書的宋老師，投注了深深的同情，難怪他要擲筆於地，掩面常嘆，離開工作崗位一、兩個月。

待我讀到第二章〈此時此刻〉，我的疑問更多了。在小說裡插入了敘事風格迥然不同的十二則小故事，作者意欲為何？這些小故事彼此間沒有聯繫（只有第一個故事與最後一個故事兩者相關，主角相同），與前後章節也完全無關，不論是主角或是故事內容，都無涉於主要情節。「這是作者的無心之失，不小心把其他故事編進來？還是有意為之？」不只第二章，睡蓮的隱喻、羅馬軍團戰士、李奧納多．達文西……，甚至故事的結尾也讓人費解。我帶著滿腹疑問讀完了整本小說，沒找到任何答案。

於是我開始閱讀第二遍。這時，原先籠罩的濃霧出現了缺口，開始可以看見若干作者的布局，敘述的轉折、章節脈絡，彷彿慢慢有跡可尋……。我拿著紙筆，一一寫下自己看到、感覺到的片段，試圖理解作者的思緒、創作意圖和軌跡。雖然看懂了一些，卻有更多看不懂之處。於是，我讀了第三遍。慢慢地，之前折磨我，冗長到不行的句子，開始對我微笑、向我招手。文字進入我的腦子，變成芬芳的花朵，我聞到了睡蓮的甜蜜，感受到湖水的清澈，看見了拉開喉嚨大喊大叫的愚人，聽到他拉的手風琴，和另一個他的對話和爭辯……。

閱讀文學作品必須反覆仔細咀嚼，方能得出箇中滋味，尤其像《愚人學校》

這種充滿文字遊戲的小說，在看似脫序、隨興的敘述中，每個地方都是作者精心布局、逐字推敲、深思熟慮的結果。每看完一遍，我可能解決了若干疑問，卻產生新的問題，直至今日仍有許多地方無法完全理解，甚至沒把握自己的理解正確無誤。如果我都有諸多疑問，其他讀者又會如何？我可以想像一般讀者看到這本小說，會如何地驚慌失措，被這些文字遊戲嚇得不知如何是好；或是皺著眉頭，不知如何讀下去；興許怒氣沖沖，興許失去耐心，打算合上小說……。於是，我寫下自己對此書的理解，希望可以幫助一些人，克服初期閱讀的痛苦。不然，很可能就會喪失機會，進入不了索科洛夫那失序、錯亂，但卻充滿詩意的愚人世界！

姑且，就當作是瞎子過河吧！

《愚人學校》是以一位沒有名字的愚人視野所寫，他是故事敘述者、男主角，由他引導故事進行，因此所有的敘述結構、敘事時間和空間都屈服於他的視野和精神狀態。故事男主角是個熱愛自然的精神分裂者（思覺失調症患者），故事中他不斷與另一個「我」對話，也和其他人對話（這些對話大都出自主角的幻想），或想像中不同人物之間的對話，由此構成不斷的爭辯、搶話、視野和空間移動。小說正文前第三段，引自愛倫坡的引言，就指出了這個故事的精神分裂主題：「**同樣的名字！同樣的長相！**」但是，與其他俄國寫實主義文學中的精神分裂主題不同，《愚人學校》裡這兩個「我」，幾乎是不可分割的整體，讀者無法判斷哪個為主，哪個為輔，哪個是正，哪個是負，聽不出兩人的聲音差別。而在俄國的經典文學作品中，這兩個「我」的區分是非常明顯的。譬如，杜斯妥也夫斯基《卡拉馬助夫兄弟們》的老二伊凡精神分裂時，另一個「我」是他心中的魔鬼，說出伊凡自我壓抑下的真正邪惡思想(殺死父親的念頭)，一個為正，另一個為負，他們的聲音截然不同。《地下室手記》也是如此，當主角做出奇怪舉動時(譬如，對妓女說出侮辱性的話語)，就是另一個「我」出現的時候。

然而《愚人學校》這兩個「我」沒有絕對性的不同，他們同時並存，不分時段、不分地點、不分優劣，聲音和行為舉止都相同，無法加以區別。於是對話中往往在「我」和「你」之間的爭論後，再補上「我們」、「你們」，用複數來表現這兩人的不可分辨、兩人的一體性。為了強化此特色，作者甚至故意不加引號，來區隔兩人之間的說話內容，讓兩人對話銜接得更加無形，讓讀者更難去辨識，這是哪一個「我」所說的話。

小說很明顯地，並不把主角的精神分裂視為疾病，不想治療、無須痊癒。相反的，每當主角想要驅離另一個「我」，獨霸話語權，自行編故事，或是情緒激動，任由腦中的思想、潛意識或是編故事能力氾濫時，作者就會使用不加標點符號（或是弱化標點符號）的冗長句子，讓讀者告饒投降，求作者返回對話的狀況。不加標點符號的冗長句和冗長段落，讓讀者深刻體會，一個混亂的頭腦可以多麼狂亂、多麼沒有頭緒、多麼天馬行空，思想的跳躍和聯想可以多麼自在，多麼變化多端，毫無規則可循。（所以，你投降了嗎？我親愛的讀者）。這些冗長句和冗長段落還表現了主角內心恐懼的陰影，傳達緊張情緒，或是睡夢中、意識不太清楚時的語句。包括，隱喻心愛的維塔老師的混亂性關係（小說不斷暗示維塔老師和車站賣淫女的關係，幻想她與不同人在城市不同旅館間過夜）、母親與音樂老師通姦、某某鐵路主管的夜間問話……，小說都是透過不加標點符號的冗長句子來呈現，表達主角在回憶時的緊張和混亂。

索科洛夫非但不認為精神分裂需要治療，甚至相信，這樣的疾病對主角是正面、超脫現實的方法。小說第一章〈睡蓮〉，提到了主角精神分裂的開始：那天他乘坐小舟，在一條河上蕩漾，下船之後，卻看不見自己的足跡：「**我**

處於一種消失的階段，……我部分消失了，變成河邊一株白色的百合」。這種部分的消失、形式的轉換，指的就是另一個我的出現。從此之後，男主角甚至用睡蓮來稱呼自己。「……**原來我已化身為它（百合，羅馬人稱作白睡蓮），從今而後我不屬於自己，不屬於學校，不屬於裴利洛校長您個人——不屬於世上任何人。從今而後我屬於別墅區的勒忒河，那條按自身意志逆流而上的河流。**」

精神分裂後的主角，擁有了超脫現實世界的能力，領略自然美景的能力，可以聽見隨風擺動的青草所發出的音樂，聽到城市各種細微的聲響：「**本棟及旁邊各棟樓房的其他各間公寓裡，有印刷機與縫紉機的敲擊聲，有裝訂雜誌翻頁的聲音，有修補襪子的聲音**」。他可以因為秋天樹林的美景，而感動落淚；可以在祖母墳前，看見天使飛翔。這種對美的領略力、對細微聲音的辨識力，讓他成為詩人、音樂家，也成為「本書的作者」——想像和聯想力自由無邊的創作人。小說第二章裡面十二個互不連貫的小故事，就是「本書的作者」在陽台上練習寫作之舉。他坐在陽台，練習著以第一人稱、第三人稱，男性或女性觀點等不同方式創作，這些人可能是他城裡或別墅裡的鄰居、車站遇到之人、別墅區居民、客人等等；或是他變換不同的自己，譬如：玻璃匠、夜間守衛、挖土機司機，這些既是十二則小故事裡人物職業，也是他自己的；有些則是他經歷過的事件，譬如：補習教師（只是他遇到的是數學老師，小故事裡則是物理教師，但是補習教師的荒唐和墮落如出一轍）。檢察官是他的父親，檢察官同事這個人物在小說中和十二則小故事都有出現；而〈博士論文〉裡的副教授應該就是阿卡托夫院士，主角將他認識維塔母親時的故事加以變形……。宋老師在他自己〈關於愚人學校〉的文章裡，對這個章節也有一些有趣的分析，這裡不再贅敘。

由於主角身兼作者和故事敘述者，於是所有的敘述軸線全由愚人的思想變化所決定，聯想、意識的流動在這裡佔據了主要地位，其他東西全部讓位於它，服膺於它。（意識流的書寫特色在〈關於愚人學校〉一文中已經有了精采分析，在這裡，我只強調名稱變化的部分）。在主角混亂頭腦和自由不羈的聯想裡，名稱脫離了舊有範圍，產生不斷的變化和變形：ветка 既是鐵路支線（ветка железной дороги）、金合歡樹枝（ветка акации）、車站上的妓女維特卡（Ветка），也可以變成主角單戀的對象維塔老師（Вета）、希臘字母 β（Бета，但在主角的口中變成了 Вета，維塔老師的名字）、白柳（ветла）和風（ветер）；車票（билеты）則變成勒忒河（Лета, нет Леты）；荷蘭動物學家和鳥類學家丁伯根（Тинберген）的名字，變成童話故事中的公貓和母貓，然後成了女巫，最後聯想成他的鄰居特拉荷琴柏格（Трахтенберг）太太，也就是愚人學校裡的教務主任。這些聯想和文字遊戲，有些不可譯，勉強翻譯了，得不到效果，造成宋老師在翻譯時，吃盡苦頭，為如何找到最佳的翻譯效果，絞盡腦汁。

變化的、不固定的名稱，源自主角混亂聯想，還因為主角的失憶症，讓他記不住或記不清楚人或物的名稱，造成小說中的人／物要不沒有名稱，要不就是不固定（多重性名稱）。譬如，主角、他的父母、警報部部長、鄰居助理檢察官、鐵道巡查工、釣魚之人，還有許許多多配角，全都沒有名字；而鐵路、車站、水塘也全都不知其名。有名字的郵差，一下子是米赫耶夫（Михеев），一下子是米德維傑夫（Медведев）或是「風之使者」（Насылающий Ветер）；主角所尊敬的地理老師，他的名字有時是帕維爾（Павел），有時變成薩維爾（Савл）；他的鄰居是退休的猶太老女人，但又是可怕的、喜歡密告的教務主任，在主角的幻想裡，還變成了女巫，掛在窗戶上，偷聽地理老師的上課，並且加以密告。

某些人事物是否存在，抑或只是存在他的幻想中，主角自己也搞不清楚（讀者更是一頭霧水）。風之使者只是傳說，沒人見過；與阿卡托夫的對話根本沒有發生過，主角只有在幻想中去過阿卡托夫的別墅；地理老師喜歡的「風中玫瑰」，體弱多病的女同學，愚人學校裡最出色的女低音，或許根本沒有存在過，兩人之間的愛情（偷情）或許都是主角幻想出來個情節？證據在於，故事寫到她在地理老師死後不久也跟著過世，為了與同學合買花圈送她，主角跟母親要錢，母親追問女孩是否真的死了？主角卻回答：「**不曉得，……關於這女孩我一無所知**」。甚至連主角暗戀的對象，堅決想要娶的女老師維塔，也許亦是幻想中人物，真實生活中根本不存在。小說從來沒正面描寫過維塔的外表，她的年齡一變再變，一下是女孩，一下子變成三十幾歲（學校老師），之後又變成四十歲（和主角結婚）。每次提到她的外在，敘述者都顧左右而言他。譬如：要求敘述她站在講桌上講課的樣子，主角寫的卻是後面擺的骨骼。如果她真是愚人學校的老師，那主角認真聽的課，應該不會只有地理課。維塔其實是穿泳衣的女孩，那個沉睡在沙灘上的女孩，帶著狗在不同時間、不同地點出現的女孩，那個穿著泳衣想去游泳的女孩；她也是站在愚人學校門口的白堊雕像，手上輕輕撫摸著狗（也或許是鹿？主角自己也記不清）。

所有的一切在有病的男主角腦中，全都亂成一團，現實與想像失去了邊界，互相滲透、互相交融。真實或虛假，真人還是雕像，死了或活著，女孩還是女人，全都是一場混亂，全都沒有確切答案，需要讀者自行去推測、思索和判斷。（你呢？親愛的讀者，你看到了什麼？）

然而，互相交融的不只是現實與幻想，神話與人生，還有時間。精神分裂後的愚人擁有了精神上的自由，利用豐沛想像力來戰勝肉體、現實生活的各種壓迫。父親賣掉別墅的痛苦、愚人學校的高壓統治、裴利洛校長屈辱的拖鞋制度、骯髒的學校廁所、寫不完的作業……，所有一切現實生活中的污穢或痛苦，都無法對他產生深刻影響，因為他擁有選擇性記憶，記住喜歡的事情，忘記討厭之事。對他來說，時間並不是線性前進，不是接續不斷，而是自由自在，有時空白，有時同時發生許多事。**「習慣上都認定，好像一月一日之後接著該是二日，而不該一下子就是二十八日。是嗎，所有日子總是一天接著一天來嗎？這樣日復一日的順序有某種詩意，但卻是胡扯。根本沒有什麼先後順序，在有誰想要的時候，日子就會來，而且常常是好幾天一下子來到。也常常是日子久久不來」**。對他來說，每件有意義的事情都是一個句點，一個單獨存在的句點，句點與句點間、事件與事件之間沒有先後順序關係；

而沒有意義之事，就不存在。因此，他無法確切說清楚，某件事情發生於什麼時候（不管是別人、還是自己之事），譬如，什麼時候父親把別墅賣掉、什麼時候地理老師死亡、什麼時候他去搭了一條小舟、什麼時候離開愚人學校……。於是經常會在小說裡遇到這樣的句子：「**不久之前（此刻、即將）我曾經（正在、將會）搭乘一艘快樂的小舟，蕩漾在一條大河上。**」時間線軸全被打亂又重整，過去、現在和將來三者揉成一團，互相交融，無法區隔。

但是小說時間不僅如此，還有另一個特色，可以逆向出現，這種逆向時間與死亡母題緊密結合。已經死掉的地理老師帕維爾／薩維爾可以侃侃而談自己的死亡，對死亡時穿著之服裝表達不滿……，死後出現於不同地方，還可以賣掉自己的骨骼。主角可以在四百年前達文西的義大利畫室裡工作，當他的助手、幫他洗顏料。牽狗的女孩既是雕像，也可以變成活生生的人，在不同地方出現（包括祖母墓旁的林蔭道）。祖母墓前折斷翅膀的守護天使出現在死掉的地理老師家裡，變成他的遠房親戚，與主角對話；沙漠中的木匠將人釘上十字架，那個人卻是自己……。「**真正的未來——都是在過去，而我們稱之為未來的——都已過去，也不會再重複**」。於是小說敘事的時間軸線，既可以從過去到未來，也可以從未來到過去，還可以同時並存，如同風一樣地自由自在；也如同這個地區的環線鐵道，一條是正向行駛，另一條是逆向行駛：**「奔馳在環線鐵路上的共有兩種列車：一種是順時鐘方向的，另一種是逆時鐘方向的。因此之故，它們好似在互相毀滅，與此同時，也一起毀滅運動方向與時間方向」**。時間可以正向流動，可以逆向流動，還可以暫停（變成空白），或同時並存。人可以死亡又出現，存在沒有終結，死亡不再成為時間或敘事的終點。生如同死，死如同生，既存在又不存在，既死亡又存活。

死亡母題還與遺忘母題加以聯繫，別墅區的河流被稱作「勒忒河」，這條河中沒有魚，無法豢養生命。它與希臘神話中冥府的河流名稱相同，是條忘卻之河。相傳所有進入陰間之人都須飲其河水，忘卻身前所有事。遺忘是死亡的象徵。因此，死後又回來的地理老師忘記了死前和死後所發生之事，必須透過主角的敘述，方能回想起來。他死了以後，只能站在河對岸（死之國度），要找他必須過河到對岸。不過，死掉的帕維爾還會出現在學校或城市之中（生之國度），出現在主角面前。「勒忒河」還有一個特色，它是倒流的河流，如同逆流的時間，讓死後的帕維爾，可以回溯自己死亡之日的情景。逆流的河流／逆流的時間兩者合而為一，皆具死亡的意涵。

事實上，不只「勒忒河」是死亡之河、遺忘之河，整個別墅都是死亡之地／不存在之地。小說中的別墅區被描繪成人間仙境，它的自然美景，如同天堂。此景只應天上有，人間何來此美景。這個地方被「勒忒河」所圍繞，如同童話故事中的「另一個世界」（“иная страна,” “иная сторона мира”），美好、安詳，但不存於此世。另一個牽扯別墅和死亡的線索，則是墓園。墓園位於城市和別墅間，是區隔生與死的界線，因此別墅是「另一個世界」，不存於現實世界。郵差米赫耶夫／米德維傑夫只在別墅區工作，不在城裡送信；地理老師帕維爾在別墅區不穿鞋子，全部赤腳而行，而且不會被車站月台突出的釘子扎到腳，宛如飛行一般；神話故事「風之使者」只在別墅間流傳⋯⋯。這些都賦予了別墅地區特殊的神話色彩，讓城市與別墅成為兩個截然不同的世界：一個是現實汙濁之地（那裡有可怕、桎梏性靈的愚人學校、旅館裡的賣淫行為和性交易、各種不悅耳的城市聲響），另一個則是如同仙境的世界，「另一個世界」，美好的桃花源；一個是永恆的冬天或秋天（寒冷），另一個則是永遠的夏天（炎熱），兩者溫度不同，涇渭分明。小說最後暗示了這裡曾發生大水災，別墅區全被淹沒。**「那一天『風之使者』終於開始工作了：那天河水洩出河岸，淹沒所有別墅，沖走所有船隻」**。別墅原來只存在於傳說中，存在於主角的回憶裡。

別墅地區還有兩樣東西，讓它增添神話色彩，一是腳踏車，另一個則是風。

腳踏車是別墅地區最主要的交通工具，用來與城市的汽車和其他交通工具做出區隔，沒有腳踏車，在別墅裡就很難行動。除此之外，別墅裡的腳踏車還與數學作業裡出現的假腳踏車相對立：單車習題，計算從A點到B點的距離。主角痛恨數學，痛惡這些折磨人的數學習題，它們又多又無聊，把這些愚人綁成解題的奴隸。腳踏車代表的是自由自在、無拘無束、勇往直前、坦率自然的生活方式，幫助他擺脫父母親，擺脫正常人的生活模式，脫離學校枯燥無聊、一成不變、屈辱人的教學方式：「**我們要成為從A點到B點再到C點的城外單車騎士，並且讓那些可惡的蠢蛋，那些該死的蠢蛋，去解決關於我們這些單車騎士的習題，也代替我們這些單車騎士解決習題**」。腳踏車對主角來說，是一種親近自然的生活方式，如果遠離了自然，脫離腳踏車，他的生活就是死寂，是壞掉的腳踏車，不再移動，變成停滯的人生。「……**跟父親言歸於好**……**於是我的生命就如此打住，停滯不前，就像損壞的單車丟棄在棚子裡。**」

腳踏車的神話色彩則是來自於它的速度感，當騎到一定速度，產生了風，就有御風而行的感覺，這時腳踏車被賦予了神性，成為「風之使者」傳說的一部分，他所使用的交通工具，如同聖誕老公公所駕的麋鹿和雪橇（俄國則是駕三四馬）、太陽神用來巡邏大地所駕的日車……。「**『風之使者』雖年紀輕輕卻體弱多病，既是笨蛋，又是天才。他們說，好像他會出現在一個陽光最燦爛、最溫暖的夏日，騎著腳踏車，吹著核桃木製的笛子，並且只做一件事情，就是給他所到之處帶來涼風**」。

風是小說中另一個非常重要的神話元素。自古以來風在世界各國都具有高度神聖性，既可以代表呼吸（生命的存在象徵），還是神力的展現。古代各國都敬畏風神，乞求風調雨順，農作物豐收。風神心情好時，會給予微風輕撫；發怒時，則降下狂風暴雨，摧毀村莊。小說中與風有關的人物有兩個，一個是「風之使者」老郵差米赫耶夫，另一個是追風人，地理老師帕維爾。老郵差所象徵的「風之使者」，是對造物主的戲擬。傳說中的「風之使者」只出現在別墅區，而且是在人多的別墅區，發怒時招來狂風暴雨，淹沒別墅、翻覆小舟；在平常的夏日裡，則會帶來徐徐涼風。小說裡有兩個部分，利用戲擬手法將老郵差與造物主聯結起來，一次是他擺出來的手勢，另一次則是他心裡幻想出來的大風雨場景：「**他的一隻手放開把手，擺出一個手勢，後來這種手勢被銘刻在很多古代的聖像與壁畫裡：那隻手印證仁慈，那隻手表示恩賜，那隻手召喚人們並撫平人心**」。

而地理老師所追求的風，代表的則是真理，追風人正是意謂著對真理的追求和擁護。小說中用各種方法來暗示他的雙重性，既是地理老師，也是基督使徒薩維爾（掃羅）。他是反抗者和預言家，如同掃羅在羅馬地區傳播基督的真理，他則是在愚人學校教導反叛和反抗的思想，和人的不死和永恆（死後重返人間）。小說除了使用雙名來暗示他的雙重性，還反覆強調他身上所穿的羅馬風格涼鞋、羅馬軍團戰士的鼻子，最後直接稱他為羅馬參議員暨羅馬軍團的勇士，用此來連結他與掃羅（羅馬人出身）的關聯性。

透過死亡、死後重返人間、風、腳踏車、基督教傳說、童話、女巫、寓言故事等各種情節元素，讓整部小說帶有濃濃的神話色彩，因而此書被歸入新神話主義小說之列。

然而這些神話色彩都只是表面手段，所有的神話性皆源於主角的幻想，源自他豐沛的想像力，和對逝去生活的深深眷念。薩維爾老師死了之後並沒有回到人間，與主角進行對話，那是主角對他的思念所產生的幻覺；老郵差也不是「風之使者」，無法招風喚雨，他只能辛勤地騎著腳踏車四處送信，直到生命盡頭；教務主任並不是巫婆，無法掛在窗上，不會施行任何法術。所有一切都是幻想力的迸發，文學之魔力。因為有了想像力，因為形之於文字，所有的傳說皆成為可能。索科洛夫確信，只要有想像、懷念和記憶，只要有文字和文學，人的生命便可以永恆，記憶可以長存，最後成為傳說和神話。故事最後結局，傳達的正是這個信念：分裂中的兩個「我」，「本書作者」和被描寫的人、故事的敘述者，兩人嘻嘻哈哈走出家門買稿紙，在路上打打鬧鬧，最後變成了兩個行人。這個結局正是暗示小說完成後，所有的人都變成了讀者，如同我們一樣，高高興興地讀著這本書，嘻嘻哈哈的笑看傻子的絢麗幻想世界……。他的人生，或許真實，或許幻想，都成了我們一部分，成為美麗的相遇。

譯者序

宋雲森

薩沙．索科洛夫是二十世紀下半葉俄國後現代主義作家的代表人物之一。他的小說在文字、人物、敘事、情節、結構等方面，對文學傳統多所顛覆，對文學愛好者多所震憾，對翻譯者多所衝擊，尤其文字方面，更是一大挑戰。

對於俄國文學，本人一向偏好十九世紀經典作家。就文字而言，俄國文學之父普希金(A. S. Pushkin, 1799-1837)是俄語標準語的奠基者，他下筆常常三言兩語，簡潔扼要，精準生動，讓人愛不釋手。小說家屠格涅夫(I. V. Turgenev, 1818-1883)則喜愛繁複句型，文字精雕細琢，詳實優美，是研究俄語詞彙與語法的最佳典範。即使蘇維埃革命前後的超現實主義作家扎米亞京(E. I. Zamjatin, 1884-1937)，也是本人欣賞的作家，他雖在寫作上求新求變，修辭怪異，喜用破碎句型，但從未脫離俄語標準語之規範。豈知，幾百年來經過俄國無數傑出作家嘔心瀝血所建立的標準語卻成為後現代主義作家顛覆的對象，其中，索科洛夫更是這些作家的急先鋒。

在翻譯索科洛夫的成名作《愚人學校》的過程，本人曾幾度中途棄筆長達一、兩個月，棄筆期間陷入沉思與掙扎。沉思是為摸索如何進入小說主人翁雙重人格的心理世界，掙扎是為尋求如何運用中文適當表達索科洛夫那種違反語法規則與使用習慣的俄語。本人相信，許許多多索科洛夫式的俄語若出現在學生的試卷或作業上，所有俄語教師都會大筆一揮，打個大叉。偏偏俄國著名流亡作家納博科夫(V. V. Nabokov, 1899-1977)對索科洛夫讚賞有加，還有不少文評家將他視為納博科夫的接班人。

索科洛夫式的俄語，有的不見得是他首創，例如：不時出現沒有標點符號的文字，甚至連續四、五頁，這種手法可見於愛爾蘭現代主義作家喬伊斯(James Augustine Aloysius Joyce, 1882-1941)的長篇小說《尤利西斯》(Ulysses, 1922)第十八章。索科洛夫還有其他顛覆性的語言可能是模仿，可能是自創，例如：不分段落，標點符號只採用逗點，一路點下去，連續數頁；一個句子的各詞之間標上句點，變成數個句子；一個複合句中的主句與從屬句之間標上句點，形成兩個句子；句子之中隨時插入另一個句子，甚至插入另一段對話；簡單句最後加上限定從屬句之連接詞，句子即結束；問句沒有問號等。無論如何，作者建立了一套獨樹一格的書寫系統。

清末啟蒙思想家暨翻譯家嚴復曾謂：「譯事三難：信、達、雅」。「信」被列為翻譯第一要務。以上索科洛夫式的語言特色，本人在翻譯中盡量維持，但有時為方便漢語讀者閱讀，或避免誤解，也略予修改。另外，由於俄語、漢語結構不同，作者有些顛覆性的用法，不見得能反映在漢語翻譯之中。

索科洛夫在作品中不斷玩弄文字遊戲，處處考驗翻譯者的俄語專業能力、博學程度，甚至想像力。例如：他的筆下人物經常出現口誤，有時譯者得仔細推敲才能理解人物所指為何物，當然譯者也可能一時不察，疏忽人物所言其實是口誤；作者喜自創新詞，這些新詞該如何翻譯，譯者得煞費苦心；或者作者獨出心裁，舊詞新用，譯者若按字典翻譯，可能違反作者原意。

另外，《愚人學校》中採用意識流寫作手法，小說內容不斷隨著人物思想跳動。小說裡常常一大串文字，只是人物的聯想，與小說主旨並不見得有必然關係。有時這些聯想是根據語意出發，譯者按照字面意思翻譯，毫無問題；但是有時候聯想是根據語音出發，與語意無關，若按照字面意思翻譯，則喪失原文之精神，若翻譯時複製其語音，對漢語讀者又形同亂碼，因此本書譯者有時只得採取權宜之計，借用漢語之繞口令，玩弄漢語之文字遊戲，雖然字面上語意與原文不符，但精神上可能較接近原文。當然，這是本人之拙見，若有翻譯界前輩或專家、學者不以為然，本人也不會感到意外。

本人在大學教授俄語翻譯十幾年，編撰過翻譯教材，接觸過翻譯理論，也從事翻譯之實務，自認在翻譯方面累積的心得並不算太少，但在翻譯《愚人學校》的過程，卻發現過去累積一、二十年的心得不見得派得上用場，甚至有時筆下的翻譯竟然違反自己向來所尊奉的翻譯原則。當然，小說是顛覆，翻譯也只好顛覆。不過，本書翻譯之顛覆是否恰如其分，或者太過，或者不足，可能有待時間見證。

《愚人學校》中有不少文字（其實不只文字，還有人物、情節與結構等）是作者的借用、引用、模仿，或者是所謂的「戲擬」（parody）；另外，還有無數的暗示、隱喻。本人在翻譯時盡可能以附註說明其引用或暗示對象。但在翻譯完成後，卻驚然發現，本書翻譯的註釋未免太多了。當然，本人可以《愚人學校》是不容易理解的一部小說作自我解釋。但也不禁思考，一個譯者的責任應該到什麼程度。

本人以一年兩、三個月的時間翻譯《愚人學校》。一年兩、三個月並不算短，但翻譯如此一本充滿字謎、雙關語、隱喻的小說，卻嫌不足。小說中有不少內容與文字，本人都還未及細想，但迫於版權之時間限制，只好匆匆交卷。無論如何，翻譯《愚人學校》對本人的視野與能力帶來不少成長，但也引起不少的思索，目前這些思索大都未獲致明確答案。若蒙讀者、學者、專家不吝賜教，本人將虛心接納。

宋雲森

台北木柵，二〇一六年十二月十七日

獻給一個弱智男孩，維佳．波里雅斯金，

也是我的朋友與鄰居

作者

Слабоумному мальчику Вите Пляскину,

моему приятелю и соседу.

Автор

這時候，薩維爾，也就是帕維爾，被聖靈充滿，瞪著眼看他，說：「呵，你這魔鬼的兒子，充滿各樣詭詐奸惡，是眾善的仇敵，你還不停止扭曲主的正道嗎？」[*]

——聖經，《使徒行傳》，十三章，九至十節

驅趕、撐住與奔跑、
欺侮、聽說與見到、
旋轉、呼吸與依賴、
還有仇恨與忍耐。

——一組違反規則變化的常見俄語動詞；
按韻律排列，以方便記憶

同樣的名字！同樣的長相！

——愛倫坡，《威廉．威爾森》

---

* 薩維爾(Савл)與帕維爾(Павел)，是按俄語發音翻譯。至於台灣流行的聖經版本大都從英文版翻譯而來，將薩維爾譯為：掃羅(Saul)，帕維爾譯為：保羅(Paul)。

Но Савл, он же и Павел, исполнившись Духа Святого и устремив на него взор, сказал: о, исполненный всякого коварства и всякого злодейства, сын диавола, враг всякой правды! перестанешь ли ты совращать с прямых путей Господних?

Деяния Святых Апостолов, 13:9-10

Гнать, держать, бежать, обидеть,
слышать, видеть и вертеть,
и дышать, и ненавидеть,
и зависеть, и терпеть.

Группа глаголов русского языка, составляющих известное исключение из правил; ритмически организована для удобства запоминания

То же имя! Тот же облик!

Эдгар По, «Вильям Вильсон»

第一章

Глава первая

睡蓮

Нимфея

好吧，但該從何下筆，該如何用字遣詞呢？都沒關係，你開頭就這麼說吧：那兒，在車站那兒的水塘。在「車站那兒的」？不過這不正確，修辭上有錯誤，「水塔」一定會把它糾正，小吃部或者報亭可以稱作車站那兒，但是水塘不行，水塘只能說是「車站附近的」。嗯，那你就把它稱為「車站附近的」吧，不過這事那麼重要嗎？好吧，那我就如此開頭：那兒，在車站附近的水塘。且慢，那車站呢，車站本身呢，要是不為難的話，請你描述一下車站吧，那是什麼樣的車站，什麼樣的月臺，木造的還是混凝土的，還有旁邊的屋子是怎樣的，想必你記得它們的顏色，或者，你也許認識曾經住在車站附近那些屋子的人們？沒錯，我認識，更精確地說，我曾經認識過去住在車站附近的某些人，而且我還能說說他們的有些事呢，不過不是現在，以後吧，等哪一天再說，現在我要描述一下車站。它嘛，再平常不過了：鐵道扳道工的崗亭、灌木叢、售票亭，還有月臺，順便一提，是木造的，由一排排木板釘成，吱吱作響，不時有釘子探出，走在那兒可不能打赤腳。車站四周長著樹木，有山楊，有松樹，換句話說，各種的樹木，各式各樣的。很尋常的車站——就車站本身而言，不過，瞧這車站的後面——一切顯得很漂亮，顯得非比尋常：水塘、高高的青草、露天跳舞場、小樹林、遊樂場，還有別的。大家到車站旁的水塘游泳通常是在晚上，下班之後；他們都是搭電氣列車前來游泳的。不對，他們先是各自散開，直奔別墅而去。挺累人的，氣喘吁吁，用手帕擦拭臉上汗水，拖著皮箱與購物袋，脾臟發出打嗝似的聲響。你記得購物袋裡裝些什麼嗎？有茶葉、糖、黃油、香腸，還有尾巴兀自拍打著的活魚，還有通心粉、大米、洋蔥、加工食品，有些時候，還有鹽巴。他們走往屋子，到陽台喝喝茶，穿上睡衣，散散步——雙手負在身後，走在花園裡，瞧了瞧那些水面長滿青苔的防火水桶，也大感詫異，哪來這麼多的青蛙——青蛙在四處草地上跳呀跳的，——再和孩子們玩玩，逗逗狗兒，打打羽毛球，喝喝格瓦斯[1]，看看電視，和鄰居聊聊。要是還沒天黑，他們就成群

1 格瓦斯（квас），俄國傳統飲料，分兩種：（一）用黑麥麵包或黑麥粉和麥芽等製成的微酸清涼飲料；（二）用小漿果、水果或蜂蜜製成的汽水。

結隊前往水塘——游泳去。那何以他們不到河邊去？他們害怕漩渦與水深，害怕風與浪，害怕水裡坑洞與河底水草。也或許，根本沒有河流？或許吧。不過，這條河流又叫什麼呢？河流都有個名稱哪。

實際上，我們地方上每條小路，每條小徑，都通往水塘，條條都是。從位於樹林邊緣最遠處的屋子都有幾條小小窄窄、模模糊糊、幾乎是不像路的小路通到那兒。那些小路在晚間光線微弱，依稀可見，同時，還有別的小路是較踏踏實實的，自古以來就被走出來，也將直到永遠，這些小路被踩到連上面要冒出什麼樣的小草都談不上——一條條的小路光線清晰、明亮，路面平坦。這是在夕陽西下的時候，沒錯，自然是在夕陽西下的時候，更確切說，在剛過夕陽西下的昏黃中。於是，小路一條接一條，條條注入水塘的方向。終於，在離水塘岸邊幾百公尺處，條條小路匯集成一條壯觀的道路。這條道路走幾步，穿過割草場，然後進入白樺樹林。你不妨環顧四周，老實說：在晚上灰濛濛的天色中，踩著腳踏車進入樹林，好還是不好？好啊。因為騎腳踏車永遠是好事，不論什麼天氣，不論什麼年紀。就拿我們同事帕甫洛夫[2]來說吧，他是個生理學家，做過各種動物實驗，也常常騎腳踏車兜風。學校課本裡——不用說，你一定記得這本課本——有一章特別介紹帕甫洛夫。

開頭有幾張圖片顯示幾條狗兒，有一些特別的生理研究小管子縫進牠們的喉嚨裡，圖片並附帶說明，狗兒已習慣在鈴聲響時吃到食物，而當帕甫洛夫只搖起鈴鐺，卻不給牠們食物——這些畜生還是很興奮，而且還會分泌唾液——簡直太神奇了。帕甫洛夫有一輛腳踏車，這位科學院院士常常騎他的腳踏車。課本裡也附有一張他騎單車出門的圖片。那裡的帕甫洛夫已經年紀很大，卻是精神抖擻。他一邊騎著，一邊觀察大自然，而手把上的車鈴就像是他作實驗的鈴鐺。此外，帕甫洛夫長著一臉長長的、白灰灰的大鬍子，跟曾經住在、可能現在還住在我們這郊區聚落的米赫耶夫一樣。帕甫洛夫與米赫耶夫——兩人都熱愛腳踏車，不過，兩人的差異歸結如下：帕甫洛夫騎腳踏車是為了樂趣，為了休閒，但是對米赫耶夫而言，腳踏車是每天的工作——他騎著腳踏車到處分送郵件。關於他，關於這位姓氏叫米赫耶夫的郵差——或許，他的姓氏過去、現在、將來都應該是米德維傑夫才對吧？——有必要特別一提，必須特別給他撥些時間，因此我們——你或者

2 帕甫洛夫（Иван Петрович Павлов, 1849-1936），俄國生理學家，於一九〇四年獲得諾貝爾生理暨醫學獎。他以對狗進行制約反應的研究聞名於世。

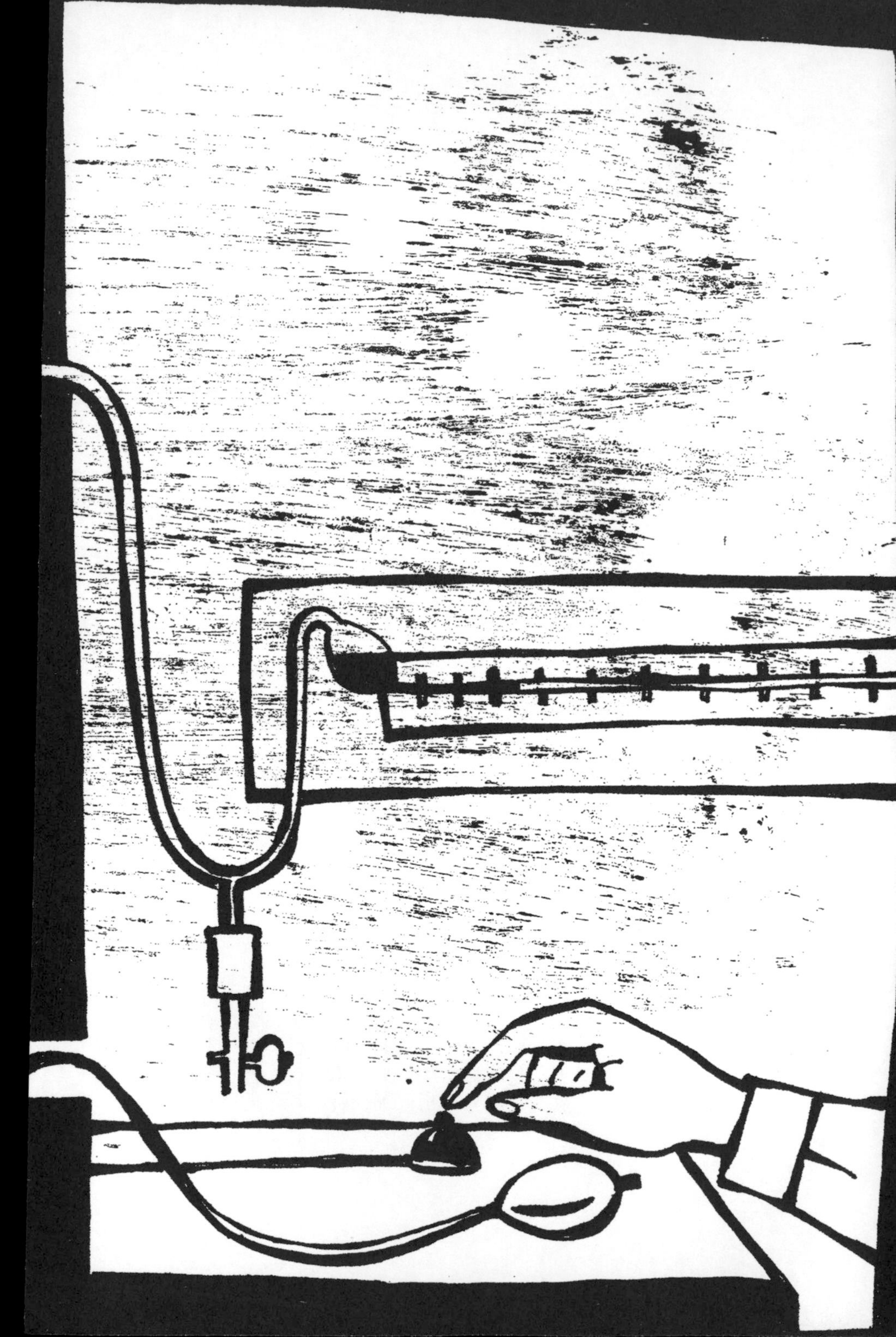

我——一定要有人來做這檔子事。話說如此，我認為，你跟郵差比較熟，因為你過去住在這裡的別墅區比我來得久，儘管要是去問問鄰居，他們準會說，這問題太複雜了，讓人理不出頭緒。我們啊，他們準會這樣說，沒有太留意你們——也就是沒有留意我們；又會說，整個來說，這算哪門子的怪問題，幹嘛突然想要搞清楚這些無聊事，誰住多久，不都一樣，根本沒什麼大不了的；又要說，最好去幹幹活吧：已是五月啦，顯然你們完全沒給花園裡的樹木翻土，你們喜歡吃蘋果，不是嗎？就連「追風人」諾爾維戈夫——他們準會如此下評語——就連他一早就在花園裡翻土啦。是啊，他在翻土了，我們會如此回答——我們之中會有人回答——或者我們會異口同聲說話：是啊，他在翻土了。教師諾爾維戈夫對這事有的是時間，也有所期待。更何況，他有花園，有房子，而我們——我們嘛，這些東西現在什麼都已經沒了——沒有時間，沒有花園，沒有房子。你們簡直忘了，總之我們好久，想來大概有九年吧，不住在小鎮這兒。我們可是把屋子賣了——就這樣子，賣了。我還是一肚子狐疑，就算你這樣一個較為健談、好交際的人，還會想要多說些什麼，想要展開雄辯，費盡口舌解釋一番，為何賣掉，又為何，從你的觀點，本來可以不用賣掉的，並且根本不是可以不用，而是應該不要賣掉的。不過，最好還是遠離他們吧，就搭第一班電氣列車離去，我可不想聽他們說話。

我們父親賣掉這棟別墅，是在他退休的時候，儘管他的退休金有夠豐厚，豐厚得讓郵差米赫耶夫嚇得幾乎從腳踏車上摔下，當他從我們一位鄰居、一位檢察官同志的口裡得知，我們父親要領到多少退休金的時候。米赫耶夫一輩子都夢想著有一輛上好的嶄新腳踏車，但始終沒存到足夠的錢，這倒不是因為他為人慷慨，而是因為他不知省著用錢。這時郵差正安詳地騎著腳踏車，沿著籬笆邊騎，籬笆後是我們一位鄰居的別墅——哦，對了，你記得這位鄰居姓什麼嗎？記不得，這樣一下子我想不起來：我對人名一向記性不好，話說回來，記住所有這些什麼名，什麼姓的，有什麼意義，你說是吧？那是當然，不過，要是我們記得姓氏，說起事來方便。話說回來，也可以想出一個虛構的姓氏，其實——喜歡也好，不喜歡也罷——所有名字，就算是真名實姓，不都是虛構的。不過，從另一方面來講，要是我們說這姓氏是虛構的，準會有人以為，我們好像在捏造什麼，要欺瞞什麼人，讓人誤入歧途似的，事實上，我們全然沒什麼好隱瞞的，我們要說的就是一個鄰居，一個聚落裡大家都認識的鄰居。大家也都知道，他任職助理檢察官，他的別墅平常得很，算不上豪華，而且，看來，也沒必要說東道西的，說得好像他家的房子是用偷來的磚頭蓋的——你認為如何呢？怎樣？你說什麼？你怎麼沒在聽我說話？不，不，我有在聽，只不過我現在突然想到，或許，那些玻璃瓶裝著啤酒。什麼玻璃瓶？這位鄰居棚子裡那些大大的玻璃瓶，裝的是平常的啤酒——你以為呢？我不知道，也不記得。我很久不去想那些日子了。那時候，米赫耶夫騎車經過鄰居的房子，屋主正站在棚子的門前，朝著亮光舉起啤酒玻璃瓶端詳一番。米赫耶夫的腳踏車大聲地嘎嘎作響，顛顛簸簸地跑在打從泥土鑽出的松木樹根上，鄰居不會聽不到，也不會聽不出是米赫耶夫的腳踏車。鄰居聽到了，也聽出了，通常會快步走到籬笆，問道，是否有來信，不過，這次卻不是如此——他自己都感意外——竟然是告訴郵差：檢察官的事你聽說了吧？助理檢察官說道，他退休啦。面帶微笑。領了多少？米赫耶夫回應，並沒有停下來，只是輕輕踩著煞車，有多少錢？腳踏車往前行之際，他回過頭來，於是鄰居看到，郵差那張曬得黑黑的臉上毫無表情。郵差還是老樣子，看起來一臉平靜，只見他一臉的鬍子還沾著幾根松針，迎風飄動——迎著因速度產生的風，也就是腳踏車快速跑動產生的風，這時鄰居——如果他稍有一點詩人氣質的話，一定會覺得，米赫耶夫那張飽經家家戶戶的穿堂風東吹西刮的臉，好像本身就能吹出涼風，甚至米赫耶夫就是本聚落裡曾經無人不知的「風之使者」。更精確說吧，其實是「無人知曉」。甚至沒有人見過這個人，他呀，可能，根本都沒存在過。不過每到晚上，在水塘游泳過後，街坊鄰居便三五成群聚會在各家裝設有玻璃門窗的陽台，舒舒服服地分別落坐籐椅上，然後彼此天南地北地聊起各種故事，其中之一便是有關「風之使者」的傳奇。有人言之鑿鑿，好像他很年輕，很有智慧；有人則說，他好像又老又蠢；還有人堅稱，他是中年人，卻是發育不全，粗俗不文；又有人表示，他老雖老，可是很聰明；更有人宣稱，「風之使者」雖年紀輕輕卻體弱多病，既是笨蛋，又是天才。他們說，好像他會出現在一個陽光最燦爛、最溫暖的夏日，騎著腳踏車，吹著核桃木製的笛子，並且只做一件事情，就是給他所到之處帶來涼風。也就是說，「風之使者」帶來涼風之處只是在別墅與別墅居民已經太多的地方。是呀，是呀，那兒正是這樣的地方。如果我沒記錯的話，在車站地區有三、四個別墅聚落。那這個車站叫什麼來著？距離太遠了，我怎麼也看不清楚。總之，車站是有個名稱。

這是第五區，票價三十五戈比，火車行程一小時二十分鐘，屬北方支線，也就是刺槐樹枝，或者這麼說吧，丁香花樹枝[3]；它開著白色花朵，散發著木

3 作者故意在此處玩弄文字遊戲，俄文裡支線與樹枝都是同一單字（ветка），之後本段落中這個單詞多次出現，在一個精神分裂者（思覺失調症患者）的敘述裡不斷將火車支線與丁香花樹枝混為一談。漢語中沒有適當的詞同時表達這兩個意思，因此配合上下文擇其一翻譯。

餾油味道，還有火車月臺的塵土味，以及一股煙味，沿著鐵道條狀地帶晃蕩晃蕩的，一到晚上便躡手躡腳的回到花園，仔細聆聽電氣火車的移動，不時因簌簌聲而驚起，然後花朵再閉合而陷入夢鄉，把世界讓給忙碌不休、名之為夜鶯的鳥類；樹枝陷入睡夢中，不過火車對稱地配置全線，仍像一串串的鎖鏈，狂熱地奔馳在黑暗中，呼喚著每朵花兒的名字，也註定讓很多人一夜無眠，他們是：車站那兒肝火旺盛的老太婆、戰爭中斷掉雙腿並瞎掉雙眼的火車廂裡的手風琴手、身穿橘色背心的滿臉瓦灰色的鐵道巡查工、聰明的教授與瘋狂的詩人、從別墅區驅逐的人與失敗者(就是那些垂釣著早出或晚歸的魚兒的人們，他們垂釣時總把富有彈性的透明釣魚線糾纏在一塊)，以及看管浮標的上年紀的島民，他們的臉晃蕩在航道發出有如銅器般共鳴的黑水上，臉上蒼白與通紅交錯，最後，還有碼頭的工作人員，他們似乎聽到船舶鎖鍊鬆脱的叮噹聲，似乎看到船槳的閃閃亮光，也聽到船帆的颯颯聲，於是他們把果戈里[4]式無鈕扣外套披上肩，步出值班室，走在陶瓷般的岸邊沙灘上，越過沙丘與青草鬱鬱的斜坡；工作人員微弱的身影靜靜地投落在蘆葦上，投落在石楠上，而他們自製的煙管閃閃發亮，像是腐朽的楓木吸引著意外而來的飛蛾；不過，樹枝緊緊閉上花瓣，墜入夢鄉，而一列列的火車踉踉蹌蹌地走過鐵道接軌處，無論如何也不能吵醒樹枝，無論如何也不能抖落一滴露珠——睡呀睡的這枝散發木餾油味的樹枝得要早晨醒來並且綻放花朵然後凋零而去吧當著鐵道信號燈柱的眼前撒下片片花瓣並配合自己木頭般的心靈的節奏舞動著把個個火車站嘲笑一番吧賣身給來來往往的旅客還要哭哭叫叫赤身裸體在安裝有鏡子的火車包廂裡哪你是什麼名字我叫維特卡[5]就是刺槐的維特卡就是鐵道的維特卡我小名是維塔[6]因一隻名叫夜鶯的溫柔小鳥而懷孕哩懷的是未來的夏天懷的是運貨列車的顛覆啊帶我去帶我去反正我也要凋謝呢這完全花不了多少錢呀在這車站我不值一盧布哪我憑票出售呢您要的話就這樣免費搭乘吧不會有查票員的他生病了等等呀我自己寬衣吧你們瞧瞧我一身

---

4 果戈里(Н. В. Гоголь, 1809-1852)，十九世紀俄國著名作家，其中篇小說《外套》(Шинель, 1842)中故事主角經常穿著無鈕扣外套。

5 維特卡(Ветка)，即「小樹枝」、「支線」之意，只不過作者將第一個字母大寫，使它人名化。此時，在一個精神病患的認知裡，維特卡(人名)、小樹枝、支線已混淆不清。

6 維塔(Вета)，原來不是維特卡的小名，而是伊麗莎維塔(Елизавета)的簡寫或小名。但它的俄語發音與拼寫近似維特卡，因此在一個精神病患嘴裡，成了維特卡的小名。

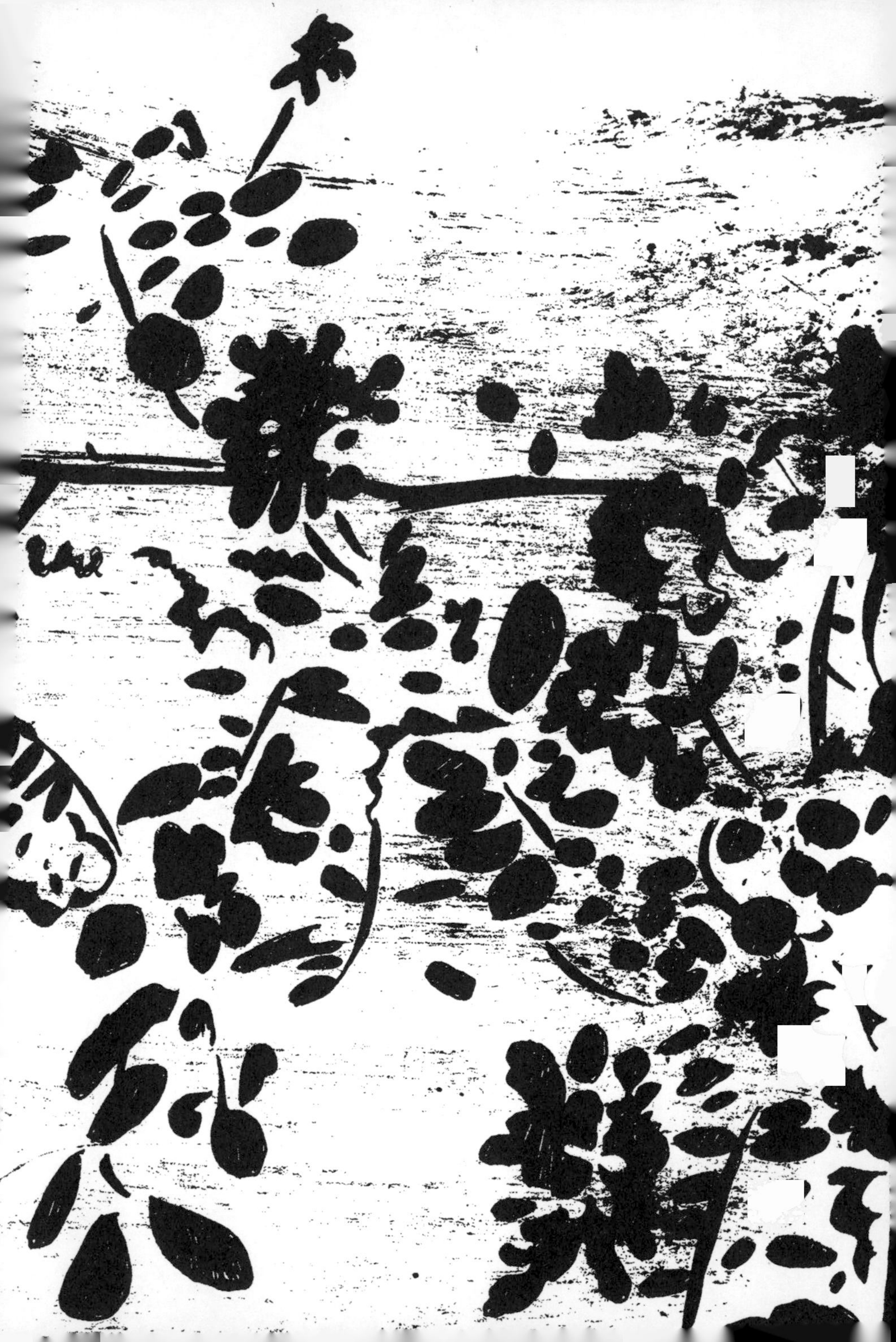

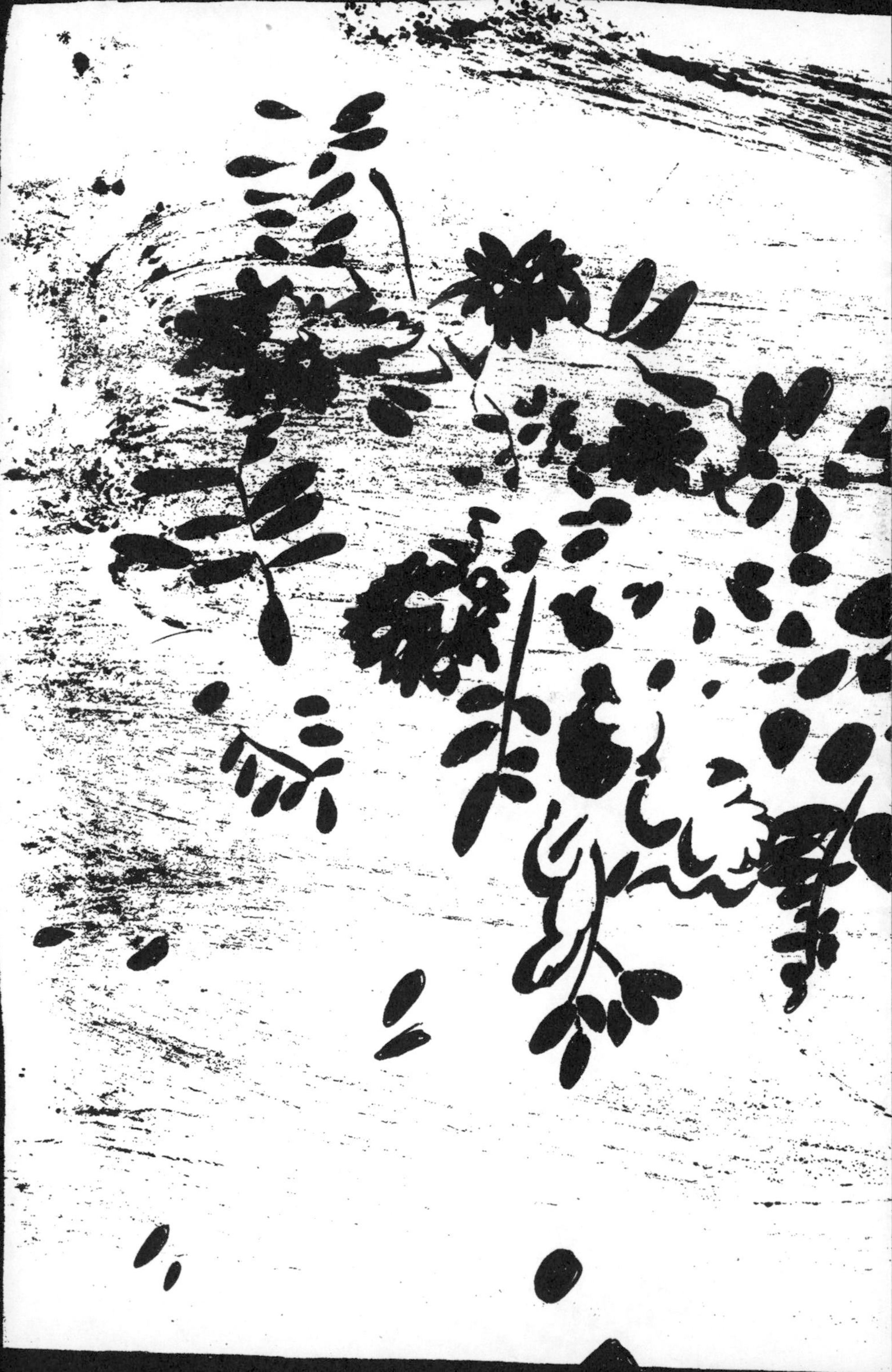

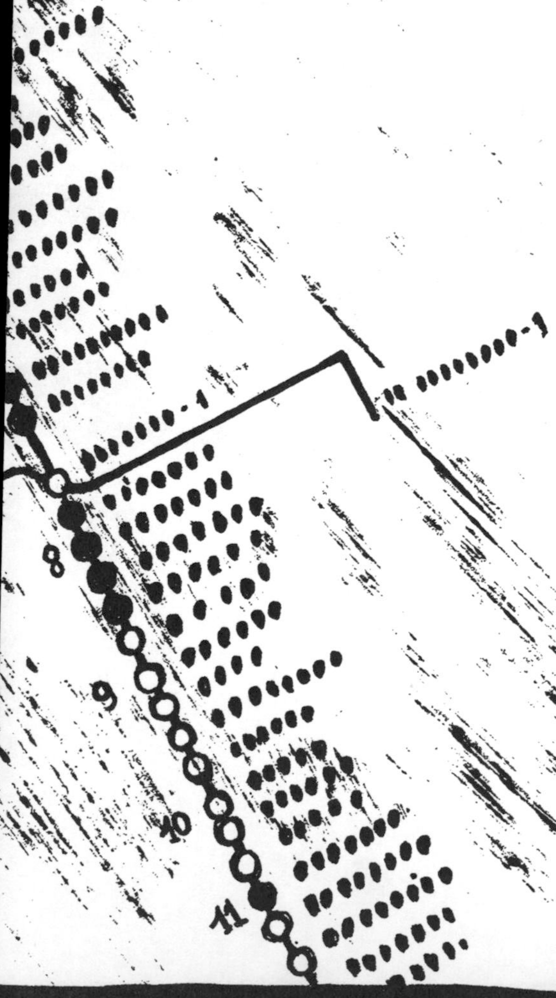
8
9
10
11

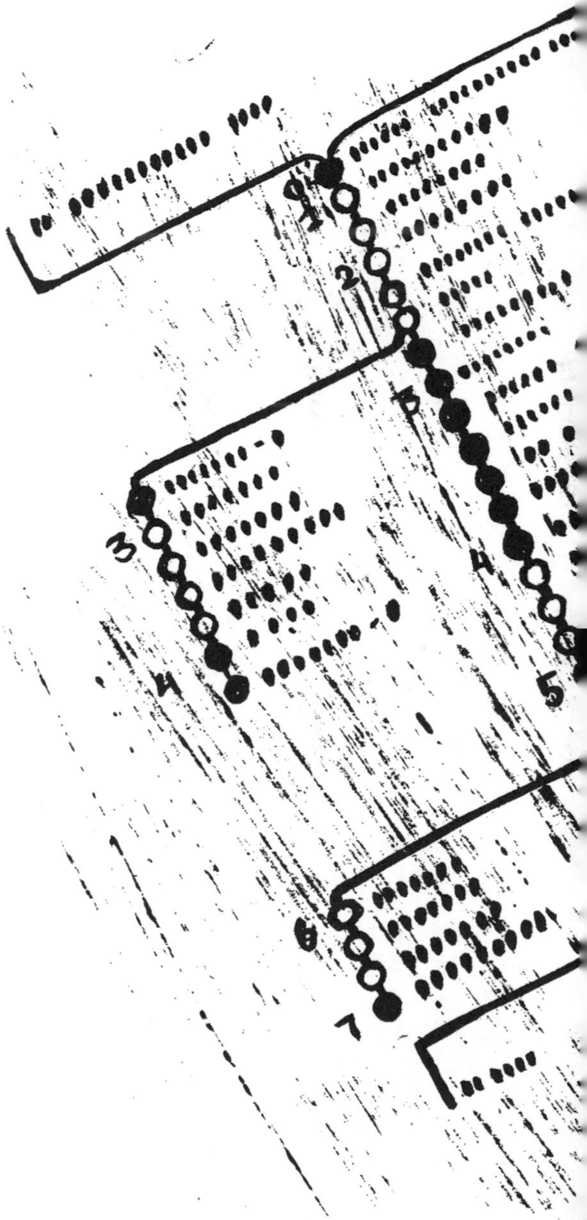
1
2
3
4
4
5
6
7

雪白哩呵撒下吧給我撒滿一身的吻沒人會發現的一身是白的花瓣是看不到的而我已對一切感到厭倦了有時候我覺得自己簡直就是個老太婆終其一生都伴隨蒸汽火車滾燙的煤渣走在鐵路路堤她整個人又老又嚇人我不要做老太婆啊親愛的不不要呀我知道我很快就會死在鐵軌上我我我很痛我將會很痛請讓我走吧我都快死啦車輪上滿是燃油呢您的手掌你的手掌帶著什麼呀難不成這是手套嗎我說了謊我是維塔就是純潔雪白的樹枝我花朵盛開您沒有權利我住在花園裡別叫呀我沒在叫啊這是火車迎面而來轟隆隆的叫聲哪怎麼回事呀轟隆隆隆什麼是轟隆啊誰在那兒隆隆的哪兒是那那那兒啊這是維塔是柳樹柳樹的樹枝哩那兒那間房子的窗戶外面在轟隆隆咕咚的是說誰呢是說什麼呢說的是柳樹的維特卡啊說的是風啊吵吵鬧鬧的電車電車呢車車晚上很好啊車票車車票[7]什麼呀沒有勒忒河[8]嗎沒有勒忒河啊您沒有它呀車車顏色色[9]呢顏顏哩維塔呀顏顏哩阿爾法、維塔、伽馬[10]等等哪誰都不認得因為沒有人要教我們希臘文這是他們那方面不可原諒的錯誤呀這都是他們的緣故我們的清單就連一條船都沒法清楚開列哪赫耳默斯[11]奔跑起來像一朵花但是我們幾乎不瞭解這什麼的呢合恩角[12]吹起喇叭吹掉腦袋而鼓聲自然轟隆隆響起啦問題是這樣是列車乘務員回答不行括約肌[13]說什麼您在那兒大呼小叫的您不舒服嗎您好像是我很好啊這是迎面而來的火車呀抱歉啦現在我確實知道這是迎面而來的

7 原文將「車票」（билеты）一詞拆成兩部分（би леты），則後一部分（леты）與後文「沒有勒忒河」（нет Леты）中的「勒忒河」（Леты）發音相同，以此玩弄文字遊戲。此種俄語語音的遊戲無法在漢語中表達，故譯為「車車票」。

8 勒忒河（俄文：Лета，英文：Lethe），或稱「忘川」或「遺忘河」，是條希臘神話中冥府的河流，死者飲其水，即盡忘前生事。

9 原文將「顏色」的複數形式（цвета）拆成兩部分（ц вета），則後一部分（вета）與後文中主角所愛慕的女老師的名字「維塔」（Вета）發音相近，以此玩弄文字遊戲。此種俄語語音的遊戲無法在漢語中表達，故譯為「顏色色」。

10 阿爾法、維塔、伽馬，其實是阿爾法（α）、貝塔（β）、伽馬（γ），分別為希臘語字母表中的前三個字母。不過，在主人翁口中，「貝塔」（Бета）說成「維塔」（Вета）。

11 赫耳墨斯（Гермес），希臘神話中眾神之神宙斯的兒子，奧林匹亞十二主神之一，是宙斯傳遞消息的信使，也是畜牧之神、雄辯之神，又是商人與旅人的保護神。

12 合恩角（Мыс Горн），世界五大海角之一，南美洲智利火山群島南端的陸岬，一般認為是南美洲的最南端。

13 括約肌（констриктор），發音與列車乘務員（кондуктор）俄語相近，在精神病患口中二者混為一談。

火車了您知道我打起盹了突然聽到也不知是有人唱歌還是是十四是四十還是四十四是淨重還是毛重[14]義大利義大利人但丁[15]有人叫布魯諾[16]有人叫李奧納多[17]畫家建築師昆蟲學家**如果你想看用四隻翅膀飛的就到米蘭城堡的壕溝那兒你會看到黑色蜻蜓**有票到米蘭甚至兩張給我和米赫耶夫米德維傑夫呢我想看看蜻蜓飛在柳樹間在河流上在雜草未除的壕溝裡沿著維塔星座主幹道鐵軌在石楠樹叢深處哪那兒荷蘭出生的丁柏根[18]娶了他同事於是他們很快發現斑節細腰蜂找到路回家完全不像泥蜂而是塔姆布林長鼓[19]當然有人敲擊在門廊達姆達達姆達達姆那兒簡單快樂的歌曲演奏是用蘆葦莖[20]呀在鐵路小維特卡站裡特拉達達母貓嫁公貓嫁公貓丁柏根[21]蹦蹦跳跳地簡直是一場惡夢呢巫婆她跟挖土機司機住一塊永遠不讓人睡覺早上六點唱歌哩在廚房給他做飯用鍋子燃燒熊熊爐火鍋子沸騰熱滾滾的必須給她一個名字如果公貓是丁柏根她就是巫婆丁柏根啊跳舞在門廳從一大早就不讓人睡覺唱起關於公貓的歌並且看來非常的裝腔作勢。那為什麼説——「看來」？難不成你沒看到她跳舞嗎？沒有，我覺得我從來都沒看過她。我跟她住在同一個公寓已經好多年了，問題是巫婆丁柏根根本不是那個戶口登記在這裡並且我每天早晚都會在廚房看到的那個老女人。那個老女人是另一個人，她姓特拉荷琴柏格，舍娜·索羅門諾芙娜·特拉荷琴柏格，猶太人，領退休金過活，她是孤家寡人的一個退休人員，並且每天早晨我都會跟她說：早安！晚上會說：晚安！她也都會回應。她長得很胖，一頭棕紅色捲髮，有些斑白，六十五歲左右，我不太跟她談話，我們沒什麼好談，但偶爾，大概兩個月一次，她會向我借留聲機，用來放同一

14 淨重（нетто）、毛重（брутто）二詞的俄語源自義大利語，因此在接下去故事的敘事中，才有關於義大利人的聯想。

15 但丁（Alighieri Dante, 1265-1321），義大利詩人。

16 名為布魯諾的義大利人不少，最知名的是喬爾丹諾・布魯諾（Giordano Bruno, 1548-1600），思想家、自然科學家暨文學家。他因支持哥白尼的「太陽中心說」被宗教裁判所視為異端，而燒死在羅馬花園廣場。

17 名為李奧納多的義大利人不少，最知名的是李奧納多・達文西（Leonardo da Vinci, 1452-1519），畫家、雕刻家、建築師暨科學家。

18 丁柏根（Nikolaas Tinbergen, 1907-1988），出生荷蘭的英國動物學家，自小喜歡研究動物與昆蟲之個別與社會行為，一九七三年以動物行為學研究獲諾貝爾生理學暨醫學獎。

19 塔姆布林長鼓（тамбурин），法國普羅旺斯的一種打擊樂器。

20 以蘆葦空莖製成的古老樂器蘆笛，過去皆曾於東西方各國出現。

21 「特拉—達—達」（тра-та-та），在俄語中是模擬樂器或有節奏的音響。另外小說主人翁由樂器聲響可聯想到俄國兒歌的歌詞：「特拉—達—達，母貓嫁公貓」。

張唱片。她別的都不聽，她別的唱片一張也沒有。那是什麼唱片呢？我這就告訴你。這麼說吧，我正要回家。從某個地方。必須說明，我事先已知道什麼時候特拉荷琴柏格會來向我借留聲機。我可以在幾天前預知，很快的，真的很快的她就會跟我開口：你聽聽，親愛的，拜託您了，您那兒的留聲機怎樣了？我爬在樓梯間，感覺到特拉荷琴柏格已站在那兒，門的後面，在門廳裡，正等著我。我大膽地走了進去。大膽地。我走進去。晚安。大膽地。晚安，親愛的，拜託你了。我把留聲機從櫃子上拿下。這留聲機從二戰前留下來的，是某時、某地買的。某人買的。它有一個紅色的匣子，總是鋪滿灰塵，因為儘管我按照我們那很好心、又有耐心的媽媽過去教的，常常清理屋裡的灰塵，我就是沒空去動留聲機。我自己好一陣子沒用它了。第一，我沒唱片；第二，相信我，留聲機不動了，壞了，彈簧斷裂，於是唱盤不轉。特拉荷琴柏格太太，我說道，留聲機不動了，您是知道的。沒關係，特拉荷琴柏格答道，就只有一張唱片而已。哦，就只一張，我說道。是是是，——特拉荷琴柏格笑道，她基本上一口金牙，一副玳瑁架框眼鏡，搽著厚厚的粉，——一張唱片。她拿起留聲機，帶回自己屋裡，把門鎖上。大概十分鐘過後，我便聽到雅科夫．埃瑪努伊洛維奇的聲音。不過你沒說，誰是這位雅科夫．埃瑪努伊洛維奇。難道你想不起他嗎？他是她的丈夫，他過世了，當時我們都才十歲，當時我們和父母住在我現在一個人住的屋裡，或者說你一個人住的，簡單說，我們中的一個。那到底是誰？有什麼差別！我跟你說如此好玩的故事，你卻又開始對我糾纏不休；我可沒糾纏你啊，據我所知，我們都已說好，你我之間沒什麼差別，或者你又想要到「那兒」？抱歉，以後我盡量不給你造成不愉快，你瞭解，我記憶不太好。那你以為我很好嗎？好吧，對不起，拜託，對不起了，我不想惹你難過。就這樣，雅科夫吃藥過世了，他不知用什麼把自己毒死。舍娜．特拉荷琴柏格把他折磨得很痛苦，常跟他要些什麼錢的，她認為，丈夫瞞著她藏了幾千塊錢，而他只不過是看顧藥局的一個普通藥劑師，我相信他沒什麼錢。我想，舍娜跟他要錢只不過是要羞辱他而已。她比雅科夫年輕十五來歲，並且根據我們院子裡閒坐長板凳那些人的說法，她背叛丈夫，與住宅管理人有染，他叫索羅金，只有一條手臂，並在雅科夫過世後一年，在一間空空的車庫裡上吊。在這一個禮拜前，他賣掉自己的德國車，那輛他當成戰利品擄獲並從德國帶回的車子。如果你還記得，長板凳上那些人老愛說東道西，談論索羅金幹嘛需要車子，反正他也不會開車，也看不出來會雇用個司機。後來真相大白。每當雅科夫出差離家，或者每次留在藥局值班過夜的時候，索羅金都會把舍娜帶到車庫，並且在那兒，在車裡，讓她背叛雅科夫。真好命啊，坐在長板凳那些人都這樣

說，真好命啊——自己的車子啊，他們說，原來連開個車子都不用啦：來到車庫，把自己反鎖在裡面，打開頭燈，把座位往後推——於是就請便了，好好快活一番吧。好個索羅金，院子的人說道，雖然只有一隻手，卻一點都不礙事。描述一下我們的院子吧，那時候看起來怎樣，這已是好多年以前啦。我看與其說它是院子，倒不如說是垃圾場。長著幾棵枯槁的椴樹，有兩三間的車庫，車庫後邊——破碎的磚頭，還有，總之，是各式各樣的垃圾，堆積如山。不過，最主要的——那兒亂七八糟地堆置著廢棄的瓦斯爐灶，有三、四百個，都是二戰過後馬上從鄰近住宅集中運送到我們院子的。這些瓦斯爐灶讓我們院子始終飄散著廚房的味道。每次我們打開這些爐灶的烤箱，也就是打開烤箱拉門，它們都會發出可怕的嘎吱聲。那幹嘛我們要打開拉門？幹嘛？我覺得很奇怪你會不瞭解這種事。我們老去打開拉門，就是要馬上用力一甩，砰一聲把它關上。不過，我們該不該回歸到那群曾經住在我們院子的人們那兒？我們認識他們之中很多人。不行，不行，跟他們在一起很無聊，現在我要談談別的事。瞧瞧，總的來說，我們的時間有問題，我們對時間的理解有誤。你沒忘記好多年前有一次我們在火車站碰到我們的老師諾爾維戈夫的事吧？沒有，沒忘記。我們在車站碰到他。他說，一個鐘頭前他才離開水塘邊，他剛在那兒用蚊子幼蟲釣魚。他隨身確實帶著釣竿和桶子，而我也發現，桶子裡遊動著什麼動物，不過不是魚。我們這位地理學家諾爾維戈夫蓋了一間鄉間小屋，也是在車站地區，只是在河的對岸，我們常常會去拜訪他。不過，那天他還跟我們說些什麼呢？地理學家諾爾維戈夫跟我們說的事情大致如下：年輕人，你應該注意到了，我們地區已經持續好多日的好天氣；你會不會認為，如此奢侈品我們這裡可敬的小屋居民不配享受？你呀，我的少年同志，會不會覺得，暴風雨與大雷雨，就像俗話說的，該是轟然大作的時候了？諾爾維戈夫仰望天空，一手遮住耀眼的陽光。沒錯，就要下一場大雷雨了，我親愛的，還會怎麼下呢——條條偏僻的胡同都要水花飛濺哩！也不用等到什麼時候，反正不是今天就是明天。哦，對了，你啊，是否思索過這事，你是否相信這事？

帕維爾．彼得洛維奇．諾爾維戈夫「站立月臺中間」；車站時鐘顯示二點十五分，他帶著一頂常見的、光鮮的帽子，帽子上坑坑洞洞的，像被飛蛾啃噬過或被驗票員的剪票鉗打穿過好幾回似的，不過，實際上，這些坑坑洞洞是在工廠打穿的，是要讓顧客，就當前情況而論，要讓諾爾維戈夫在炎熱的日子，腦袋瓜子不會流汗。此外，工廠的人認為，暗暗的坑洞有光鮮的帽子作背景——畢竟還有點意思，有點價值，比起什麼都沒有來的好，也就是說，

有坑坑洞洞比沒有好，工廠就這樣決定了。那難忘的幾年，我們和他住在同一個車站附近，雖然他的小屋座落於河對岸的村鎮，而我們位於車站這邊河岸的村鎮。好吧，不過，在那個夏天，也就是，一般而言，那幾年裡最美好的幾個月，我們的這位老師還穿些什麼呢？很難回答這問題，我並不確實記得諾爾維戈夫穿些什麼。說他什麼沒穿還來得簡單些。諾爾維戈夫從不穿鞋子。至少夏天不穿。而且在那炎熱日子，在月臺上，在那古老的木造月臺上，他應該很容易讓自己的一隻腳或者兩隻腳一下子扎到刺吧。沒錯，每個人可能都會發生這種事，但就是不會發生在我們這位老師身上，要知道，他長得如此矮小、瘦弱，讓你每回看到他跑在別墅區的小路上或學校走廊時，你會覺得他兩隻光溜溜的腳丫子好像完全沒沾到地面或地板似的，而那天他站在木造月臺的中間時，他看起來簡直不是站著，而像是懸掛在月臺上面，在凹凸不平的木板上面，在滿地的菸蒂、燒盡的火柴、舔得乾乾淨淨的冰棒的小木棒、用過的票根，還有曬乾的、也因此肉眼看不出來的、代表乘客各式各樣功德的唾液上面。讓我打個岔，或許，我有什麼事情誤會了。難不成帕維爾甚至到學校都打赤腳？不，顯然，我話沒說清楚，我要說的是，他打赤腳走路是在別墅區，但是，上班的時候，或許吧，他在城裡也是沒穿鞋，這我們可沒留意。也或許我們留意到了，但這並不太會引人側目。沒錯，不知怎的，不太會引人側目，這種情況下，都要依他當事人而定，而非依看到他的人而定，沒錯，我確實記得，不太會引人側目。但是無論如何，在學校上課期間，你一定知道，夏天的時候，帕維爾是不穿鞋的。確實如此。正如有回我們父親雙手拿著報紙，躺在吊床上時所發現的，帕維爾幹嘛要穿鞋，何況在這種大熱天！只有我們這種墨守成規的可憐蟲，父親接著說道，才會讓我們的腳丫子始終不得安寧：不是皮靴，就是膠鞋；不是膠鞋，就是皮靴——我們就如此這般折磨一輩子。街上下雨，你得把皮靴晾乾；出大太陽，得當心，別讓皮靴皮開肉綻。更重要的是，每天早上你還得折騰一番，給它上鞋油。而帕維爾——一個隨心所欲的人，一個夢想家，他就是死，也是打赤腳。你這位帕維爾，這樣一個無所事事的人，——父親說道，——因此之故也是個赤腳浪人。想必，他把所有的錢都花在別墅上，已是債台高築，還是依然故我，到那兒釣釣魚，到岸邊納納涼，對我來講，簡直是一個無可救藥的渡假客。他那房子啊，比我們的板棚還爛，而他還在屋頂上插了一支風信旗，你只要想想——風信旗哪！我問他這個呆子：幹嘛，我說，要這支風信旗，它會喀嚓一聲斷得莫名其妙。而他從屋頂那兒回答我：檢察官先生，啥都可能發生呀，比方說吧，風從一個方向吹啊吹的，突然之間還會改變方向呢。你啊，他說，一切安好，看來，你一直都在讀報紙，那兒，當

然啦，也寫到有關這，也就是有關天氣，而我哪，你知道，啥也沒訂閱，所以對我而言，風信旗是絕對不可少的東西。他說，你啊，要是有啥不對勁的，馬上從報紙得知，而我就靠這風信旗瞭解情況，還有什麼更精準的，不會有更精準的啦，——我們父親說道，人躺在吊床上，雙手拿著報紙。然後父親爬下吊床，踱起步來——雙手負於背後——走在充滿滾燙的樹脂與大地汁液的松樹間，從苗圃摘了幾顆草莓，便吃了下去，瞧瞧天空，這時的天空沒有雲彩，沒有飛機，沒有鳥兒，於是打個呵欠，搖晃一下腦袋，又說起諾爾維戈夫：呵，他該感謝上帝，我不是他的主任，他可以在我這兒蹦蹦跳跳，可以在我這兒研究風的，他這個少一根筋的笨蛋，赤腳浪人一個，不幸的追風人。可憐的地理教師，我們父親對他不存有一絲絲的尊敬，這就是不穿鞋的代價。老實說，我們在月臺碰到諾爾維戈夫的時候，他呀，這位帕維爾老師，對於我們父親尊敬他與否，大概是不會在意了，因為那時候他呀，我們這位老師，已經不存在了，他已在那年的春天過世了，也就是我們與他在這個月臺碰面的兩年多之前。這也是我為什麼會說，我們有時間上的問題，讓我們把來龍去脈弄分明吧。他好長時間病病歪歪的，那時久病纏身得很嚴重，他自己也清楚得很，他沒多久好活，但又裝成沒那麼一回事。他一直是最快樂的人，更精確地說，是學校裡唯一快樂的人，從來都沒完沒了地愛說笑。他說，他覺得自己瘦得那樣子，怕是突來一陣風就把他吹走了。醫生呢，——諾爾維戈夫說道，還笑著，——禁止我靠近磨坊一公里內，但禁果都是甜美的：這些磨坊對我有強烈的吸引力，它們就座落在我家附近，在長滿艾蒿的山丘上，我什麼時候都會情不自禁跑去。在我居住的這別墅聚落，人家管我叫追風人，也叫風信旗，話說回來，作個人盡皆知的追風人也沒啥不好，尤其你又是個地理教師。地理教師甚至都應該是追風人，這是他們的專業呀，你們認為如何，我年輕的朋友？別洩氣，——他舞動雙手，熱情奔放地叫吼著，——不是這樣嗎？就要以單車全速奔馳的方式生活，沐浴在陽光下與河水中，捉捉五顏六色的蝴蝶與蜻蜓，尤其是漂亮的長吻蛺蝶與粉蝶，在我住的別墅區那兒多得很！還能有啥呢，——這位老師問道，並輕輕地拍了拍身上的幾個口袋，想找火柴和香菸，好抽口菸，——還能有啥呢？要知道，朋友們，這世界上沒有幸福，沒有這碼子事，也沒有與之類似的東西，不過——感謝上帝！——寧靜與自由終究是有的。現代的地理學家就跟一個機械工、一個水管工，或者一個將軍沒兩樣，都只能活一次。所以要活得隨風逍遙，年輕人啊，多給女士一些讚美，也多來點音樂、微笑、泛舟河上、渡假之屋、騎士比武、勇士對決、國際象棋賽、深呼吸運動，還有其他有的沒的。要是哪天有人叫你追風人，——帕維爾老師又說著，並把找到的火柴盒搖的嘩啦嘩啦地響遍整個學校，——可別見怪：這並沒那麼糟。要是今天的風還是拂動我的髮梢，清爽了我的臉龐，颳進我襯衫的衣領，鑽透我的口袋，扯落我夾克上衣的鈕扣，至於明天呢——它颳倒了無人要住的破舊老屋，連根拔起一棵棵的橡樹，攪動一池的春水，或是掀起朵朵的浪花，並把種子從我的花園帶到天涯海角，面對這無邊的永恆，我作啥害怕呢，——我，地理學家帕維爾·諾爾維戈夫，一個皮膚曬得黝黑的、來自城郊第五區的老實人，一個謙遜，卻又懂得道理的教育工作者，從早到晚用那雖然纖瘦、但又如沙皇般尊貴的雙手轉動著這用騙人的混凝紙漿作成的、空洞無腦的星球前進！給我時間——我證明給你們看，我們之中誰才是對的，總有一天我會如此轉動你們這顆嘎嘎作響又偷懶的橢圓球，讓你們大大小小的河水往後倒流，你們會忘掉你們那些誤謬的書本與報紙，你們會聽到自己的聲音、自己的姓氏與頭銜，而大感噁心，你們會忘掉怎麼讀書，怎麼寫字，你們想要咿咿呀呀說話，就像八月的山楊。會有一陣的穿堂風把大街小巷以及惹人厭的招牌吹落一地，而你們會要求真相。呵，長滿蝨子的蟑螂一族！呵，一群沒有大腦的盲從者，讓蒼蠅與跳蚤撒了滿身屎！你們會要求大真相。於是那時我就會到來。我會到來，也會帶來那些讓你們謀殺與羞辱的人，我會說：這就是你們的真相，也是對你們的復仇。流動在你們血管裡的不是血液，而是那充滿奴性的膿水，膿也將會由於恐懼與悲傷變成冰。城裡與別墅區的諸位先生，你們可得擔心那位「風之使者」，對於清風與穿堂風也得戒慎恐懼呀，因為他們會造成颶風雨與龍捲風哪。對你們說話的是我，一個來自城郊第五區的地理學家，一個轉動這紙盒似的中空地球的人。說到這事，我拿永恆作見證——不是嗎，我年輕的助手們，我親愛的同時代人與同事們，——不是嗎？

他死於某個年頭的春天，死於自己那間裝設著風信旗的小屋。那天我們本應到某間教室作最後一堂的考試，正巧就是他的考試，地理科。諾爾維戈夫說好要九點鐘前到校，我們集合在走廊上，等候老師等到十一點，可是他一直都沒出現。裴利洛校長說道，考試延到第二天，因為帕維爾老師看來是生病了。我們決定去看他，但我們之中沒人知道老師城裡的地址，於是我們下到教師休息室找教務主任丁柏根太太。丁柏根太太不動聲色地住到我們公寓，每天早上都會在我們公寓入口門廳跳舞，但不論是你，還是我，一次都沒見過她，因為你只要膽子夠大地猛然打開屋子通往門廳的大門，你就會發現——只要膽子夠大地猛然打開！——你人是在米蘭城堡的壕溝裡，並且會觀察到用四隻翅膀飛翔的東西。這天的陽光照得非比尋常，李奧納多身穿一

1
2
3
4
5

11
10
9
7

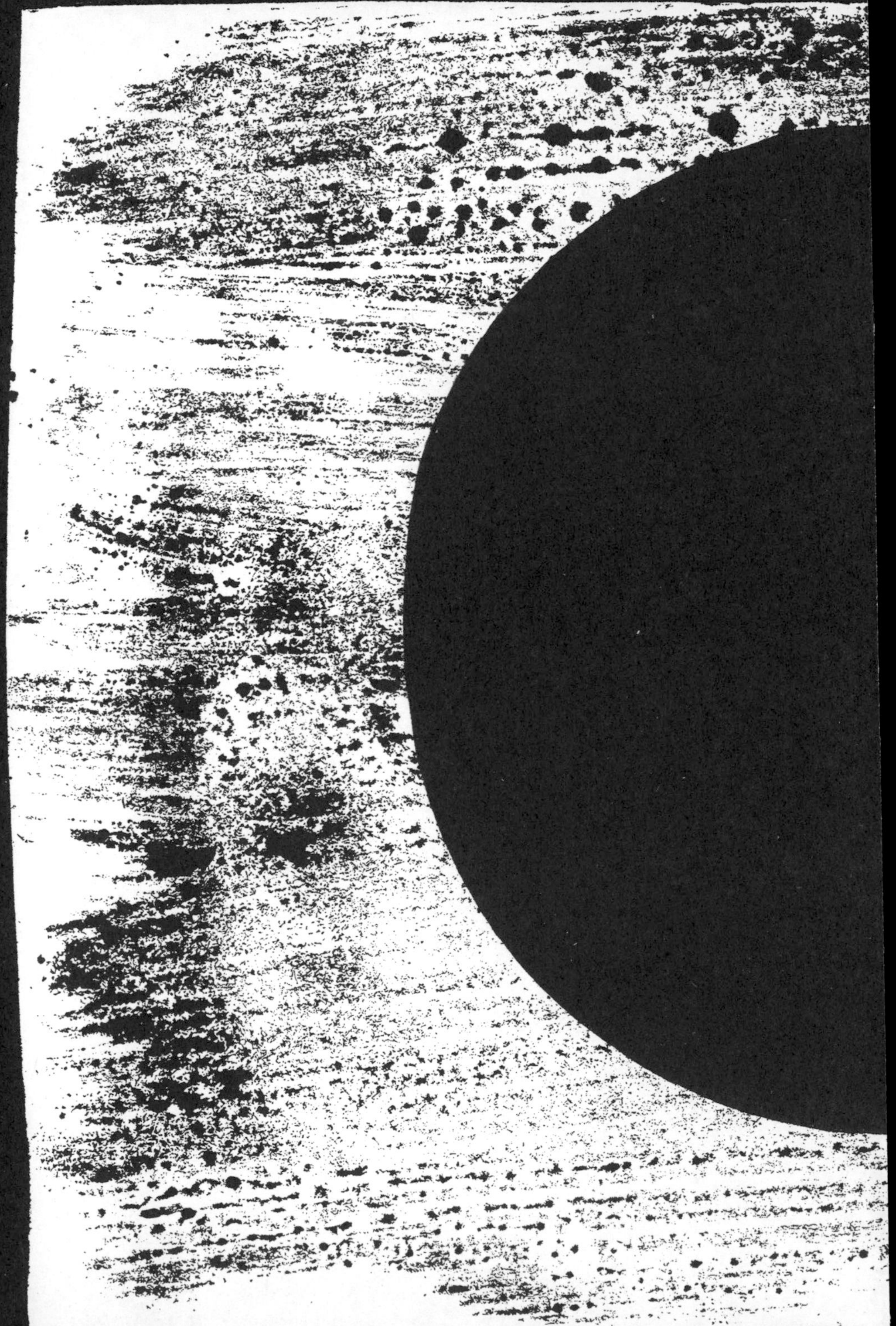

件老舊、皺巴巴的寬鬆外衣，站在一個庫爾曼製圖儀[22]前，一隻手握著繪圖筆，另隻手拿著一罐紅色墨水，正在繪圖紙上塗畫著什麼草圖，並描摹著薹草的嫩枝，這薹草長滿在泥濘、潮溼的溝底（薹草都長到李奧納多的腰際），一張接一張地畫著彈道裝置的草圖，當他覺得有點累時，便拿起白色的捕蟲網子，捕捉黑色蜻蜓，好拿來仔細研究牠們的視網膜。這位藝術家皺起眉頭望著你，好像隨時都有什麼事讓他不滿意。你想離開壕溝往回走，回到屋裡；你已轉過身去，並試圖在陡峭的壕溝牆壁上搜尋貼著假皮的大門，但這位大師還是來得及一把抓住你的手，並且直直盯著你的眼睛，說道，——你的功課：描述一下鱷魚的顎、蜂鳥的舌、新聖母修道院的鐘樓[23]；也描述一下稠李的莖、勒忒河的彎、鎮裡隨便一條狗的尾、一個愛情的夜、滾燙燙的瀝青上的幻影、別廖佐沃[24]的晴朗正午、輕佻男子的臉龐、地獄的茅屋；比較一下白蟻族群與森林的螞蟻窩、樹葉悲傷的命運與威尼斯船伕的小夜曲；把知了化為蝴蝶，把雨點變成冰雹，白天變為黑夜，給我們今天餬口的糧食，把母音變成嘶聲輔音，防止司機睡著的火車發生事故，重述海克力斯[25]第十三項的功績，給路人點個菸抽抽，說明青春與老年，唱首歌關於山雀如何找水喝，把自個兒的臉面向北方，面向諾夫哥羅德[26]的高樓大廈，然後說說，門房是如何知道街上正飄著白雪，要是他整天都坐在前廳，和電梯管理人一股勁地聊天，往窗外看都不看一眼，因為根本沒有窗戶，是的，說說這是怎麼一回事；除此之外，在自己的花園裡種枝風中的白玫瑰，讓帕維爾老師瞧瞧，要是他喜歡嘛，——就把白色玫瑰送給帕維爾老師好了，把花朵別在他的方格襯衫上或者別墅的帽子上，給沒什麼地方可去的人做些愉快的事，讓自己年邁的教師高興一下——他可是個樂天的人，是個愛說笑的人，也是個追風的人。啊，「玫瑰」，老師說道，白色的「風中玫瑰」[27]，美麗的女孩，墳墓般的顏色，我多想望妳那純潔的身軀！在一個由於妳的美攪動得騷動不

22 庫爾曼製圖儀（кульман），一種立式繪圖設備，製圖面略呈傾斜之長方形板狀，上面附有比例繪圖儀。其名稱來自原來德國製造公司的名稱（Franz Kuhlmann KG）。

23 新聖母修道院（Новодевичий монастырь）為大公瓦西里三世在一五二四年建於莫斯科的女子修道院。

24 別廖佐沃（Берёзово），俄國市鎮，位於西伯利亞。

25 海克力斯（Геракл），希臘神話中的英雄，宙斯和凡女阿爾克墨涅所生之子，力大無窮，建樹許多功勳。

26 諾夫哥羅德（Новгород），俄國西北部城市，也是諾夫哥羅德省的首府。

27 「玫瑰」或「風中玫瑰」是小說裡帕維爾老師喜歡的女學生。

安的夏天夜晚，我等待著妳，在裝設風信旗的別墅，在藍色河流的對岸，地址：郊區聚落，第五區，可以找郵差米赫耶夫，問他要找帕維爾．諾爾維戈夫，多按幾下自行車鈴，等候來自霧濛濛河岸的小舟，燃起篝火做信號，別喪氣。躺在陡峭砂質斷崖上的乾草堆裡，數一數天空的星星，為幸福與期盼而哭泣，回想著童年，那童年宛如螢火蟲點點的刺柏樹叢，那童年又似裝飾著不可思議的小玩意兒的聖誕樹，也想著清晨時會發生啥事，那時第一班電氣列車會經過車站，那時各工廠企業的員工從宿醉中甦醒，頭痛欲裂，並且「呸！」地啐了一口，咒罵著機器設備的各項零件，腦袋昏沉地邁出腳步，經過車站旁邊的幾個水塘，往車站裡有綠色、有藍色的啤酒亭走去。是的，「玫瑰」啊，是的，帕維爾老師要說，這個夜裡我們發生的事將會像火焰吞噬冰封的荒野，也會像流星雨反映在黑暗中從鏡框脫落的鏡子的碎片裡，為的是要警告鏡子的所有人死亡之期已近。這會像是牧羊人的蘆笛，也像是一首創作尚未完成的歌曲。來到我身邊吧，「風中玫瑰」，難不成妳不珍惜妳那年邁的老師，他現遊走於虛無之境的山谷間與百般折磨的山丘上。來吧，好平息妳腰際的悸動，好排遣我滿腹的哀愁。李奧納多告訴妳，要是帕維爾老師如是說，那妳當晚就要通知我，於是我將向全世界所有人證明，**在時間裡，在過去與未來是一無所有，當下中也是一無所獲，並且在自然裡我們所能接近的**

是毫無可能，因此根據所說一切得知，根本沒有所謂的存在，因為那兒一無所有，那兒本然空無一物，但是儘管如此，這位藝術家又說道，利用風車我就可隨時製造風。現在給你最後一門功課：看看這項設備，像似一隻巨型的**黑色蜻蜓**——看到嗎？它就矗立於平緩的青草山坡，——**明天到湖上去試看看，還要縛上皮囊，跌落水裡時你才不會沉下去**。於是，這時你回答這位藝術家：親愛的李奧納多，恐怕我無法完成您這項有趣的功課，除了那項跟門房有關的功課之外，也就是他如何知道街上正下著雪這檔子事。對於這項問題，我能答覆隨便哪個考試委員會，隨時都能回答得輕鬆自如，就跟您能夠製造風一樣輕鬆。不過，我跟您不一樣的是，我一個風車也不需要。要是門房從早到晚都坐在前廳，只顧著跟電梯管理員聊天，而前廳裡窗戶是yok，這在韃靼語裡意思是「沒有」，那門房得知，在大街上，更精確說——在大街上空或者往大街上，正下著雪，這是根據訪客帽子或衣領上的片片雪花判斷，這時訪客都匆匆地從大街走進門廳，他們急著要去和頂頭上司會面。這些訪客衣服上帶著雪花，他們通常分成兩等人：穿著體面的和穿著寒酸的。不過，老天是公平的——雪花平等地落在所有訪客身上。我在警報部做門房的時候，我注意到這事。我那時收入一個月不過六十盧布，還好讓我對這些有趣現象，如下雪、落葉、降雨，甚至冰雹，研究得透徹，這些事，當然啦，

那些部長或者部長助理沒有一個人能夠說得上來，雖然他們每個人的收入都比我多出好幾倍。因此之故，我做出一個簡單結論：要是你是做部長的，你通常無從得知與瞭解，大街上與天空中發生什麼事，因為就算你的辦公室有窗戶，你也不會有空閒看看窗外——你有太多人要接見，太多人要會談，也有太多電話要接聽。門房從訪客帽子上的雪花便輕而易舉地知道正在下雪，而你做部長的卻不能夠，因為訪客都會把外衣寄放在存衣間；要是他們沒寄放，那在他們等電梯和坐電梯的時候，雪花也早就融化了。這也是為什麼你這做部長的會覺得好像戶外永遠是夏天，而其實卻不是如此。所以啊，要是你想做個有智慧的部長，不妨向門房問問天氣，給在前廳的他打個電話。我在警報部做門房的時候，我都久久地坐在前廳，和電梯管理員聊天，而警報部部長知道我是誠實、認真的員工，三不五時都會打電話問我：這是門房某某某嗎？是的，我回答，正是某某某，從某某年就跟在你身邊做事啦。而這警報部部長某某某，他會說，就在五樓辦公，是三號辦公室，走廊右邊第三間，我有事找您，您有空的時候，到我這兒一下，很須要跟您談談天氣。

對了，除了我跟他服務於同一個部會外，我們曾經是，或許，現在也是，別墅的鄰居，也就是在別墅聚落裡，部長的別墅就在我們別墅的斜對面。此處我特別小心翼翼地使用兩個字眼：曾經是與現在是，也就是說一直都是，因為——儘管醫生都說得斬釘截鐵，好像我早已恢復健康，——直到現在我還是不能精確地、肯定地判斷任何與時間概念有一點點關係的事情。在我看來，我和他在時間方面很混淆，簡直是亂七八糟，一切都不是本來應該的清楚明白。我們的日曆都過於隨心所欲，上面所寫的數字都毫無意義，也毫無根據，就像假鈔一樣。怎麼說呢？譬如說吧，習慣上都認定，好像一月一日之後接著該是二日，而不該一下子就是二十八日。是嗎，所有日子總是一天接著一天來嗎？這樣日復一日的順序有某種詩意，但卻是胡扯。根本沒有什麼先後順序，在有誰想要的時候，日子就會來，而且常常是好幾天一下子來到。也常常是日子久久不來。那時的你是活在虛無當中，什麼都不理解，而且病得很重。別人也是一樣，也是生病了，只是悶不吭聲而已。

我還想說，每個人都有自成一格的、不與任何人相似的生命日曆。親愛的李奧納多，如果您要我編制一套我的生命日曆，我會給您一張紙，上面有很多的句點：整張紙滿滿都是句點，只有句點，並且每個句點都表示一天。數千個日子——數千個句點。但是可別問我，哪一天是哪一個句點：對此我一無所知。也不要問我，我給哪一年、哪一月或生命中哪一個時期編制自己的日曆，因為我不知道以上所說的話所言何事，而您自己說著那些話，也是不知

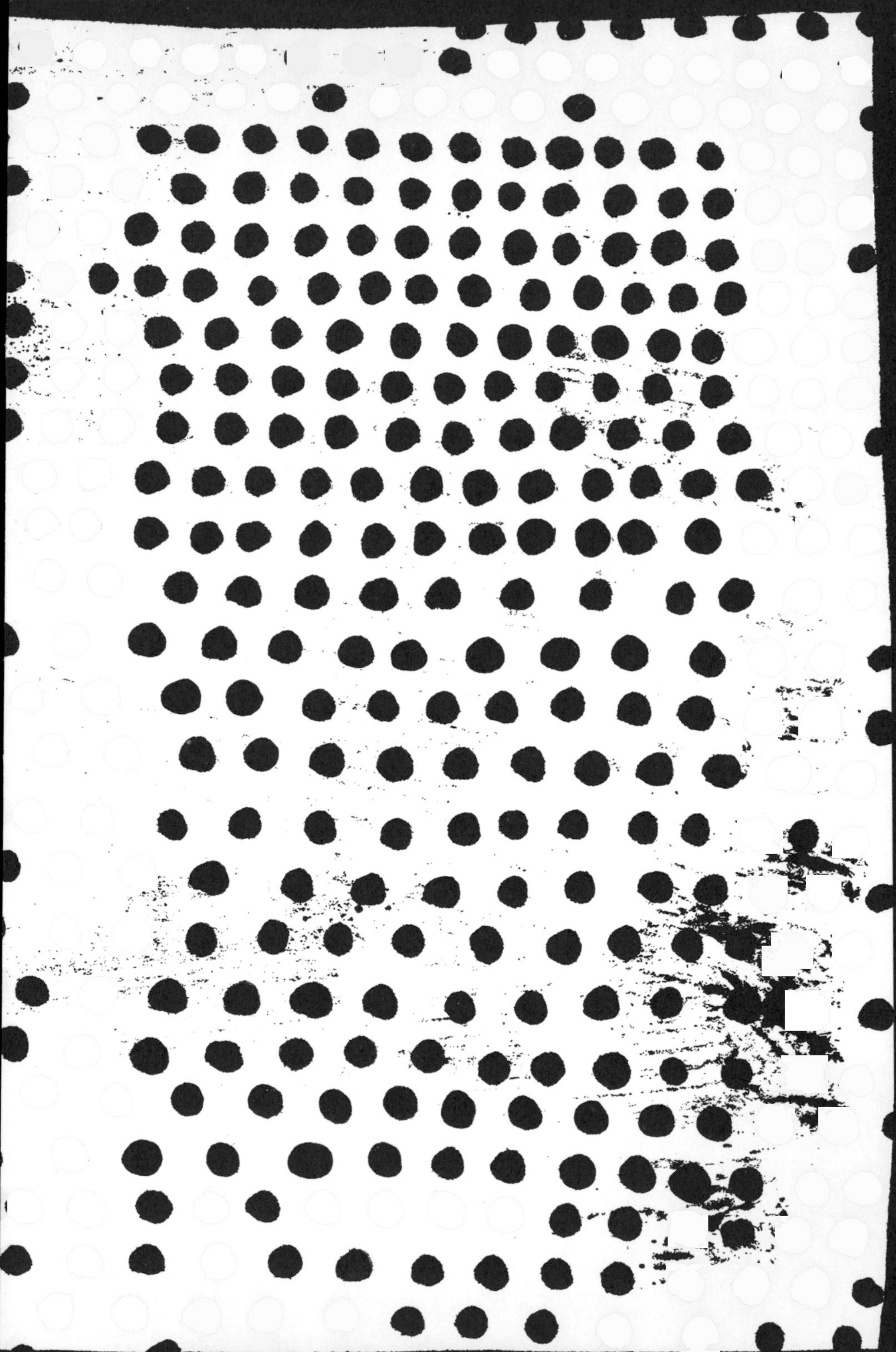

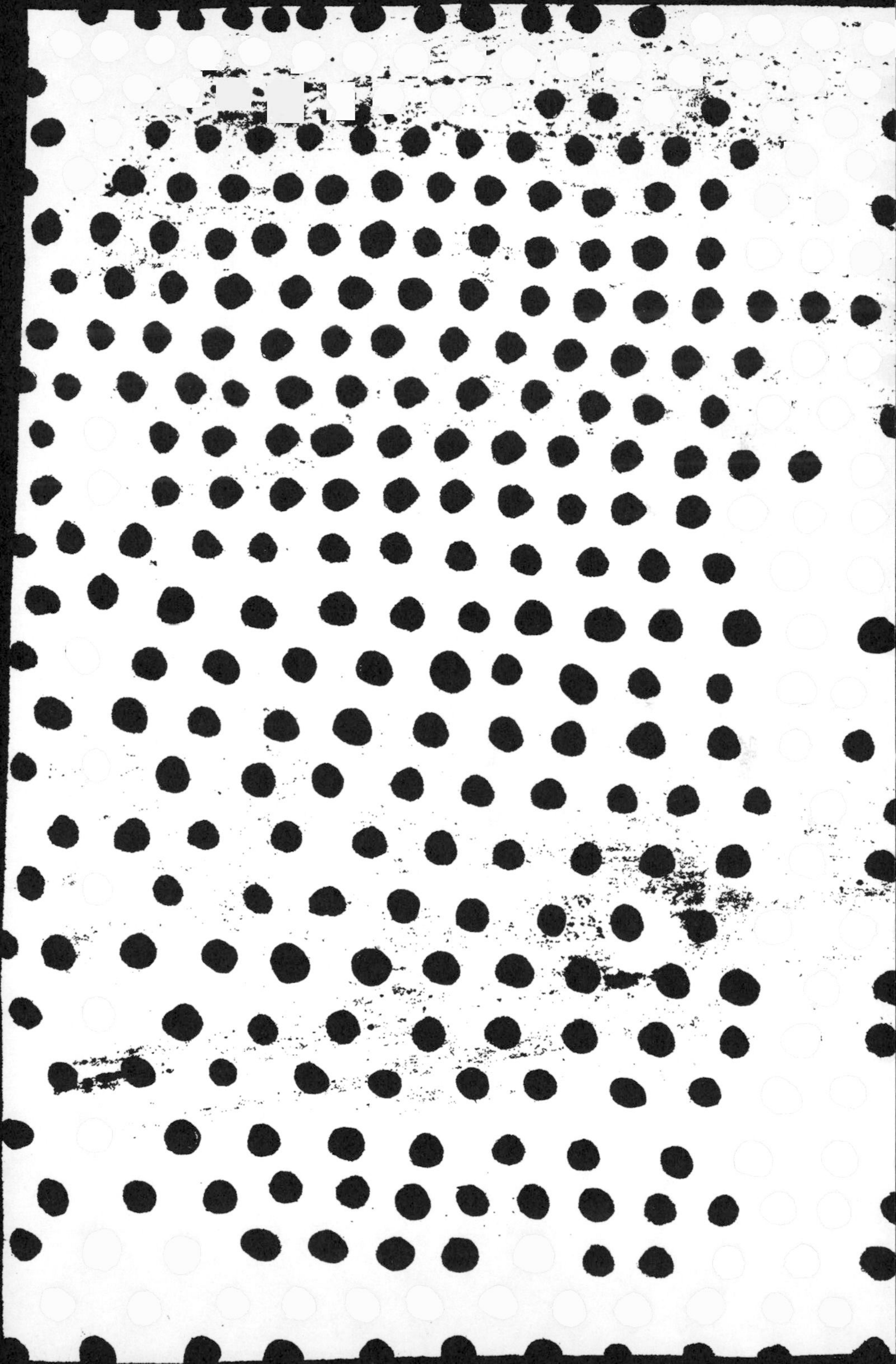

所以然，就像您不知道時間之定義為何，而對這時間的真實性我是不會有任何質疑的。謙虛點吧！無論是您，是我，還是任何一位我們友人，都沒有能耐說明我們想說的是什麼，當我們思索著時間問題的時候，當我們給 be 動詞做變位的時候，當我們把生命劃分為昨日、今日與明日的時候，好似這些用詞用語在意義上有什麼差異，好似沒人說過：**明日**——這只不過是**今日**的另一個名字而已，好似我們都理所當然地清楚認識，在這裡，在這難以解釋的一粒細沙的閉塞空間裡，我們身上所發生的事，哪怕是一丁點也好，好似這兒所發生的一切是有的，是出現，是存在——實實在在地，真真確確地**有的**、**出現**與**存在**。親愛的李奧納多，不久之前（此刻、即將）我曾經（正在、將會）搭乘一艘快樂的小舟，蕩漾在一條大河上。在這之前（在這之後）我曾經（將會）多次造訪該地，並好好認識附近地區。當時（現在、未來）天氣非常晴朗，河流——寧靜，寬闊，而河岸上，河流的一個岸上，杜鵑當時（現在、未來）咕咕叫著，當時（現在）我拋開雙槳，杜鵑便以（將以）歌聲應許我許多年的生命。不過，在牠那方面而言，那時（現在、未來）是很愚蠢的，因為我心知肚明，我不久於人世，就算我還沒死的話。不過，杜鵑不知此事，看來牠對我的生命感到興趣的程度還遠不如我對牠生命的興趣。於是，我拋下雙槳，一邊彷彿計算著自我的歲月，一邊給自己提出幾個問題：這條把我帶往三角洲的河流叫什麼，這個被帶走的我又是何人，我年紀多大，我的名字是什麼，今日是何日，重要的是，現在是何年，還有：小舟，這兒有條小舟，平常的小舟——卻是誰的？而且幹嘛要這條小舟？敬愛的大師，那是些簡單、卻如此惱人的問題，讓我一個都答不上，於是做出結論，我的遺傳疾病發作了，這個疾病曾經折磨我的祖母，我從前祖母。不要糾正我，我在這裡特意使用「從前的」，而不用「已故的」，您會同意，前一個詞聽起來較美好、較柔和，也不會那麼絕望。您瞧，當祖母還跟我們在一起時，她偶爾會喪失記憶，這通常發生在有什麼不尋常的美讓她瞧得很久的時候。因此，這時候，在河上，我想到：四周看來太美了，於是我跟我祖母同樣的原因喪失記憶，沒有能力回答自己最平常不過的問題。幾天之後，我去找我的主治大夫札烏澤商量，詢問他的建議。醫生告訴我：知道嗎，老弟，您，毫無疑問，跟您祖母一樣。您不妨唾棄這個郊區吧，他說，不要再到那兒了，您在那兒真的能找到什麼嗎？但是，大夫，——我說，——那兒很美，很美，我想到那兒。要是這樣，——他取下眼鏡，或者戴上眼鏡，說著，——我禁止您到那兒。但我沒聽他的話。就我看來，他是那類小氣的人，他明明就喜歡到好地方蹓躂，卻希望除了他外，誰都不去那兒。我，當然，答應他除了城裡哪兒也不去，但實際上我只要一獲准出院，我便往城外去，並在別墅住上還剩下的整個夏天，甚至還有一點點的秋天，直到郊區的人開始用落葉燒起火堆，也直到部分的落葉漂浮在我們的河上。在那些日子，四周變得如此美，讓我無法走出屋裡，甚至走到陽台都不行：只要我往河流一瞧，看到對岸，也就是諾爾維戈夫那邊的河岸，樹林是如此五彩繽紛，我就開始哭泣，拿自己一點辦法也沒有。淚水自顧自潸潸而下，我沒法對它們說：不行，而內心是不得平靜，一片怒火（父親要求我和媽媽回到城裡——於是我們就回來了），但是那發生在當時、在河上、在小舟上的事卻不再重演——不論是夏天，還是秋天，總而言之，從那時起便不再重演。事情再明白不過，我什麼都有可能忘記：事情、詞彙、姓氏、日期，但只有那時候，在河上，在小舟上，我把所有的東西一下子就忘得一乾二淨。不過，據我現在所理解的，那種狀況跟祖母全然不同，完全是兩碼子事，是屬於我自己的，或許，那些醫生到目前都沒研究到。沒錯，我沒能回答自己所提出的問題，但這本質上完全不表示記憶喪失，這馬馬虎虎還能接受。親愛的李奧納多，一切還更嚴重，也就是：我處於一種消失的階段。您瞧，人是無法一瞬間全然消失的，他先會在形式上與本質上轉化為與自己不同的什麼東西——比方說，轉化成華爾滋，遠方傳來、依稀可辨的夜晚華爾滋，也就是部分消失，然後再全部消失。

某處的林間空地，一個管樂團已坐定。樂師各自坐在雲衫樹墩上，樂譜擺在跟前，但不是譜架上，而是青草上。青草長得高高的，很茂盛，很強悍，就像湖邊的蘆葦，毫不吃力地撐起樂譜，樂師也毫不吃力地看清所有音符。或許，你不知道，在林間空地根本沒有什麼樂團，但從樹林卻傳來陣陣樂聲，於是你覺得太美妙了。想要脫掉鞋子、襪子，踮起腳尖，配合著遠處的樂聲翩翩起舞，看著天空，希望樂聲永遠不會停止。維塔，親愛的，妳跳舞嗎？當然啦，親愛的，我太喜歡跳舞了。那就讓我邀妳跳一輪華爾滋。樂意，很樂意，太樂意了。哪知這時林間空地出現一群割草人。他們的傢伙，那十二條手臂的鐮刀，也在陽光下閃閃發亮，卻不像樂師手中的樂器金光閃閃，而是銀光閃閃。於是割草人開始除草。第一位割草人走向小號手，準備好鐮刀，——音樂演奏著，——鐮刀快速揮動，切割擺放著小號手樂譜的青草莖。樂譜落下，淹沒在草裡。小號手吹奏一半，上氣不接下氣，悄然退回林中深處，那兒有很多的泉水淙淙流動，也有形形色色的鳥兒齊聲歌唱。第二位割草人邁向法國號手，——音樂演奏著，——做的也是和第一位同樣的事情：大刀一揮。法國號手的樂譜落地。他站起身來，跟隨小號手而去。第三位割草人豪邁地走向巴松管樂手，而他的樂譜，——音樂仍演奏著，不過樂聲變得越來越低，——也掉落地面。這已經是三個樂師默然地相

繼而去，去聽鳥兒的歌唱，去喝林中的甘泉。很快緊接著——鋼琴的樂聲演奏著，——魚貫而去的是：短號手，打擊樂手，第二與第三喇叭手，還有長笛手，於是他們每個都拿著樂器——各拿各的，整個樂團便消失在密林中，沒有人用嘴唇觸動一下吹口，但音樂照樣演奏著。現在音樂是輕聲演奏，仍繚繞在林間空地，豈知這些割草人竟奇蹟般地大覺羞愧，一邊哭泣著，一邊用紅色豎領襯衫的衣袖擦拭著溼淋淋的臉頰。割草人無法工作了——他們的手顫動著，他們的心像似沼澤裡灰心喪志的蟾蜍，——音樂依然演奏著。樂聲自顧自地活躍著，這是——華爾滋，他昨天還是我們之中的一員：他人消失了，轉化為聲音，而我們對此仍將一無所知。親愛的李奧納多，至於我有關小舟、河流、船槳與杜鵑的事情，那我，顯然，也消失了。我當時化作睡蓮，化作河邊一株白色的百合，長著有點金黃、有點深褐的長長的莖，更精確地，應該如此說：我部分消失了，變成河邊一株白色的百合。這樣較好，較精確。記得很清楚，我當時拋掉雙槳，坐在小舟上。河流的一岸，杜鵑正計算著我的年華。我給自己提出若干問題，已經準備好回答，哪知竟答不上，大感詫異。然後，我的體內發生了什麼事，那兒，裡面，在心裡以及腦裡，就好像我被切斷電源。這當下我感覺，我消失了，但開始的時候，我決定不相信，也不願相信。於是，我告訴自己：這不是事實，這就好像你有點累，今天太熱了，拿起雙槳，划船回家吧。我試著拿起雙槳，把兩手伸向船槳，卻沒有成功：我看到手柄，但我的手掌對它們卻沒有一點感覺，船槳的木桿竟溜過我的手指，溜過我的指骨，像沙，像空氣。不對，相反的，是我，是我過去的、而現在已不存在的雙掌繞過木桿溜走，就像水一樣。這比我變為幽靈還糟糕，幽靈至少還能穿牆而過，而我卻穿不過，我沒有什麼可以穿牆，因為我已是一無所有。這又錯了：還是有留下什麼。留下的是希望，希望保持從前的自己，就算我想不起我在消失前是什麼人，我覺得，當時，也就是在這之前，我的人生過的比較有趣，比較充實，因此想要再度成為那個不知名的、被遺忘的某某某。小舟被河浪推到岸邊荒涼處。我在河灘上走了幾步，回頭一看：沙地上並未流下類似足印的任何東西。我還是不願相信。各種可能性還會少嗎：第一，可能所有都是一場夢；第二，可能這兒的沙土厚實得不尋常，而我體重沒多少公斤，由於身材太輕盈，沒能在上面留下腳印；第三，很有可能我根本還沒離開船踏到岸上，直到現在我仍坐在船裡，自然沒能在我沒踏過的地方留下足印。但是接著，我往四周一瞧，看到，我們的河流美麗非凡，老白楊樹蒼勁挺拔，花朵在河流兩岸燦爛奔放，我告訴自己：你這可悲的懦夫，滿口謊言，你消失了，讓你驚慌害怕，於是打定主意自我欺騙，編造一些荒誕無稽的事等等，你最後還是要做個誠實的

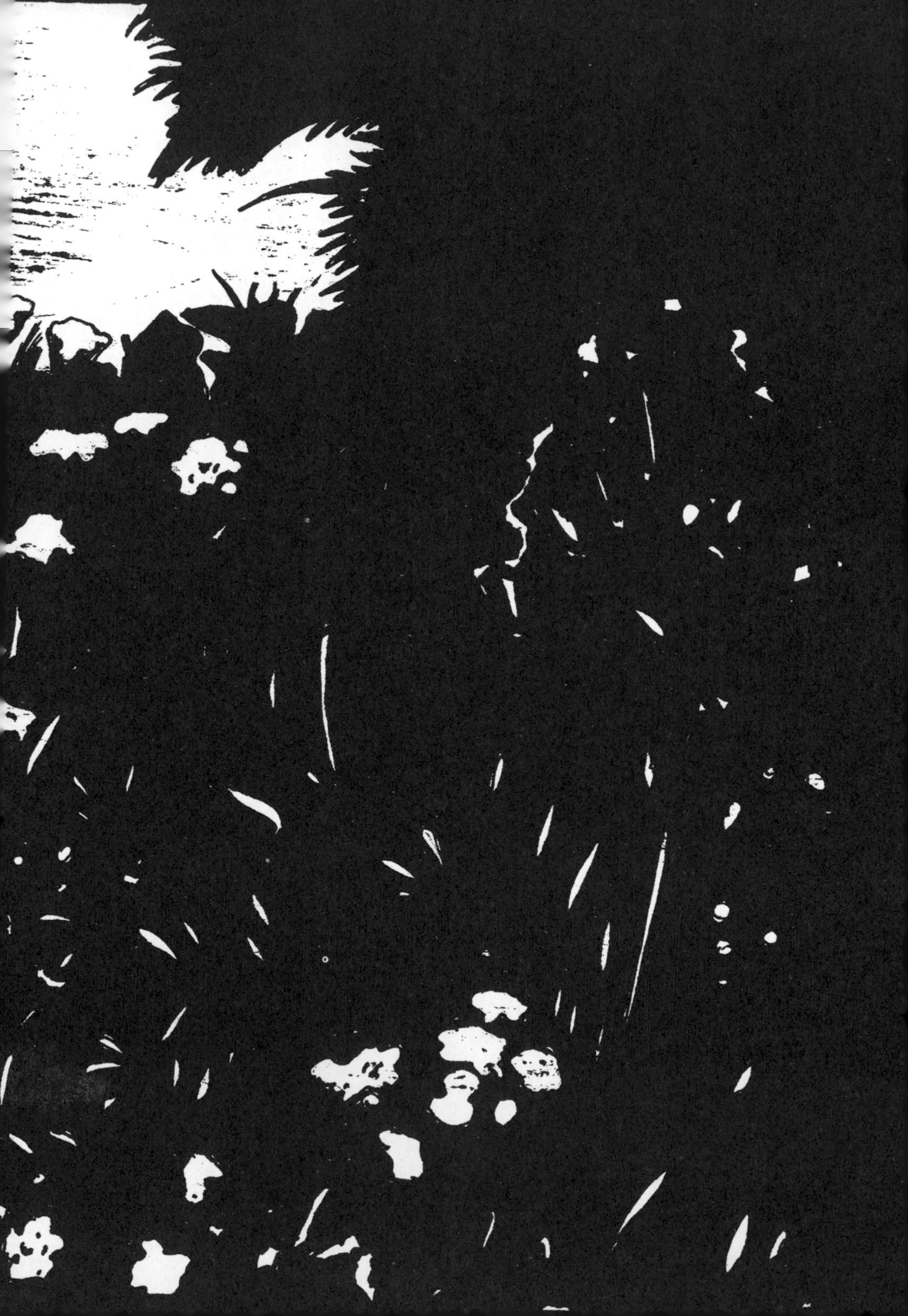

人，就像帕維爾，他也就是薩維爾。你所發生的事根本就不是夢，這是再明白不過的。再說呢，就算你體重再輕，再輕個百倍，那種情況下你還是會在沙土上留下足印。不過，從今天起，你體重會是一公斤都不到，因為你已經沒有了，你根本就消失了，要是你想確認此事的話，不妨再次回頭，看看小舟上：你會看到，小舟上你也沒了。不錯，沒了，我回答「另外一個」我（雖然札烏澤大夫嘗試向我證明，好像沒有「另外一個」我的存在，但他的各種說法都毫無根據，無論如何我都沒法信任他），沒錯，小舟上我是沒了，但是，在小舟上，還擺著一株河邊的白色百合，花莖有點金黃、有點深褐，黃色雄蕊發出淡淡幽香。那是我一個小時前在這小島的西岸摘的，就在河灣處，那兒這樣的百合，以及黃色的睡蓮多得是，多得沒人想去動它們，最好就是如此坐在小舟上，看著它們，一株株個別看或者全部一起看都可以。在那兒可以看到藍色蜻蜓，拉丁語叫做*simpetrum*，還有動作快速、神經兮兮的水黽，很像長腳蜘蛛，另外，薹草之間悠遊著一群鴨子，實際上，就是野鴨。牠們顏色有些斑駁，發出珍珠似的光澤。那兒還有河鷗：牠們把鳥巢藏在島上，藏在所謂的垂柳之間，也就是那些枝葉低低下垂、發出銀光色的柳樹之間。而我們一次連一個巢都沒能找到，我們甚至無法想像那巢長什麼樣子——那河鷗的巢。還好我們知道河鷗是如何捕魚。鳥兒高高地飛在水上，緊盯著河流深處有魚的地方。鳥兒把魚看得一清二楚，而魚看不見鳥兒，只看見蚊蚋與飛蚊，這些蚊子喜歡飛在水面正上方（喝喝睡蓮甜蜜的汁液），魚兒就以牠們為食。魚兒常常會躍出水面，一口吞下一、兩隻的蚊子，這剎那間，鳥兒收起翅膀，由高空俯衝而下，一把攫住魚兒，含在鳥喙中帶回自己的巢，也就是河鷗的巢。真的，有時鳥兒沒能攫獲魚兒，那時鳥兒便再次飛到適當高度，持續地飛著，盯住水裡。鳥兒在那裡看到魚兒，也看到自己的倒影。這是別的鳥兒，河鷗想著，長得跟我很像，不過是別的鳥兒，牠住在河水的另外一邊，而且老是飛出來跟我一起打獵，牠也捕魚，而這隻鳥兒的窩嘛——就在這島嶼背面的什麼地方，也就是在我們鳥巢的正下方。牠是很棒的鳥兒，河鷗思索著。是的，河鷗、蜻蜓、水黽等——常出現在本島嶼西岸，在河流彎處，我便在此處摘下睡蓮，它此時正躺在小舟上，逐漸凋謝。

但你幹嘛摘它，難不成有什麼必要性嗎？你可是不喜歡，——我知道，——不喜歡摘花的，而只喜歡觀賞，或者小心翼翼地用手探觸花。當然，這是我不應該，我也沒想要，相信我，原先我沒想要，從來也都沒想要。我覺得，要是我什麼時候摘花，就會發生不愉快的事情——發生在你我身上，或者發生在他人身上，也或者發生在我們的河流，比方說吧，難道河流就不會乾枯嗎？你說

出一個奇怪的字，你說什麼呢，什麼是shaku[28]？沒有的事，這是你覺得，你聽錯了，沒有這個字，聽起來很像，卻不是這個字，我已經想不起來了。還有，我剛才都在說什麼來著？能不能請你幫我重建推理的線索？我的思索斷線啦。我們說到，有一回特拉荷琴柏格擰下浴室水龍頭，不知把它藏到什麼地方去。管理員來了，他在浴室站了很久，東瞧西瞧。他久久說不出話，因為他怎麼都不理解。水嘩啦嘩啦流著，浴室裡漸漸要淹滿水，於是管理員問特拉荷琴柏格：水龍頭呢？老太婆回答他：我倒有一個留聲機（此話不對，只有我才有留聲機），水龍頭可沒有。但是水龍頭也沒在浴室裡啊，管理員說道。這事嘛，先生，您自己看著辦，沒我的事，——然後，她便走回房裡。管理員走到門前，敲起門來，特拉荷琴柏格太太也好，丁柏根太太也罷，都沒給他開門。我則站在前廳思索著，當管理員回到我跟前，問說該怎麼辦，我答道：敲門吧，會有人給你開門的。他再度敲起門來，特拉荷琴柏格太太很快地給他開門了，於是他又好奇問道：水龍頭呢？我不知道，特拉荷琴柏格老太太把他頂了回去，您問問年輕人去。於是她那瘦骨嶙峋的手指往我的方向指了過來。管理員表示：有可能，這男孩有點傻裡傻氣，不過我覺得，他不至於蠢得擰掉水龍頭，這是妳幹的，我這就向住宅管理人索羅金投訴去。這下子丁柏根太太當著管理員的面哈哈大笑。不祥之兆。於是管理員投訴去了。我則站在門廳，思索著。這裡，掛衣架上掛著大衣和幾頂帽子，這裡還擺著運送傢俱的兩只箱子。這些東西都是我們鄰居的，也就是特拉荷琴柏格——丁柏根以及她的那個挖土機司機的。無論如何，那頂油膩膩的鴨舌帽是他的沒錯，因為老太婆本人只戴有邊的帽子。我常常會站在門廳，打量掛衣架上的個個物件。我感覺，這些東西都很善良，跟它們在一塊很讓人安心，我一點都不害怕它們，當沒人穿戴它們的時候。我還想著那兩只箱子，它們是用什麼木材做的，值多少錢，哪班火車，走哪條支線，把它們運送到我們的城裡。

親愛的某某同學，我，本書的作者，很清楚地想像到那火車——長長的一列貨運火車。它的車廂基本上是褐色的，用粉筆寫了滿滿的字——字母、數字、單詞、完整的句子。大家看得一清二楚，這些車廂裡，有幾個工人穿著特別的鐵道制服，戴著錫製帽徽的帽子，正在計算、登記和結算。我們

28 shaku，俄語是сяку，原意為「日尺」，即日本的長度單位「尺」。文中，故事敘事人由於俄語「乾枯」(иссякнуть)一詞連想到發音部分接近的「日尺」(сяку)。「日尺」一詞在之後鐵路員工談論日本文學時會再次出現。

推測，這輛火車停留在岔線已有幾天幾夜了，並且不知道——沒有誰會知道——它何時再開動，也沒人知道——往哪兒去。這時候有個委員會來到這岔線，瞧瞧鉛封，用錘子敲敲車輪，檢視軸承箱，查看金屬有無裂縫，會不會有人把沙子摻進機油裡。委員會的人也一邊爭論，一邊咒罵，他們早就厭倦這一成不變的工作，他們都很樂意退休。但離退休還要多少年呢？——委員會的人都在思索著。委員會有人取下一根粉筆，在任何隨手可到的地方，通常是在哪一個車廂上，便書寫了起來：出生——哪一年，年資——多少年，也就是說，離退休還有多少年。接著，又有下個委員會來到工作現場，這個委員會有人欠了前一個委員會的幾個同事不少錢，這也是為什麼第二個委員會的人既不爭論，也不咒罵，什麼都盡量做到沒事就好，甚至連錘子都不動一下。這個委員會很是沉悶，他們有人也從口袋裡掏出粉筆（這裡我必須用括號指出，當前事件進行的這個火車站從來不抱怨粉筆短缺，即使在二次大戰期間。這車站有時會短缺枕木、軌道車、火柴、鉬礦、扳道工、螺帽扳手、軟管、柵欄、裝飾鐵道邊坡的鮮花、紀念這個或那個完全不相干的事件並帶有必要標語的紅色旗幟、備用煞車、吸管與灶坑、鋼材與煤渣、決算表、倉庫帳簿、熔灰與鑽石[29]、火車頭煙囪、車速、彈殼與大麻、控制桿與鬧鐘、娛樂與木柴、留聲機與裝卸工、有經驗的文書、附近的樹林、有韻律的時刻表、懶洋洋的蒼蠅、菜湯、稀飯、麵包、清水。但是這個車站裡的粉筆永遠是那麼多，連電信局的報告都指出，必須集合編制內具某種承載能力的所有列車才能夠從車站運出所有潛在的粉筆。更精確說吧，不是從車站運出，而是從車站地區的白堊礦場。因此，本車站就叫做「白堊」，而且那條河流——那條總是茫茫白霧、兩岸都是白堊的的河流——不叫「白堊」能叫什麼。簡單地講，在車站附近，在本鎮裡，這裡所有的一切都是用這種白色、柔軟的岩石建設而成：人們在白堊礦場與礦坑工作，收到的是白堊粉末沾得髒兮兮的盧布，用白堊蓋房子、鋪馬路，製造白灰漿，在學校裡教導孩子用粉筆寫字，人們用白堊洗手、洗澡，用白堊清潔鍋子與牙齒，並且，最後，臨終的遺言是把自己埋葬在本鎮墓園，那兒沒有泥土，只有白堊，而且每個墳墓都是用白堊墓碑裝飾。試想，這個「白堊」鎮是難得一見的清潔，到處是白皚皚的一片，收拾得乾乾淨淨，鎮上的天空永遠是白雲輕飄或濃雲密佈，醞釀著白堊般的雨水，而每當雨水下降，城鎮出落得更是白花花，更是清溜

29 熔灰與鑽石（пепел и алмаз），來自波蘭作家安德傑耶夫斯基（Jerzy Andrzejewski, 1909-1983）的小說《熔灰與鑽石》（Popiół i diament, 1948）。小說於一九五八年由波蘭導演瓦伊達（Andrzej Wajda）拍為電影。

溜，也就是徹頭徹尾的白白淨淨，就像高級醫院裡全新的床單。說到醫院，這兒的醫院是又好又大。裡面是白慘慘的礦工，都行將就木，他們患有一種特殊的疾病，彼此言談之間把這種疾病稱之為「白堊病」。白堊粉塵吸進他們肺部，再滲進血液，於是血液變得貧乏與稀薄。他們臉色發白，在夜班昏暗的光線下他們的臉孔散發著白慘慘、陰森森的光芒；在遞交病人包裹與會客時間，映著白淨得讓人驚嘆的窗簾，他們的臉孔會在醫院窗戶上散發光芒；臨死前在枕頭上，他們的臉孔也會散發訣別的光芒；之後，他們的臉孔散發光芒就只有在家庭相冊的照片上。照片貼在個別一頁，家裡有人很認真地用黑色鉛筆沿著照片四周描繪了一個邊框。邊框畫得雖然不很工整，卻很莊嚴。不過，還是回到第二個鐵道委員會吧，這時他們有人從口袋裡掏出粉筆，並且——我們把括號在此關閉）並且在火車廂上寫著：欠彼得洛夫——多少，欠伊凡諾夫——多少，欠希德洛夫——多少，總計——多少的白堊盧布。委員會一路走下去，在幾個車廂與月臺上寫下：**已查驗**，在其他車廂與月臺則寫下：**待查驗**，因為不可能全部一下查驗完畢，確實也還有第三個委員會：就讓他們去查驗剩下的車廂吧。不過，除了幾個委員會外，車站裡還有非委員會，換句話說，就是那些不是委員會的成員，他們與這些事毫不相干，他們各自忙著別的事，或者什麼事也不忙。但是他們卻擋不住內心的慾望，抓起粉筆，就在那木製的、太陽曬得溫熱的車廂牆壁上寫下些什麼。這就有一個阿兵哥，頭戴船形帽，正往車廂走去，寫道：**離退役還有兩個月**。出現一個礦工，一隻白白的手寫下：**一群人渣**。一個老是成績不及格的五年級學生，或許，他的生活比我們全部加在一塊還艱辛，寫著：**瑪麗亞·絲琪潘娜——母狗**。一個車站女工，身穿橘色背心，她的責任本是擰緊螺帽與打掃天橋，卻老將垃圾一把往下倒，倒在鐵道上，她可是很會畫海洋。她這時就在車廂畫上波浪狀的線條，說真的，還畫出一片大海。有個老叫化子既不會唱歌，又不會拉手風琴，到現在為止不曾打算買個手搖風琴，寫道：**感謝您**。有個年輕小夥子，醉醺醺的，一頭亂髮，他從旁人嘴裡得知女友背叛，絕望之餘寫下：**三個男人愛上一個華莉雅**。終於，一輛火車駛出岔線，奔馳在俄羅斯各個路段。它是由委員會查驗過的幾個車廂構成，是由高雅的文字與辱罵的語言構成，構成它的還有：零零碎碎受傷的心靈、備忘錄、業務筆記、閒來無事的線條畫，還有嘲笑與詛咒、哀嚎與淚水、血液與白堊、分佈在黑色與褐色之上的白色、對死亡的恐懼、對遠親近鄰的憐憫、緊張兮兮的神經、良善的動機與美好的夢想、粗魯、溫柔、愚昧與諂媚。火車奔馳，上面載著特拉荷琴柏格太太的幾只箱子，於是整個俄羅斯都走到四面通風的月臺，盯著火車看，也看到車廂上的題辭——這是個人生命的快閃書，也是沒

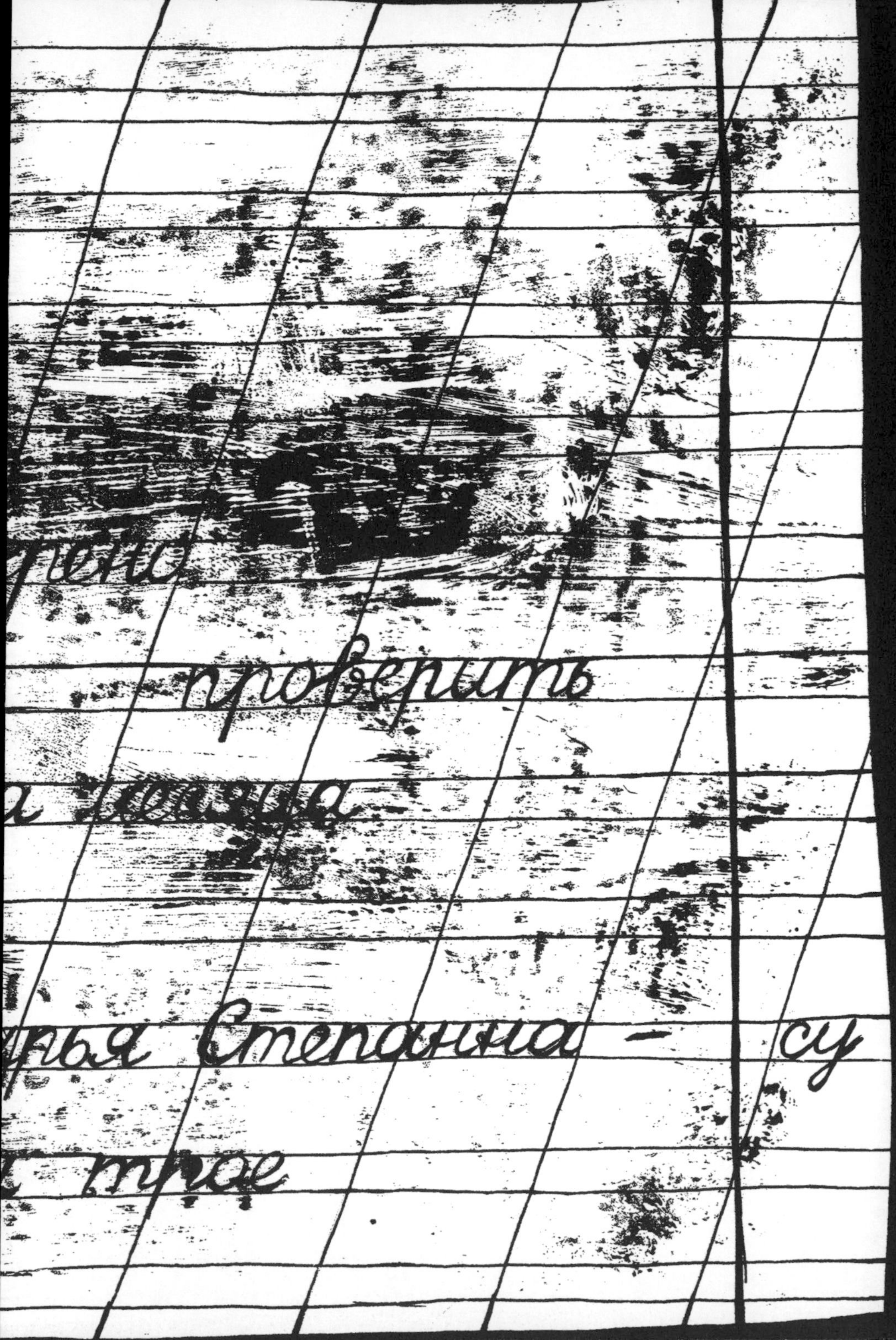
проверить

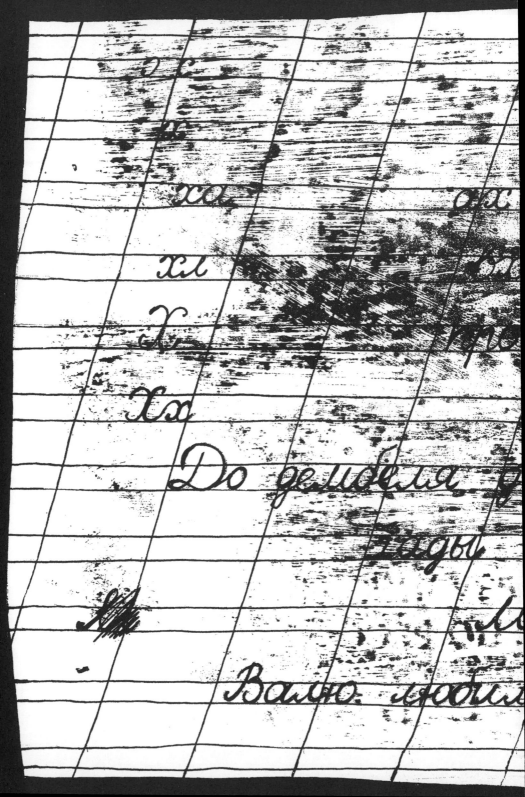

эх

хх

ха ах

хл вл

Х пра

Хх

До демидеия

гады

М М

Вашю любим

頭沒腦、平庸無奇、枯燥乏味的書，是由知識不足的委員會與可憐兮兮、傻裡傻氣的人們的手所創造出來的書。幾天之後，火車抵達我們的城鎮，來到貨運車站。鐵道郵局的工作人員憂心忡忡：他們必須通知特拉荷琴柏格太太，那幾只傢俱箱子終於收到了。室外下著雨，天空烏雲密佈。在所謂的郵局邊牆那兒的特別的郵務辦公室裡，亮著一盞一百燭光的燈，驅散了昏暗，也創造了安適。辦公室內有幾名身穿淺藍制服的辦事員，滿臉憂心忡忡。他們憂心忡忡地在電爐上給茶加熱，然後憂心忡忡地喝茶。室內瀰漫著繩子、火漆、包裝紙的味道。窗戶面向幾條鐵道備用線，枕木間穿出綠草，開著一些小小的、卻很漂亮的花朵。從窗戶瞧著這些花朵很是賞心悅目。氣窗開著，因此清清楚楚聽到一些專屬鐵路樞紐車站的聲響：鐵道連接員的號角聲、氣動式煞車與緩衝器的噹啷聲、火車頭的汽笛聲、調度員的號令聲。聽到這些聲響也讓人悅耳，尤其如果你是專業人員，能夠說出任何這些聲響的特質、目的與意義。要知道，鐵道郵務辦公室裡的辦事員可都是專家，他們肩膀上都扛有天大的鐵路旅程數，當年每個都曾當過郵務車廂長，或曾做過同一車廂的列車員，甚至有人服務過國際線，他們都是所謂的見過世面的人物，都知道什麼事該怎麼辦。因此，要是有人挺身而出，問他們的主管，是否真的如此……

沒錯，親愛的本書作者，正要如此：去到他家，在門口按一下響亮的自行車鈴——好讓他聽到，並打開門。是誰啊？這是路人甲呀，那某某長官可是住在這兒？正是這兒。開開門吧，我們是來請教問題的，希望得到正確答案。誰啊？「幾個過來人」。明天再來吧，今天已經太晚啦，我和太太在睡覺。醒醒吧，該是說實話的時候了。關於什麼人？什麼事？有關您辦公室的幾位同事。幹嘛三更半夜的？夜裡什麼聲音都聽得較清楚，包括：嬰兒的哭聲、人瀕臨死亡的呻吟，夜鶯的飛翔、電車「括約肌」[30]的咳嗽。起來吧，開開門，給我們回答問題。等等，我穿個睡衣。您穿吧，它和您的臉很搭配，很漂亮的格子圖案，自己縫的還是買的？記不得了，不知道，還得問我太太，媽媽呀，來了「幾個過來人」，他們想要知道睡衣的事，是自己縫的還是買的，要是買的，那在那兒買的？多少錢啊？是縫的不對是買的下著雪很冷我們從電影院回家的路上我想到我這丈夫這個冬天將沒有保暖的睡衣剛好看到一家百貨公司而你留在街上買幾根香蕉那兒買香蕉的排成一隊於是我就不特別趕時間首先看到地毯我訂購了一尺半每尺要七十五塊提貨要三年後因為工廠停工

30 此處為故事敘事人的口誤，把「驗票員」（кондуктор）說成發音相近的「括約肌」（констриктор）。

整修然後在男性內衣部門一下子看到這件睡衣還有中國式長褲與上衣如此毛茸茸的始終拿不定主意該買什麼好總的來說我較喜歡長褲又不算貴顏色又好看可以穿著睡覺呢去上班時也可穿在裡面也可穿著走在家裡不過我們和鄰居住在一起也就是說不能穿著去門廳或到廚房而穿著睡衣到底還是得體甚至好看所以我就訂購了睡衣於是回到街上而你還在排隊買香蕉於是我要你給我錢我訂購了一套睡衣而你說不要啦幹嘛要這種很可能是什麼垃圾的東西呢不會的我說一點都不是垃圾相反的是很高雅的東西是舶來品鈕扣都是木製的你自己去看看吧站在你前面的是個上了年紀的女士穿著短上衣耳朵夾著耳環胖胖的頭髮斑白她轉過身來說道您去吧去吧不用擔心吧我一直都會站在這兒要是有什麼事我會說您在我後面至於那套睡衣她說您不要跟太太爭論吧我知道這套睡衣很值得買下來哪我上星期給所有家人都買了同樣的睡衣呢給父親買了給兄弟買了給丈夫買了也給在戈梅利[31]的一個女婿寄一套過去呢他現在在那兒上專修班所以說啊你甚至考慮都不用呢您就買下吧事情就搞定了因為下次急著想要同樣的睡衣時你找遍整個城市人家還會告訴你月底再來看看吧月底再來看看吧你月底過去這時又告訴你昨天被買走了所以啊您就不要考慮了以後您甚至還會跟太太說謝謝而您排隊這位置我會幫看住的您就不用擔心了於是這時你說嗯那好吧我們去看看我們就去了百貨公司我問說怎樣還喜歡嗎而你不知怎地就這樣聳聳肩膀並答說不知

道鬼才知道睡衣好像還好就是格子圖案不知怎地有點怪怪而且我覺得褲子有點窄你是這樣說而那年輕漂亮的女店員聽到了就建議你說您去試穿比比看吧我們這兒幹嘛要設試衣間呢它可不是設給我用的我就拿了睡衣它掛在木製的衣架上我們就走到幕簾後面那兒有三面大鏡子當你開始脱衣時那雪花已經不是雪花了而是水滴哩直接就濺灑在所有的鏡子上我從幕簾後面探出頭去叫喊女店員小姐你們有沒有抹布什麼的而她說你們要抹布作什麼用於是我說要擦鏡子她問什麼濺到鏡子上去了是啊街上有點下雪而你們店裡又那麼暖和什麼都融化了於是她從櫃台下面拿出一塊黃色的法蘭絨布塊說道拿去吧然後又問道怎麼樣試穿好了嗎而我回答還沒好目前還在試穿哪好的時候會告訴妳到時妳再看看給個意見吧褲子是不是真的太窄後來我就瞧著你已經完全把整套睡衣穿好了並且往各個方向轉動身子甚至蹲下兩次檢查腹股溝部分怎樣我問道而你回答好像都還可以不過這褲子可能有點窄還有這方格圖案讓人不放心呢有點不是我們的風格那還用說我說這可是舶來品呢於是我呼叫女店員想聽她的意見她的顧客剛好一大堆她回說就來就來其實本人不來就是不來於是你說我自己到她那兒我不讓你去呢你

31 戈梅利（Гомель），白俄羅斯第二大城，位於白俄羅斯東南，近烏克蘭邊境，臨索日河，人口約四十八萬。

有些不方便吧四周都是人啊於是你回說有人又怎樣他們難道沒看過睡衣嗎他們自己每個人都各有十套呢這有什麼好怕的你說我們不是也是人嗎於是你便走出試裝間並問女店員怎樣穿起來還可以吧她說簡直好像是為你縫製的就買下吧您不會後悔的這樣的尺寸總共才剩一套半到傍晚時就會賣光光人家搶著要呢那時你問我是不是覺得褲子有點窄那是你們這樣感覺女店員回答就是這樣的款式現在最流行的上衣都長長的有點寬而褲子卻相反不過您要的話那可以修改一下呢可以把什麼地方放大但譬如上衣這裡嘛我看正好相反要把它的折邊縮小因為外套在腰圍部分確實太寬了對了您太太可以幫您修改或者可以送到裁縫店裡她還問我您家裡有縫紉機嗎有的只不過不好用但是從前我有一台勝家牌縫紉機用腳操作的還是我媽媽給的當女兒出嫁的時候我又送給她了我當然不覺得惋惜不過難免有一點捨不得但是女兒也是少不了它他們現在有個小男生一直在長大有時須要給他縫製東縫製西的當然就讓女兒用勝家縫紉機去縫製東西吧我們就給自己買了一台全新的電動縫紉機可是它卻不好用也不知是它品質不好還是我不習慣呢它縫出來的針線不工整結果總會斷線不過用它還是比送去裁縫店好呢在裁縫店要等很久而且又很貴所以理所當然是在家裡自己縫於是女店員也說當然是在家裡自己縫你只要用上一個晚上一切就搞定根本不用一年哪夠了於是她問你那您本人喜歡嗎你笑笑甚至不大好意思

我覺得是啊不錯的睡衣你說那還討論什麼那時女店員還跟你說您想必在鐵道工作我跟你對看一眼她是如何猜到的於是我向她提問妳是如何知道的我很好奇哪很簡單她答道您先生頭上戴的工作帽上有鐵鎚和旋轉式扳手的標誌而我的兄弟也是在火車上上班他服務的是郊區的路線他有時候晚上下班會告訴有關工作的一切哪裡發生什麼事故哪裡有什麼有趣的事我甚至羨慕他每天都有新鮮事而這裡永遠都是一個樣您要買嗎她說於是我要求她請妳把這睡衣給我們包起來那我現在到櫃台付帳她說好的您先去櫃台付帳我馬上把它包起來我去櫃台付錢要排隊而你在試裝室脫掉睡衣我看到你把睡衣掛到衣架上拿去給她了她開始包裝甚至用緞帶包紮不對啊媽媽不對啊我都記得那是細繩我還想到跟我們在上班時打包印刷品郵件和綁好包裹一樣我們隨時有整綑整綑的細繩和線軸永遠用不完哪上好的細繩要多少有多少就是那店裡小姐那兒手上的那種細繩哩那兒我們工作都超越進度呢別擔心過來瞧瞧吧檢查看看吧隨時都可以搖一下自行車鈴我們要瞧瞧細繩讀讀日本詩人的作品呢謝苗・尼古拉耶夫可以把日本詩歌朗朗上口總之太聰明了讀了很多書。

點亮著一百燭光的燈泡，瀰漫著火漆、線繩、紙張的味道。窗外——生鏽的鐵軌、小小的花兒、雨滴與轉運車站的各種聲響。劇中人物：主管某某某——一個官途看好的人；謝苗．達尼洛維奇．尼古拉耶夫——生得一臉聰明樣；費德爾．穆榮契夫——外表其貌不揚。這幾個人，還有其他的鐵路局員工，坐在同一張桌子，正喝著茶，吃著小麵包圈。「幾個過來人」站在門口。主管某某某說話了：尼古拉耶夫，「幾個過來人」來了，他們想聽聽日本經典作家的詩歌或散文。謝苗．尼古拉耶夫打開書本，說道：巧得很，我這兒剛好有川端康成[32]，他寫道：**難道這兒那麼冷嗎？你們全身都裹得緊緊的？是啊，先生。我們每個都已穿上冬衣了。每到晚上大雪過後，天氣轉晴，這時寒氣特別逼人。現在應該是零度以下。已經零下啦？是啊，沒錯，冷得很。不論手碰到什麼，都是冷冰冰的。去年也是很冷。氣溫低到零下二十幾度。那雪很多嗎？雪平均深度——七、八尺，風雪最強的時候會超過一丈**[33]**。現在，看來，就要飄雪了。沒錯，現在正是下雪的時候，我們就等著。老實說，沒多久前才下雪，覆蓋大地，然後又有點融化，積雪幾乎下降一尺呢。難道馬上又要融化？沒錯，不過先會下一場雪。**[34]費德爾．穆榮契夫：就這麼一個故事啊，謝苗．達尼洛維奇，就這麼一個小故事。謝苗．尼古拉耶夫：這不是小故事，費德爾，這是長篇小說的片段。主管某某某：尼古拉耶夫，「幾個過來人」還想聽一些。謝苗．尼古拉耶夫：那就請了，我隨便念一段：**這女孩坐著，敲著鼓。我看到她的背影。好像，她坐得很近——就在隔壁房**

間。**我的心就隨著鼓的節拍跳動。鼓聲真是給酒宴助興啊！——一個四十歲婦人説道，她也一直瞧著女舞者。**費德爾．穆榮契夫：覺得如何哪？謝苗．尼古拉耶夫：我再念一段，這是一位日本詩人的詩句，一位禪宗詩人道元禪師[35]。費德爾．穆榮契夫：禪宗？知道了，謝苗．達尼洛維奇，不過你沒説出他的生卒時間，説説看，如果不是祕密的話。謝苗．尼古拉耶夫：抱歉，我這就想想，是了，從一二〇〇年到一二五三年。某某主管：才五十三年的年紀？謝苗．尼古拉耶夫：不過，那是怎樣的歲月呀！費德爾．穆榮契夫：怎樣的？謝苗．尼古拉耶夫從凳子站起身來：**春天的花，夏天的杜鵑，秋天的月，還有冬天的雪，寒冷而純淨。**[36]（坐了下來）就這樣。費德爾．穆榮契

32 川端康成（1899-1972），日本新感覺派作家，一九六八年獲諾貝爾文學獎，為日本第一位諾貝爾獎文學家，代表作品有《雪國》（1937）、《千羽鶴》（1952）、《古都》（1962）等。

33 一日尺約三．〇三公分，日丈約三．〇三公尺，與台尺、台丈相同。

34 本段取自川端康成的小説《雪國》（1937）。

35 道元禪師（1200-1253），日本鎌倉時代著名宗教家與詩人，在佛學方面的代表作為《正法眼藏》。

36 道元禪師的詩歌《本來面目》。川端康成曾於諾貝爾獎頒獎典禮的受獎演說中引用這首詩歌。

夫：就這樣？謝苗．尼古拉耶夫：就這樣。費德爾．穆榮契夫：怎麼好像太少了吧，謝苗．達尼洛維奇？少了點。或許那兒還有些什麼，可能是截取片段吧？謝苗．尼古拉耶夫：不，就是這樣，這是一種特別形式的詩歌，有的詩歌很長，譬如說，史詩，有的詩歌較短，還有的就是短短幾句，甚至一句。費德爾．穆榮契夫：這是為什麼，幹嘛？謝苗．尼古拉耶夫：這該怎麼跟你說呢，——簡潔。費德爾．穆榮契夫：哦，原來是這樣，也就是說，我這麼理解，拿個比方吧：有好幾列火車跑在各區段——有沒有列車在跑？謝苗．尼古拉耶夫：嗯，有啊。費德爾．穆榮契夫：可不是嗎，列車也是各有不同。有的很長，你等著想越過平交道，它卻長得沒完沒了的；也有短的（掐指計算），一，二，三，四，五，沒錯，比方說，五節車廂或平板車吧——這樣說，通嗎？這樣子，也可算是簡潔嗎？謝苗．尼古拉耶夫：一般來說嘛，沒錯。穆榮契夫：那這樣我們算是搞清楚了。您剛說什麼來著：冬天的雪，寒冷而純淨？謝苗．尼古拉耶夫：是冬天的雪。費德爾．穆榮契夫：那就對了，恒雄．達尼洛維奇[37]，我們這兒冬天的雪是夠多的，一月分時不會少於九日尺，到冬末時更達兩日丈。恒雄　尼古拉耶夫：不是兩日丈，應該說一日丈半才正確。室松[38]：哪是一日丈半，恒雄桑，常常達到兩日丈呢。恒雄．中村[39]：這該怎麼說呢，就看在哪裡了，要是在堤防的迎風面，那當然是啦。

要是在曠野中，那就小得多了，一日丈半哪。費德爾．室松：好吧，一日丈半就一日丈半，恒雄桑，有什麼好爭的。恒雄．中村：瞧，雨下個沒完沒了的。費德爾．室松：是啊，雨下個不停，很糟糕的天氣。恒雄．中村：整個車站濕答答的，四周都是水窪，不曉得什麼時候才會恢復乾爽。費德爾．室

37 此處穆榮契夫故意將尼古拉耶夫的名字與父名「謝苗．達尼洛維奇」說成具日本味的「恒雄．達尼洛維奇」。不過，俄語中採用的「Цунео」，也可能是日語的「恒夫」。因此，「恒雄　達尼洛維奇」也可譯為「恒大達尼洛維奇」。

38 「室松」其實就是「穆榮契夫」。敘事人在此處故意將俄語姓氏「穆榮契夫」(Muromtsev)說成發音相近的日語姓氏「室松」(Muromatsu)。

39 「謝苗．達尼洛維奇．尼古拉耶夫」先被稱為具日本味的「恒雄．達尼洛維奇」，再被稱為「恒雄．尼古拉耶夫」，而後連同姓氏也改為日本姓，名字與姓氏一起被改稱為「恒雄．中村」。至於俄語姓氏「尼古拉耶夫」(Nikolaev)被改稱為日語姓氏「中村」(Nakamura)，是因為二者發音近似。另外，譯文「恒雄．中村」在小說原文中為「Ц. Накамура」，若直譯為中文應該是「Ts．中村」，但日文中似沒有如此的使用習慣；若按照日語習慣譯為「中村恒雄」，則又喪失原文半俄語半日語的味道。幾經斟酌最後採用「恒雄．中村」之翻譯。

松：這種窩囊天氣，不帶把雨傘，最好不要上街——否則準會淋個落湯雞。恒雄．中村：去年這個時候，也是這種天氣，我的房子屋頂還漏水，所有榻榻米都濕透了，而且我怎麼也沒辦法把它們搬到院子曬乾呢。費德爾．室松：那真是倒楣呀，恒雄桑，這種雨對誰都沒好處，只會礙事。真的，有人說，這種雨水對稻子很有利，但是對人哪，尤其是城市居民，這種雨只有讓人不舒服。恒雄．中村：我的鄰居就因為這種雨水已經一個禮拜下不了床，病懨懨的，又是咳嗽的。大夫說，傾盆大雨要是再下幾天，非得把這鄰居送到醫院不可，要不然他永遠好不了。費德爾．室松：對病人沒什麼比下雨更糟糕的，空氣變得很潮濕，病情又要加重。恒雄．中村：今天早上，我太太想要打赤腳上店鋪去，但我非要她穿**木屐**去不可，要知道健康是什麼錢也買不到的，而生病比什麼都容易。費德爾．室松：說得是啊，先生，雨水冰冷得很，不穿鞋子，想都別想要出去，這些日子我們大家都該好好珍惜自己。恒雄．中村：來點清酒對我們應該無傷，你以為如何？費德爾．室松：沒錯，只要不多喝就好，來一、兩杯小酒，對吃飯助興的效果不亞於鼓聲。上司某某某說話了：「幾個過來人」對幾只箱子的命運很感興趣。謝苗．尼古拉耶夫：哪些箱子？上司某某某：舍娜．特拉荷琴柏格太太的箱子。費德爾．穆榮契夫：他們來了，我們也在操心這事呢，得寫張卡片，他們還站在室外呢，正下著雨，他們準會全身濕透，我們得給她寫張卡片，公文用紙在這兒，這是地址，謝苗．尼古拉耶夫，就請您寫吧。

敬愛的舍娜．索羅門諾芙娜，——我閱讀著資料，就站在前廳，那時的前廳看起來幾乎很開闊，因為貨櫃都還沒送達，——敬愛的舍娜．索羅門諾芙娜，我們這些鐵路郵務部門的員工謹此通知，我們所有市區，以及鄰近各地，正值入秋前的連綿霪雨。四處積水，穿越各鄉鎮的道路泥濘不堪，樹葉飽含水氣，並都泛黃，而蒸汽機車、車廂、軌道車等的車輪都嚴重生鏽。在這樣的日子大家都很辛苦，尤其我們這些鐵路局工作人員。無論如何，我們決定還是不要打亂良好的工作節奏，執行我們的工作計畫，盡力嚴格遵守每日的進度。於是，成效俱在眼前：儘管我們車站附近有的水窪深達兩、三尺，我們遞送的信件與包裹不少於去年同期。最後，緊急通知您，收件人是您大名的箱子兩只，已送達本站，懇請您儘速前來本事務處辦理，將貨物提領出倉房。謹此。你幹嘛跟我說這些，我不願去想你有能耐讀別人的信；你很傷我的心；跟我說實話，或許這都是你捏造的，我可是知道的——你就喜歡編造各種故事，不過，每次跟你說話，我也捏造很多事情。「那兒」，醫院裡，札烏澤對我們老是大肆嘲笑，說我們作白日夢。他笑著說，病人某某

某，老實講，我沒有碰過比您還健康的人，但是您的不幸就在於：您是個不可思議的幻想家。於是，那時我們回答他：既然這樣，您不能扣留我們在這兒如此之久，我們要求儘速離開授權於您的「這兒」。這時他馬上變得一本正經，問道：呵，好吧，就算我明天讓您出院，那您準備幹什麼，作什麼事情，去工作或者回學校？我們回答：回學校？哦，不，我們要到城外去，因為我們有間別墅，更精確地，與其說是我們的，到不如說是爸媽的，那兒美妙得不可思議；一點二十分，等待起風，沙土與芾石楠，河流與小舟，春天與夏天，在草叢中讀書，清淡的早餐，滾球遊戲，以及群鳥爭鳴，震耳欲聾。然後是秋天——整個村鎮煙霧繚繞，不過——可不是您以為的——這既不是煙，也不是霧，而是飄盪滿天的美麗蜘蛛絲。早晨，只見遺忘於花園的一本書的書頁上有露水，走一趟火車站買煤油。不過，大夫，水壩那兒的水塘，旁邊有個綠色售貨亭，我們向您保證，我們不會在售貨亭喝啤酒。不會的，大夫，我們不喜歡啤酒。您知道嗎，我們也想到您，您或許也可以暫離崗位到那兒消磨幾天。我們會和父親說好，他不會拒絕的。就這樣子，您搭乘七點鐘的火車，我們會去接您，我們會騎著一輛別具一格的自行車，它拖著一輛小車。您明白的，就是那種老式的自行車，側邊加掛一輛小型摩托車的邊車。不過，很可能不會有這輛邊車：還不曉得如何弄到這樣的邊車呢。

但自行車是有的。它就停放在棚子裡，那兒還有一個大圓桶，裝著煤油，另有兩個圓桶是空的，有時我們會對著空桶大聲吶喊。那兒還有一些木板，也有花園用的各式各樣的工具，以及祖母的沙發椅，也就是，不，抱歉，不是這樣，父親老是要我們把詞序說顛倒：「沙發椅祖母的」[40]。這樣說比較有尊敬之意，他解釋說道。有一回，他坐在這張沙發上，而我們坐在旁邊，在草地上，讀著各種的書籍，是的，大夫，您清楚得很，我們很難長時間讀同一本書，我們先讀一本書的一頁，然後另一本書的一頁。接著，可能拿起第三本書，也是讀完一頁，再下去已經又回到第一本。這樣比較輕鬆，比較不會累。於是就這樣子，我們坐在草地上，身邊有各式各樣的書籍，其中一本書寫著些什麼，我們剛開始一點都看不懂，因為這是一本很古老的書籍，現在已經沒有人用那種文字寫作，於是我們說話了：爸爸，請跟我們解釋，我們不明瞭這裡寫些什麼。那時父親把視線從報紙移開，問道：嗯，你那兒是什

40 漢語「祖母的沙發椅」，在俄語中有兩種說法：（一）「祖母的」+「沙發椅」：бабушкино кресло；（二）「沙發椅」+「祖母的」（沙發椅祖母的）：кресло бабушки。前者的用法在現代俄語標準語中逐漸減少，大都存在於口語中；後者則屬於標準語的用法。因此，書中主角使用「祖母的沙發椅」時，會被父親糾正為「沙發椅祖母的」。

麼，又是什麼胡說八道的東西吧？於是我們就大聲朗誦一段話：**撒旦向上帝祈求一個光輝燦爛的羅斯，得到之後卻以殉難聖徒之鮮血染紅這國家。你精心策劃這好伎倆，惡魔，但看在我們的榮光——耶穌基督的面，我們受苦受難也甘之如飴。**[41]我們不知怎地記得這些話，我們記憶向來不好，您是知道的，但要是有什麼喜歡的，那我們一下子就記住了。不過，父親卻不喜歡。他從沙發跳了起來，一把從我們手中奪下那本書，並大聲吼道：哪裡來的，哪裡來的，你真是活見鬼，這是什麼白癡的胡言亂語！而我們回答：昨天我們去了住對岸的老師那兒，他很好奇，我們幹些什麼，讀些什麼。我們說，你給了我們那位現代經典作家的幾冊作品。老師不禁失聲大笑，一股腦往河邊跑去。之後，他跑了回來，從他那雙雀斑點點的大耳朵滴下點點的水滴。諾爾維戈夫老師告訴我們：親愛的同學，簡直太棒了，不到一分鐘前你們所說到的那個名字已煙消雲散在空氣裡，就像馬路上的塵埃，這個聲音我們稱之為「風之使者」的人不會聽到，簡直太好了，親愛的同學，不是這樣嗎，否則這位傑出的老頭兒不曉得會發生啥事，他想必在盛怒之下會從自己腳踏車上摔下，然後不把我們這幾個可敬的村鎮夷為平地才怪，話說回來，其實他要是這麼做，也不算是啥壞事，因為也該是時候了。至於你們所詳加研究的我這雙濕淋淋的耳朵，它們會濕淋淋，是由於我在你們觸目可及的水塘裡把它們清洗過，好把剛才提到的那個名字所帶來的污垢清除乾淨，並以潔白無暇的心靈、身體、起心與動念、舌頭與耳朵，迎接即將到來的空無。老師對我們說道，我年輕的朋友、學生與同志，不論是民間智慧的苦澀泉源，還是世間的甜言美語，是受盡冷落之人的灰燼，還是達官貴人身邊愛將的恐怖，是流浪者的行囊，還是猶大的財富，是「其來有自」的運動，還是「居高臨下」的停滯，是受欺騙者的謊言，還是遭誣衊者的真理，是戰爭，還是和平，是海市蜃樓的幻影，還是欣欣向榮的綠草，是起居室，還是工作室，是羞恥，還是折磨，是黑暗，還是光明，是仇恨，還是憐憫，是生命，還是生命之外——所有這一切與其他都應好好琢磨一番，其中有些奧妙，或許不多，但總是有的。此間彼處，彼處此間，總有事情發生，我們無法確切指出究竟啥事，因為目前還不知現象的本質，也不知現象的名稱，不過，親愛的

41 本段取自俄國歷史上著名的東正教大司祭阿瓦庫姆的《使徒傳記》(Житие протопопа Аввакума, им самим написанное)。阿瓦庫姆(Аввакум, 1620-1682)是十七世紀反對俄國宗教改革的主要領導人之一，也是所謂分裂教派或舊教派的思想領袖。他因反對宗教改革而入獄。《使徒傳記》是他於一六七二至一六七三年間，在普斯托澤爾斯克(Пустозерск)監牢所寫的作品，被視為古俄文學的傑作之一。

同學與某某同志，當我們想一窺究竟，並一起參詳，我們要搞懂原因並確定結果，這該會是我們的時機，說出某個詞的時機——到時我們會說的。要是萬一你們先弄懂這一切，馬上通知我，你們知道我的地址：站立於河岸，在夕陽西下，當遭蛇吻的人們行將逝去之時，按幾下自行車車鈴，不過，最好是——一邊手敲鄉下人的鐮刀，發出叮噹響，一邊要口中念念有詞：割草吧，鐮刀，趁著還有露珠，或者：割草吧，割吧，我的小刀，只要那裡有你的小道，如此等等，直到一身曬得黝黑的帕維爾老師聽到，並蹦蹦跳跳地從屋裡跑了出來，直到他解開小舟繩索，並跳了上船，直到他把自製的雙槳握在手裡，並划呀划地越過勒忒河，直到他下船登上你這邊的河岸，並擁抱你、親吻你，直到他說出友善慈愛卻讓人琢磨不透的話語，直到他收到，哦，不，直到他讀完來信，因為他，你們的老師，已不在人世，真是災難啊，不幸啊，不在人世了，而你們——好好活吧，直到死亡之日，搖動啤酒桶大口喝酒，搖搖嬰兒車裡的孩子，大口呼吸松林的空氣，奔跑在草地並採集幾束鮮花——呵，花兒！妳們真讓我百看不厭，百看不厭啊。就算離開這人世，我也想要目睹一束蒲公英，但卻未能一償宿願。在我生命最後一刻，他們給我的屋子帶來啥，帶來啥呀？帶來的是綢緞與黑紗，給我穿上令人憎惡的雙排扣上衣，拿走我那頂被驗票員的剪票鉗打穿好幾回的夏帽，給我穿上那件西褲，俗不可耐的——沒啥好爭的——真是俗不可耐的西褲，竟然還用多少汗水賺來的五十盧布買的，這樣的褲子我從來不穿，這樣的褲子讓人厭惡，黏糊糊的，讓我的身體無法呼吸，讓人睡不著覺，至於領帶嘛，唉！他們給我打上圓點的領帶，趕緊給我拿掉吧，幫我解開，至少拿掉領帶也好，我可不是你們辦公室裡的老鼠，我從來——要明白——跟你們都不一樣，就是不一樣——我從來都沒有打過什麼領帶。愚蠢啊，愚蠢的可憐人，儘管活生生的，卻患了嚴重的貧血，看起來比我還像死人，你們啊，我知道，為我湊錢辦喪禮，並採辦所有這些小丑般的服裝，但是你們竟敢讓我穿上這樣的上衣，以及帶有幾片半金鉚釘的皮鞋，我一生可都沒如此穿著啊，唉呀，你們不知道，你們難道以為，我跟你們一樣，每個月領五百盧布，都不是理所當得、清清白白的錢，然後淨買些不需要的破爛衣裳。不，你們這些騙子，在我生前你們中傷我都沒成，現在我已不在人世，你們更不能拿我如何。不，我不是你們那種人，也從沒領超過八十盧布的薪水，但我的錢不一樣，跟你們的不一樣，都是作為一個追風者清清白白的錢，從未賣弄你們謊言般讓人作嘔的理論與教條，就算你們把我這死者痛打一頓，也要拿掉我這一身衣裝，還我那頂被驗票員的剪票鉗打穿的帽子，還我你們沒收的所有一切，一個死者有權擁有他的物品，還我那件方格花襯衫，還有那雙興建渡槽時代之羅馬帝國[42]風格的涼鞋，我要把這雙涼鞋放在我那光禿禿的腦袋的下方，因為這一切都無所謂，只要能故意氣氣你們就好——甚至置於那虛無的幽谷——我要打著赤腳走路，至於那件褲子，我那件處處補釘的褲子——你們沒有權利拿走，穿著你們這一身的破爛衣裳，我燥熱難耐，就把你們這些垃圾送去託售吧，所得款項再退還給原來那些出款人，你們的錢我一戈比也不要，不要，就是不要，千萬別強迫我綁上領帶，要不，我會在你們被蠕蟲蛀蝕的嘴臉上啐一口灼熱、惡毒的唾沫，你們就不要攪動地理老師帕維爾·諾爾維戈夫的寧靜吧！不錯，我大聲吶喊，也將不眠不休一直吶喊，吶喊那偉大老師薩維爾[43]的偉大與不朽，我希望我讓你們厭惡到發瘋，我將闖入你們睡夢與現實的世界，就像一個流氓於上課期間闖入教室，我將闖入，帶著血跡斑斑的舌頭，並且我會堅定不移，像你們吶喊有關自己讓人難以達到的美麗貧窮，你們嘛，不必千方百計用禮物討好我，我不需要你們這些汗水滲透的破爛衣裳與骯髒化膿的盧布，也請你們停止這音樂吧，否則我非用一個最正直的往生者的吶喊把你們逼到發瘋不可。請聽聽我的吩咐、我的吶喊：給我蒲公英，拿來我的衣服！也讓你們這種讓人痛哭流涕的喪葬音樂滾去見鬼吧！你們就一腳踢在那些酒精中毒的樂師的屁股，讓他們滾蛋吧。淨是些臭氣沖天的廢物，墳墓裡的臭蟲。把那些追悼儀式的愛好者的喉嚨給塞起來，離我的身體遠遠的，否則我就起身，自個兒用學校那討人厭的教鞭把所有人轟走，我——帕維爾·諾爾維戈夫，地理教師，也是紙板地球儀的最大的旋轉器，我離你們而去，為的是還要回來，讓我走吧！

諾爾維戈夫老師佇立在勒忒河岸上，如此說著。從他那沖洗過的雙耳滴下河水，而河流從他身邊，也從我們身邊，逕自緩緩地流動而過，帶著所有的魚兒、平底船、古時的帆船，帶著倒映在河面的雲彩、不見蹤影的溺水者與將來會落水溺斃的人們、青蛙的卵、浮萍，帶著孜孜不倦的水黽，帶著片片斷

42 羅馬渡槽(Roman aqueduct)為羅馬帝國時代的城市供水工程建設。羅馬帝國於西元前三一二年至西元二二六年之間，在帝國內許多大城市興建供水工程，成就突出。羅馬人將城市外的河流、湖泊、泉水等水源，利用輸水管道運送到城市內，以供各類生活用途。不使用黏合劑、高架、連拱支撐的渡槽是其中輸水管道之一。最具代表性的羅馬渡槽是位於西班牙塞哥維亞(Segovia)的羅馬大渡槽，它建於古羅馬圖拉真大帝時代(公元53-117年)，至今仍保存完好，是世界著名旅遊景點之一。

43 聖經中掃羅與使徒保羅是同一人(請參閱本書開頭之題辭或聖經使徒行傳第十三章第九至十節)，而保羅在俄語中是帕維爾，掃羅在俄語中則是薩維爾。

裂的漁網，帶著來自美麗海灣的細沙與不知何人遺落的金黃手鐲，帶著食品罐頭的空罐與沙皇沉重的冠冕，以及點點的油污，帶著那些擺渡人幾乎模糊難辨的臉孔，帶著人們紛紛擾擾之因與哀哀淒淒之果，也帶著接頭軟管的小碎片，沒有這種接頭軟管就無法騎腳踏車兜風，因為要是不給閥門中軸裝上這種橡膠細管，你就沒法轉動腳踏車內胎，那這時一切都完蛋了，要知道，如果腳踏車不能使用，那它就像是不存在，它幾乎就消失了，而沒有腳踏車在別墅區什麼事也不能幹：沒法跑去買煤油，沒法來回跑趟水塘，沒法跑到車站迎接札烏澤大夫，他是會搭乘七點鐘的電氣列車前來的：他站在月臺，東瞧西瞧，四下張望，就是看不到你，雖然你們都說好了，一定會去接他，可是這時他站在那兒，苦苦等候，而你就是不來，就因為你找不到一條好的接頭軟管，儘管大夫不知怎麼回事，但是他也會隱隱約約地猜到：想必，他琢磨著，這個病人的單車出了什麼問題，很可能是接頭，這是司空見慣的事，這種軟管老是讓人傷腦筋，可惜我沒想到要在城裡買個兩、三尺，那就夠他整個夏天使用，大夫暗自忖道。抱歉，帕維爾　諾爾維戈夫說了什麼，當他給我們那本書，那本父親很不喜歡的書的時候？沒什麼，老師什麼也沒說。不過，依我看，他說了：一本書。甚至這樣說：這兒有一本書。又甚至說得更多：這兒有一本書給你們，老師說道。那當我們告訴父親有關我們跟帕維爾老師的對話時，父親針對這本書說些什麼？對我們所說的父親一句也不相信。為什麼，難道我們說的不是真話嗎？不，全都是真話，但是你也知道我們的父親，他是誰也不相信，有一回，我跟他說到這事，他回答，整個世界是由壞蛋組成的，除了壞蛋沒有其他，而且要是他相信人的話，那他永遠當不了本市的主任檢察官，他至多只幹個住房管理員，就跟索羅金一樣，或者幹個別墅區的玻璃匠。那時我問父親有關報紙的事。什麼——報紙？——父親回應。於是我又說：你所有時間都在讀報紙。沒錯，都在讀報紙，他回答，我都在讀報紙，那又如何？難不成報上什麼都沒寫嗎？——我問道。為什麼，父親說道，報上什麼都寫，任何有必要的都會寫。那要是，我問道，那兒寫些什麼，幹嘛我們要讀：畢竟都是壞蛋寫的呀。於是，父親說道：誰是壞蛋？我答道：那些寫的人。父親問道：寫些什麼？我回答：報紙。父親沉默半晌，看著我，我嘛，也看著他，我為父親感到有點難過，因為我看到他有些惘然若失，也看到他那寬闊的白色臉孔上，像似兩滴黑色的淚水，爬動著兩隻大蒼蠅，而他卻不能揮手驅趕蒼蠅，因為他感到極度的茫然。然後，他小聲地對我說道：你滾吧，我不想見到你，你這狗娘養的，想到哪兒就滾到哪兒吧！這是發生在別墅的事。我從棚子裡推出單車，將捕蝶網綁在車架上，沿著我們花園的小徑騎了出去。花園裡的第一批蘋果已經成

熟了，而我感覺到，也看到，每顆蘋果上都爬著小蟲，他們正不停地啃噬著我們的，也就是父親的果實。秋天一到，花園裡將沒有什麼可採收的，只剩下一堆爛蘋果。我一路騎著，而這花園沒完沒了，似乎沒有盡頭，當盡頭一出現，我便看到眼前的籬笆與小門，小門邊站著媽媽。日安，媽媽，我大聲叫著，妳今天怎麼這麼早就下班了！天哪，下什麼班啊，她駁斥，從你上學開始我就不上班了，很快就要十四年啦。呵，原來如此，——我說道，——也就是說，我簡直都忘掉了，我奔馳在花園裡太久的時間了，顯然，這些年都如此，於是很多的事都從腦袋裡溜走。在蒼頭燕雀身上，更精確的說，在我們果園的蘋果上，爬著蠕蟲，應該想些什麼嘛，想想什麼辦法，否則只剩下一堆爛蘋果，將會沒有東西好吃，沒法熬煮果醬。母親看了一眼我的捕蝶網，問道：你怎麼了，又跟父親吵架啦？我不想讓她難過，便如此答道：稍微啦，媽媽，我們談論到第一個出版印刷書籍的人，約翰．費德洛夫，我提出見解，說他是——ah、beh、veh、geh、deh、ye、zheh、zeh、ce[44]等等，不過父親不相信我的話，並建議我騎車去抓蝴蝶，所以我就騎到這兒了。再見啦，媽媽，——我大聲喊道，——我這就去了，去抓草原粉蝶，夏天萬歲，春天與花兒萬歲，偉大的思想萬歲，還有巨大的熱情、愛心、善良與美麗，通通萬歲！叮叮噹噹，乒乒乓乓、滴滴答答、咕咕咚咚、吱吱嘎嘎嘎。我一一列舉這些聲響不是無緣故，這都是我喜愛的聲響，是快樂的單車飛馳在別墅區的小徑時所發出的聲響，這時整個聚落都糾纏在小小蜘蛛的密網中，就算距離真正的秋天還很遙遠。不過，蜘蛛是不會介意的，再見了，媽媽，別難過，我們還會再相見。只聽到她大聲吶喊：給我回來！——於是我回頭看到：母親站在籬笆門邊，滿臉憂愁，這時我想到，要是我轉身回去，準不會有什麼好結果：母親一定要大哭一場，逼著我跨下單車，一把抓住我的手，然後我們要走過花園回到小屋，母親又會要我跟父親言歸於好，可是那還得耗上好幾年的功夫，甚至整個生命，這個生命在我們與鄰近的村鎮習慣上都是以所謂時間的零零碎碎的期限來衡量，也就是多少炎炎夏日，多少寒冬歲月，於是我的生命就如此打住，停滯不前，就像損壞的單車丟棄在棚子裡，那兒滿滿都是一堆堆褪色的舊報紙、一塊塊的木頭，還有一支支鏽跡斑斑的平口鉗。是的，你不願跟我們父親和解。這是為什麼母親在背後叫你「回來！」，你不願回來，儘管你對她，我們這位逆來順受的母親，有些憐憫。你回頭一瞥時，看到她那有點類似枯草顏色的大眼睛，眼中漸漸滾動

44 這裡「ah、beh...zeh、ee」表示俄語字母「a, б...з, и」等的發音。

著淚珠，並映照著某種帶有神奇的白色樹皮的高大樹木，還有一條小徑，那條你騎車奔馳的小徑，還映照著你自己，你削瘦、細長的雙手，你纖細的頸子，然而你卻處於無休止的「其來有自」的運動。對於一個旁觀者，一個飽受知名數學家雷布金[45]之喀邁拉怪獸[46]折磨的旁觀者，一個吃盡他所編撰的不計其數的數學課本與難題大全的苦頭的旁觀者，對於一個缺乏想像力的人，一個沒有幻想的人，此時此刻的你就像是某個百無聊賴的單車騎士，從A點往B點移動，為的是要征服規定的里程數，然後永遠消失在路上熱騰騰的漫天塵霧之中。不過，我深諳你崇高的理念與心志，知道在那上述標誌著陽光普照的天氣的不尋常日子，你代表的是另一類的自行車騎士典型，是不會消逝在時空的騎士典型。與周遭現實絕不妥協，與口是心非、假仁假義的戰鬥中堅忍不拔，不屈不撓，達成既定目標的決心堅定不移，與同志的關係具有超乎常人的原則與正直——這些以及其他很多的優良特質讓你凌駕一般的單車騎士之上。你不只是單車騎士，更是騎單車的傑出人物，騎單車的、有為有守的公民。說真的，你如此對我讚譽有加，我不知怎地覺得汗顏。對你的溢美之詞，我完全愧不敢當。我甚至覺得，在那上述的日子，我舉止不當，或許，在母親的呼喚之下，我應當回頭，好生安慰母親一番，但我還是往前騎呀騎，帶著捕蝶網，那時我不在乎如何騎車，也不在乎騎往何處，我只感到騎車好好玩，並且跟往常的我一樣，沒有人妨礙我思索的時候，我總是一股勁地思索著我所看到的一切。

記得，我注意到一間不知誰家的別墅，我想到：這就是別墅，裡面有兩層樓，這裡住著某人、某戶的人家。部分家人一星期每天都住這兒，部分家人只住個禮拜六、禮拜天。然後，我看到一輛不是很大的兩輪手推車，停放在小樹林邊上的乾草堆旁邊，於是我告訴自己：這兒有一輛手推車，可以用來運送各式各樣的物品，比方說：泥土啦，礫石啦，皮箱啦，來自薩柯與範齊蒂工廠[47]的鉛筆啦，野蜂蜜啦，芒果樹的果實啦，登山手杖啦，各類象牙製品啦，屋頂

45 雷布金(Николай Александрович Рыбкин, 1861-1919)，俄國著名數學教育家，編撰多冊數學課本與習題集。

46 喀邁拉怪獸(俄文：химера，英文：chimera)，希臘神話中的怪獸，外型為獅頭、獅頸、羊身、蛇尾，本小說將其比喻為數學。

47 薩柯與範齊蒂工廠(фабрика имени Сакко и Ванцетти)，蘇聯時代至今俄國著名的文具工廠，全名為莫斯科薩柯與範齊蒂書寫用品工廠(Московский завод пишущих принадлежностей имени Сакко и Ванцетти)，當時最具代表性的產品是鉛筆。

用的木板啦，作家文選啦，裝有兔子的籠子啦，投票箱與垃圾桶啦，絨毛褥子啦，另外一邊還有——砲彈啦，遭偷竊的洗臉台啦，官階表與巴黎公社[48]時期的紡織品啦。而現在會有人回來，並會用這輛手推車裝運乾草，手推車真是很管用。我看到一個小女孩，用狗鍊牽著一隻狗兒——一隻再普通不過的狗兒，——他們往車站方向走去。我知道，這小女孩走往水塘，她要去游泳，也給自己那條再普通不過的狗兒洗個澡，然後，好幾個年頭就流逝而去，小女孩將長大成人，開始過著成年人的生活：結婚嫁人，讀著一板一眼的書籍，急急忙忙趕著上班，有時候還會遲到，也會買買傢俱，一說起電話就是好幾個小時，會洗洗襪子，給自己和他人煮飯吃，會到別人家作客，並且喝起葡萄酒喝得醉醺醺的，會嫉妒鄰居與鳥兒，會留意氣象報告，會擦拭灰塵，數數身上有幾個戈比，等待小孩的出生，去看看牙科大夫，送鞋子去修補，贏得幾個男士的好感，會往窗外瞧瞧路過的汽車，出席音樂會，參觀博物館，也會在不好笑的時候，放聲大笑，在不好意思的時候，滿臉發紅，在想哭的時候，放聲大哭，會因痛而放聲大叫，也會在情人的輕撫時發出呻吟，漸漸地長出白髮，也染起睫毛與頭髮，會在飯前洗手，睡前洗腳，去繳納罰金，簽收匯款，翻閱雜誌，在街上遇見老朋友，在會議裡發言，參加親屬葬禮，在廚房把碗盤弄得乒乓作響，也試著抽口菸，一再重述電影的情節，和上司頂頂嘴，抱怨偏頭痛再犯，搭車出城採磨菇，背叛丈夫，奔走各家商店，觀看煙火，喜愛蕭邦，談談八卦，害怕發胖，幻想出國旅遊，想要自殺，咒罵電梯壞掉，存錢以備不時之需，唱唱情歌，等待小孩出生，珍藏昔日照片，職務升遷，驚聲尖叫，搖頭不表贊同，抱怨雨老下個不停，惋惜失去的一切，聽聽廣播報導最新消息，攔計程車，前往南方，管教孩子，耗上幾個小時排隊，年華一去不回，穿著打扮趕個時髦，詛咒政府，按慣性過日，喝點可爾瓦洛[49]，責罵丈夫，按規定食譜進食，離家再回家，擦擦口紅，什麼都不想要，去探望父母，以為所有事情都結束，還有——天鵝絨（厚呢平紋亞麻細紗綢緞印花羊革布[50]）是再實用不過了，請個病假休息在家，跟女伴與親屬撒個謊，忘掉世上所有一切，向人借

48 巴黎公社（la commune de Paris），於一八七一年三月十八日至同年五月二十八日其間統治法國巴黎的政府。

49 可爾瓦洛（корвалол），血管擴張與安神的藥劑，是一種溴異戊酸、苯巴比妥、氫氧化鈉、薄荷油酒精合劑。

50 厚呢平紋亞麻細紗綢緞印花羊革布（арапбатистшёлкситецсафьян），此為作者結合多種布料與材質的自創新詞。

錢，跟所有人一樣過活，並且回想著別墅、水塘與那條再普通不過的狗兒。我看見那顆遭電擊燒焦的松樹：只剩焦黃如針的樹枝。我想像到七月間這個雷雨交加的夜晚。一開始，聚落裡一片寧靜與悶熱，人們沉沉入睡，窗戶大開。然後，天空偷偷地出現烏雲，遮蔽滿天星星，並帶來狂風。狂風一陣颳起——整個聚落裡，窗框、大門紛紛霹靂啪啦作響，並且傳來鏘鏘聲，玻璃破碎一地。接著，大地一片昏暗中，大雨嘩啦嘩啦落下：打濕一地的屋頂、花園，以及留在花園裡的彈簧床、彈簧墊、吊床、被單、孩子們的玩具、識字課本，還有所有其他的東西。別墅的人們都甦醒。點亮燈火，但隨即又把燈火熄滅，來回在屋裡踱步，瞧著窗外，彼此說道：好大一陣風暴，好大一場大雨。閃電交加，蘋果來不及成熟，已掉落整片草地。一陣閃電淩空劈下，擊中身邊近處，正確地點沒人知道，但眾口同聲指出，閃電直擊聚落某處，並且那些屋頂沒裝設避雷針的人都紛紛發誓，趕明兒個就要去裝上避雷針。實際上，閃電擊中樹林邊緣的一株松樹，不過樹沒燒毀，只是燒焦而已，當時照亮了整個樹林、聚落、車站，以及鐵路支線地區。閃電刺眼，讓人看不清來往奔馳的火車，把鐵軌映照得銀光閃閃，把枕木塗成片片白色。之後——呵，我知道，——之後，你看到那間房子，那兒住著那個女人，於是你就在籬笆旁跨下單車，並敲起門來：篤篤，親愛的，篤篤，來的是我，你的這位膽小鬼，你的這位貼心的人，開開門，讓我進來，開開門，讓我進來，我無事求於妳，我只想看妳一眼，然後離去，別趕我走，千萬別趕我走，親愛的，我很想妳，我為妳哭泣，我為妳祈禱。

不，不，我什麼也不告訴你，你沒有權利探聽我的私事，你和那個女人毫無瓜葛，別來糾纏，你這個蠢蛋，你這個人有病，我不想和你往來，我要打電話給札烏澤大夫，讓他再把你帶到那兒，因為你讓我厭倦，讓我討厭；你算老幾，幹嘛對我糾纏不休，對我問東問西；停了吧，最好停了吧，否則我就要對你作些什麼，作些什麼對你不利的。別裝蒜了，裝得一副不知道我是何許人的樣子；要是你把我稱為瘋子，那你不折不扣也是同樣的瘋子，因為我呀——就是你本人，只不過到現在你都不願搞懂這事，還有啊，要是你打電話給札烏澤大夫，你跟我一樣會被送到那兒，於是你就兩三個月看不到那女人，而且等到我們出院時，我會去找那女人，說出有關你的所有真相，我會跟她說，你完全沒有如你所一再堅稱的那麼大的年紀，其實年紀才不過多大而已，還說你就讀愚人學校並非心甘情願，而是正常學校根本不收容你，你跟我一樣有病，病得很嚴重，你幾乎是白癡，你連一首詩都記不起來，我要讓那女人馬上把你甩了，讓你永遠孤伶伶一個人佇立在郊區火車月臺，

是的，就在風雪之夜，那時所有燈火都破滅，那時電氣火車都已離去，而且我還要告訴她：想要討好妳的那位仁兄真的配不上妳，妳不能跟他在一起，因為他永遠不能和妳有親密關係，他欺騙妳，他是個乳臭未乾的瘋子，他在特殊教育學校是劣等生，什麼東西都背不起來，而妳啊，三十歲的正經女人，應該把他忘得一乾二淨，把他遺忘在深夜裡冰雪覆蓋的月臺，然後鍾情於我這樣一個真正的人，這樣一個成年人，一個真誠、健康的男子漢，因為這正是我要的，而且我毫不費勁就能背好任何一首詩歌，並解決人生的任何課題。你說謊，真卑鄙，你不會跟她這麼說，因為你跟我沒兩樣，同樣地愚蠢，同樣地沒能耐，也跟我在同一個班級上課，你只不過鐵了心要擺脫我，你愛上那女人，而我成了你的障礙，不過你什麼事都不會得逞，我自己會去找她，關於自己，也關於你，一五一十我都會跟她說清楚，我承認，我愛她，我想要永永遠遠，終其一生，都跟她在一起，儘管我從來都沒有，一次也沒有，嘗試過跟任何女人在一起，不過，應該，是的，當然啦，對她來說，對那個女人來說，這沒什麼關係，要知道她如此美麗，如此明理——不會的，這沒什麼關係！——甚至就算我不能跟她有親密關係，她也會諒解我，這並不需要的，這非必要的，至於你嘛，我會跟她這樣說：不久，妳這兒會來一個人，他有些地方跟我很相似，他會敲敲門：篤篤，他會要求妳把我一個人拋棄在冰雪覆蓋的月臺，因為我是有病的人，但是，拜託呀，拜託，我會說，可別相信他，什麼也別相信，他自己處心積慮要和妳在一起，但他沒有任何權利這樣做，因為他遠不如我，只要他出現一開口，妳就馬上會明白，所以千萬別相信他，別相信，因為他根本沒活在這世上，他不存在，也沒發生過，他什麼都不是，沒有他這個人，沒有，親愛的，只有我，來找妳的只有我一個，如此安詳與明亮，如此善良與純潔，我會跟她這樣說，而你啊，這個不存在的你，給我記著：你什麼都將一無所獲，因為你愛那女人，卻不認識她，不知道她家住何處，不知道她叫什麼名字，你又如何登門拜訪她家？真是沒大腦的傻瓜，無名的小卒，特教學校的倒楣學生！沒錯，我戀愛了，想來，我愛上那女人，不過你搞錯了，你一口咬定我不認識她，也不知她家住何處，而我呀，就是知道！你懂得我嗎？我知道她所有的一切，甚至她的名字。你不會的，你應該不會知道這名字，她的名字只有我知道——整個世界只有我一個人知道。那你失算了：維塔，她叫維塔，我愛上一個名叫維塔·阿卡托娃的女人。

當我們的別墅區沉浸在昏暗中，夜空如杓，籠罩大地，給魅人的勒忒河岸灑下滴滴露水，我走出父親屋子，悄悄地走過花園——悄悄地，為的是不想驚醒我身邊的你這位奇怪的人物。我躡手躡腳地沿著往日的足跡行走，走在草地上與泥土上，盡量不要踩到閃閃發亮的螢火蟲，以及沉睡中叫做simpetrum的蜻蜓。我往下朝河邊走去，我水中的倒影朝我微笑，當我從彎曲多瘤的柳樹解開父親的小舟的時候。我從河裡舀起一把混濁、暗黑的水，塗抹在槳架上，——我要往河流第二道急彎處而去，去到美好夏日之鳥的地方——「孤獨夜鷹之地」。我的這趟旅程不小不大，我將其比之為一支縫紉針的旅程，它將大風吹成碎片的雲朵一一縫合。我漂行在水上，擺盪在如幻似夢的輪船的波濤之上，我經過第一道急彎處，然後是第二道，於是我拋下雙槳，往河岸瞧去：河岸迎向我漂來，蘆葦沙沙作響，不時傳來水鴨友善的嘎嘎叫聲。晚安，「孤獨夜鷹之岸」，是我，放暑假的特殊教育學校學生某某，容許我，容許我把我父親的小舟停放在你這美好的蘆葦叢邊，容許我走過你的小徑，我想要造訪一個名叫維塔的女人。我走上丘陵起伏的一座高高河岸，往一堵雜草叢生的高高圍牆走去，感覺到牆內有一間屋子，屋子各角落矗立著木造塔樓，顯得快樂自在，不過這只是感覺如此而已，實際上，在這漆黑的夜裡，在這金合歡、其他高大的灌木與樹木密密麻麻地穿梭與交織中，你分不清什麼是房子，什麼是塔樓。只有在二樓，在法式屋頂閣樓上，維塔·阿爾卡季芙娜[51]，也就是我的神秘女郎維塔的燈火還點燃著，為走過來的我照得滿路明亮又充滿綠意。我曉得什麼地方可以輕鬆翻牆而過，我翻過圍牆，聽到草坪上高高的草叢裡，一條再普通不過的狗兒朝我迎面奔來。我從口袋裡掏出一塊碎糖給了狗兒——毛茸茸的黃色狗兒，搖著尾巴，眼露笑意，牠知道我愛我的維塔，因此從來不會咬我。於是，我便走近屋子。這是一棟很大的別墅，屋裡好多房間，房子是維塔父親所蓋的，他父親是一個自然科學家，一個享譽世界的老學者，他年輕時曾經企圖證明，所謂的「菌癭[52]」——各種植物不同部位的腫塊——不是別的，只是昆蟲有害的幼體的寄宿之地而已，而菌癭之所以引起，是因為被各式各樣的黃蜂、蚊子與象蟲叮咬，它們把自己的蟲卵下在植物裡的結果。但是他呀，阿卡托夫院士，很少人相信他，並且有一回，他家裡來了某些人，身上的大衣都鋪蓋著一層冰雪，於是，這位院

51 阿卡托夫（Акатов）與阿卡托娃（Акатова）其實是同一姓氏，但俄文姓氏男女有別，同一家人通常會因性別不同，而姓氏有不同的字尾。因此，父親全名為：阿爾卡季·阿爾卡季維奇·阿卡托夫；女兒全名則為：維塔·阿爾卡季芙娜·阿卡托娃。

52 菌癭（галлы），因細菌及其他真菌寄生所引起的植物體一部分異常發達而形成的畸形器官或組織。

士被帶到什麼地方去好長一段時間，並在那兒某地，什麼地方不知道，有人往阿卡托夫臉上與肚子一陣毒打，要他以後別再如此膽大妄為堅持這種無稽之談。他被釋放時，結果也是好多年之後的事，這時他已老態龍鍾，耳不聰，目不明，只不過各種植物不同部位的腫塊依然如故，這麼多年來，當時身上鋪蓋著冰雪、身穿裝有墊肩的大衣的那些人終於相信，腫塊裡真的寄宿著有害的幼蟲，這也是為什麼這些人頒發獎金給他以資鼓勵，好讓他給自己蓋間別墅，並且平平靜靜地，沒有阻礙地研究菌癭。阿卡托夫便如此辦理：蓋了一間別墅，在土地上栽種花朵，飼養一條狗兒，繁殖蜜蜂，並研究菌癭。而這時，我來到「孤獨夜鷹之地」的夜晚，這位院士隱身在這獨門獨院裡的一間臥室，酣然入睡，不知我的到來，並站在他女兒維塔的窗下，對她竊竊私語：維塔維塔維塔這是我啊特殊教育學校的學生某某某啊給我回個話吧我愛妳。

第二章

Глава вторая

此時此刻
Теперь

寫作於陽台之短篇故事集
рассказы, написанные на веранде

最後一日

Последний день

他要離家從軍了。他明白，此後三年對他而言不會很快就消逝：這段時間將會像三個北國的冬季。而且分發到哪裡服役，都不重要，就算是派到南方也罷——沒什麼兩樣，三年中的哪一年結果都會是讓人不敢想像，漫漫寒冬，雪地冰天。他現在如此想著，當他走去看她的時候。她並不愛他。她太美了，美得不可能愛上他。他對此瞭然於心，但是他不久前才剛滿十八歲，他分分秒秒都不能不想她。他發現自己時時刻刻都念著她，也很慶幸自己對她一無所求，也就是說，自己真真實實地愛著她。這個故事延續兩年：他很驚奇，除此之外他什麼都不想，而且樂此不疲。然而，他也常思索，這事該有個結束。今天人家要給他送行從軍去，而明天他將遠在他鄉什麼地方，三個冬季，在那兒他會忘掉所有一切。他一封信也不會寫給她：反正她也不會回信。他這就去找她，把一切說分明。他所作所為愚蠢到極點。每晚他躑躅在她的窗下到深夜，有時窗裡燈火已滅，不知怎地他還站呀站的，直楞楞地往黑漆漆的玻璃窗瞧著。然後，走回家，在那兒廚房裡抽菸，把破舊地板抖落一地的菸灰，直到天濛濛亮。透過窗戶可以看見夜色中的小庭院，裡面有一個亭子。亭上有一盞燈，隨時點亮，燈下釘著一塊牌子，上面寫著：「夏日書房」。破曉時分，總會飛上來幾隻鴿子。走在應召入伍的那個秋天的早晨，天氣冷颼颼的，他有種奇怪的感覺，覺得身體輕飄飄的，在意識裡，這種感覺又與他對所知所感的一切的那種難以言喻的感受錯綜交織在一起。此時此刻他給自己提出各式各樣的問題，但通常一個問題也沒能找到答案——他走往她居住的大樓。她會在七點半走出大門，總是匆匆忙忙穿越中庭，而他從膠合板搭的亭子裡緊盯著她的背影，這亭子上也掛著一盞燈，以及同樣的牌子，寫著：「夏日書房」。愚蠢至極的牌匾，他忖道，愚蠢至極，夏日誰會在涼亭裡讀書。他一邊如此想著，一邊緊跟在女子身後，保持一定距離，免得讓她聽到與感到他跟在後面。現在他想起所有這些事，也明白，今天是最後一日了，以後他再也見不到這女子、見不到她所居住的中庭，也見不到庭中的「夏日書房」。他爬到二樓，敲起她家大門。

一連三個夏季

Три лета подряд

我們，也就是她的父親和我，在劇院認識。她的父親是演員，我是舞臺工作人員。有回演戲完畢，他帶我到他家裡，請我喝進口葡萄酒，並介紹我跟她認識。他們一家兩口住在一棟黃色的兩層簡易宿舍的二樓。從他們屋裡窗戶看出去，可以看到另一棟同樣的簡易宿舍，以及一個小公墓，中間有一座教堂。我已忘了該如何稱呼這演員的女兒。不過，就算現在還記得她的名字，我也不會說出來。就這樣，她住在城市郊區的一棟黃色簡易宿舍，是一個演員的女兒。很可能，她跟你們非親非故。那你們可以不要聽。誰都沒強迫誰。認真地說，你們可以什麼事也不幹——而我一句話也不用跟你們說。唯一希望，就是別打探她叫什麼來著，否則我什麼都不講。我們交往三年：一連三個冬季，三個夏季。她常常到劇院來，在座位半空的劇場裡從頭坐到尾，把整齣戲看完。我站在破破爛爛的側幕後面，看著她——她總是坐在第三排。他父親演的都是龍套的角色，在整齣戲裡前後出場不會超過三次。我知道，她一直夢想著父親能獲得重要角色，哪怕一次也好。但是我猜想，他不會獲得好角色。因為要是一個演員以二十年的時間都不能爭取到一個像樣的角色，那他永遠就不會有機會了。不過，我沒把此事告訴她。我沒把此事告訴她，不論是在演戲完畢後，我們散步在非常深沉的夜晚與非常苦寒的冬天的市街上，並且我們為了暖暖身子，追著在街頭轉彎處吱吱作響的電車的時候；也不論是陰雨綿綿的日子裡我們走往天文館的時候，以及在空蕩漆黑的劇場裡我們親吻在人造的星空下的時候。我沒把此事告訴她，不論是在第一個夏季，還是第二個夏季，還是第三個夏季，每年到這時候她父親都會離家作巡迴演出，也不論是每個匆匆而逝的深夜我們徘徊在教堂四周的小公墓的時候，那兒，丁香花與接骨木花奔放，柳樹蔥鬱。我沒把此事告訴她。還有，我沒告訴她，她長得並不美，而我，或許，哪一天會不再跟她來往。還有，我沒跟她提到其他的女孩，那些我過去約會過的，以及那段時間不同日子約會的。我只跟她說我愛她——而我當時真的愛她。或許，你們以為，只能愛上美麗的女孩，或者以為，愛上一個女孩時，就不能與別的女孩交往，是嗎？正如我告訴你們的——你們一生中可能什麼事也沒幹，包括連跟世上一個女孩交往都沒有——因此，我跟你們一句話也不想說了。不過，這不是重點。我們談的不是你們，而是她。我這是跟她說，我愛她。而且現在，要是哪天我遇見她，我還是會跟她一起去天文館或是去接骨木花叢生的公墓，並且在那兒，就跟多年前一樣，我會再次跟她如此說。你們信嗎？

跟往常的星期日一樣

Как всегда в воскресенье

檢察官無法忍受家裡那些親戚。我為他裝上玻璃窗，於是，親戚陸續來到別墅，他滿臉煞白，便在自己的那片庭園裡踱來踱去，腋下還夾著報紙。他滿臉煞白，就像報紙上什麼也沒寫的那些地方。在這別墅區與牧場之外的村莊裡，無人不知，他既受不了親戚，也受不了胡搞，因為哪裡有親戚，哪裡就有胡搞，而哪裡有胡搞，哪裡就有酗酒。這是他說的。我親耳聽到。我正在為他安裝玻璃窗，他當時跟他太太這樣說。而他那太太也真是風趣得很。我替她多次安裝玻璃窗，又換新爐灶，又搭建板棚，但從沒請我一次客。錢是給了，但請客嘛，零次。我什麼活都接。不過，我幫很多人清洗廁所，卻從來沒有到過檢察官家裡清洗過。他的太太不讓我幹。就不麻煩您了，她說，您會弄得一身髒的——我自己來就好了。說也是真的。每回春天我就會幫他們安裝一次玻璃窗，這時她就在板棚裡拿著一種特別的鏟子——奮力把糞肥鏟到樹底下。當她把這活兒幹完，便要我在廁所安裝一把鎖，好在冬天時把廁所鎖上，免得什麼東西讓鄰人白白拿走。她說，否則有人會痛痛快快地把東西拿走：現在肥料缺貨啊。當然，鎖我是安裝了，不過，之後，他們的鄰居，也是檢察官的同事，便會要我給他複製一把檢察官門鎖的鑰匙。呵，他請了我一頓，於是該怎麼辦就怎麼辦。嗯，當然啦，我就給他複製了一把鑰匙。只不過後來我在警備司令部裡聽到這樣一段對話，好像是檢察官在城裡的時候，家裡的廁所被洗劫一空。這干我啥事——我當時在警備司令部安裝玻璃，如此而已。我在這聚落裡有一輩子都幹不完的活兒。冬天裡在這別墅區住著各式各樣的無賴——他們打破人家的玻璃，拆毀人家的爐灶，這對我是好事。當冰雪一融化——我的工作馬上就來。如此這般檢察官叫我去修理玻璃窗。我們村裡那些無賴在冬天裡把他所有的玻璃窗都打爛。就連閣樓也不放過。還有，陽臺上的屋頂都被打穿一個洞。這也是我要處理的活。我有空的時候——屋頂我也會處理。於是那天我從一大早就在修理玻璃窗。檢察官則躺在吊床上看報紙——一下打著瞌睡，一下又醒了過來。這時候他的太太正在庭園中央挖掘一個很大的坑窪。幹嘛？我問道。我啊，她答道，要在整片庭園上挖掘幾條小水溝，通到這個坑窪，這樣所有雨水都會是我的。好吧，我忖道，妳挖妳的坑窪，我修我的玻璃。而檢察官嘛，如我所說，一下打著瞌睡，一下又醒了過來，卻又一下從吊床下來，朝籬笆走去，便與鄰居，也就是檢察官的同事交談起來。這怎麼回事，檢察官同志，檢察官的同事說道，您玻璃一張都不剩嗎？沒錯，檢察官答道，想必，冬天這兒風大——玻璃都被風打碎。是啊，檢察官的同事說道，我聽說，不久前你們的廁所也被洗劫一空？是啊，檢察官說道，被洗劫得乾乾淨淨——那些可惡的無賴幹的。很遺憾，檢察官的同事說道，讓人難過啊。真是狗雜種，就是他自己幹的。我們檢察官的這位同事算是一位滑稽的人。他前來別墅的路上，穿的是人模人樣的，可是一來到此地——頭上便立刻戴起尖頂帽，身上換穿破爛衣服，腳上套起膠鞋，腰上束緊繩索，而膠鞋也用小繩索綁緊。好吧，我暗自忖道，你綁你的繩索，我裝我的玻璃。到晚上的時候，我非從你這卑劣的小偷身上搜刮三個盧布不可。要是不給的話——那只好向檢察官同志舉發這一切。檢察官嘛，他一定受不了胡搞。也受不了親戚。說來也巧得很，這些親戚正好登門吃午飯來了。正如我所說的，檢察官啊——他頓時滿臉煞白，連報紙都不看了。他在庭園裡踱來踱去——腳踩著一地的蒲公英。他本人看起來就像蒲公英——圓滾滾的，並且滿臉發白，跟報紙的空白處一樣，而這時他來了一屋子的親戚——大概有九人上門吃吃喝喝。每個人都興高采烈的，一下子就在草地上玩起遊戲，還要檢察官的小男孩跑一趟售貨亭。嗯，那次我也和他們玩在一塊。都是很可愛的人。有人在城裡當電車服務員，有人當司機，有兩個人是電梯操作員。另一人是運動教練，還有一個——挖土機司機。他帶著女兒前來。我和她結果一切順利，簡直一拍即合。而這時正巧是乾爽的天氣——跟往常的星期日一樣。

補習教師

Репетитор

物理老師住於巷子裡。他是我的補習教師，那時我得一週兩次搭乘無軌電車到他家上課。我們上課的地方是地下一樓夾層的一個小房間，老師和他的幾個親戚一塊住在那兒，不過，我從來沒見過他那幾個親戚，對他們也一無所知。我現在來談談這位老師，以及在那個悶熱的夏天我們是怎麼上課，又上些什麼，還有飄散在那條巷子的是什麼樣的味道。這條巷子不時散發著一股濃烈的魚腥味，因為隔壁某處就是一家魚鋪。穿堂風把這魚腥味吹散在整條巷子裡，於是這股腥味經由敞開著的窗戶穿透到我們的屋裡，而這時我和我的教師正在欣賞淫穢的明信片。補習教師收藏很多這類明信片——共有六、七冊之多。他常特別跑到城裡各個火車站，向某些人士購買一整套的這類照片。老師雖然胖胖的，但還是很帥，他的年紀不算很大。大熱天裡，他汗流浹背，於是打開桌上型風扇，不過，這並無補於事，他照樣渾身冒汗。對此我常會嘲弄一番。每當我們看膩了明信片，他就講起笑話，於是我們兩人在這有風扇的屋裡過得既平靜，又愉快。他也跟我談起他的女人。他說道，他在不同時期有好多不同的女人：有高頭大馬的，有小巧玲瓏的，以及不同年齡的，不過，直到這時候他還無法決定，到底哪樣的女人比較好——小巧玲瓏的還是高頭大馬的。那要看什麼時候，他說，要看什麼時候，全都視心情而定。他娓娓道來，他二戰的時候當機槍手，就在那時，十七歲的時候，他成為男人。他當我的補習教師的那個夏天，我也正值十七花樣年華。我要進一所技術學院沒進成，因此，免不了挨父母一陣責罵。我沒通過這所學校的物理考試，於是，到醫院當護士。第二年，我進了另一所技術學院，這所學院不用考物理——於是我便獲錄取。老實說，後來我在二年級的時候被退學，因為人家撞見我在宿舍和一個男生廝混。其實我跟他什麼事也沒有，我們只不過坐在一起抽菸，而他親了我，這時房間大門上鎖。外面有人開始敲門，我們久久沒把門打開，當門打開時，沒有人相信我們。現在我在車站當女報務員。不過，這不重要。這位補習教師我幾乎十年沒見。好幾次我跑過或搭乘無軌電車經過他的巷子，但我一次也沒順路探望。我不理解，為何在生命裡會如此這般，有些事情一點都不難，卻很重要，但我們怎麼也不會去做。好幾年來我走過那棟房子附近，總會想起我的物理老師，回憶起他那可笑的明信片、風扇，還有他那根彎曲多節的木製手杖。他為了顯得氣派，即使到廚房看看茶壺水滾了沒，也會隨身拿著這根手杖。終於，不久前，我心情鬱悶，便到那兒走一趟。我跟從前一樣，按了兩下門鈴。他走了出來，我打聲招呼，他也打聲招呼，但不知怎地卻認不出我來，甚至也沒邀請我進屋。我要他努力回想我是誰，我還提醒他我們曾經一起觀賞明信片，也跟他談起那隻風扇，談起那個夏天——他什麼都記不得了。他說，他過去確實有很多男男女女的學生，但現在幾乎一個也想不起來。歲月不饒人哪，他說，歲月不饒人哪。他確實老了點，我的物理老師。

有病的女孩

Больная девушка

七月間可以在陽台度過夜晚——不覺得冷。而且那些又大隻又哀怨的飛蛾幾乎不會造成什麼騷擾：用香菸的菸火很容易就把牠們驅趕走。七月間一個深夜裡，我在陽台上寫了一篇故事，談的是一個有病的女孩。她病得很重。她住在隔壁一間小屋，跟一個人住在一起，她管那人叫爺爺。這位爺爺喝酒喝得很兇，他是玻璃匠，幫人安裝玻璃，年紀不到五十，因此我不相信他會是她的爺爺。有一回，我跟往常一樣，在陽台消磨夜晚，這位有病的女孩跑到我家敲門。她是經由隔離我們兩家庭院圍牆的籬笆門過來的。她走經花園前來敲門。我點亮燈，打開門。只見她滿臉以及雙手鮮血淋淋——這是玻璃匠下的毒手，於是她跑過花園前來向我尋求援助。我為她清洗傷口，擦上綠藥水，並請她喝杯茶。她在我的陽台坐到天亮，我感覺，我們談了好多事。不過，事實上，我們一夜無話，因為她幾乎不會說話，聽力也奇差無比，這都是她的疾病造成的。早晨，跟往常一樣，天色大亮，我送女孩回家，走過花園小徑。在城外也好，在莫斯科市內也罷，我都寧願一個人居住，而且我住家周圍的幾條小徑都難以辨識。那個早晨，由於露珠的關係，花園裡的草地看起來白花花的，而我也很後悔沒穿橡膠套鞋。我們在籬笆門邊站了一會。她試著要跟我說些什麼，但沒說成，於是哭了起來，因為痛苦，也因為疾病。她轉動旋轉柵門，這柵門跟整個圍籬一樣，都被秋天的晨霧浸濕。於是，她奔向自己的屋裡。籬笆門還是開著。從那時起我們便成為好朋友。她有時到我這兒來，我會在小張的瓦特曼紙[1]上給她畫些或寫些什麼。她很喜歡我的繪畫。她會仔細觀賞，面露笑容，然後走過花園回家。她走著，頭部輕輕碰觸到蘋果樹的樹枝，回頭看了看，衝著我微笑，或者笑出聲來。而我也發現到，每次她來過之後，我家周圍的幾條小徑日益清晰可見，似乎，一切越來越好。或許，所有就如此。對於隔壁這位有病的女孩，我沒有更多好說的。不錯，這是一篇小故事。甚至是很小很小的故事。就連夜晚出現在陽台上的那些飛蛾看起來還來得比較大。

1 瓦特曼紙（ватманская бумага或ватманский лист），高級繪圖紙，源自英國造紙廠廠主名字瓦特曼（Whatman）。

河岸沙丘

В дюнах

跟一個媽媽在挖泥船上工作的女孩約會真是不錯：要是有人問起，你如此直接說就好——她媽媽在挖泥船上工作。於是每個人都會嫉妒。挖泥船在疏浚航道，而且每天二十四小時，都會有稀飯般的泥漿從河底經由特別管道送往河岸。這些泥漿被送往河岸，漸漸地便在河灣四周堆積成沙丘。可以在那兒曬太陽，即使是在颳風的天氣——只要出太陽就好。每天一大早我就會騎著摩托車來到島上，站在最高的沙丘上，把褪色的方格牛仔襯衫高舉過頭，不住揮動。一當她從挖泥船上發現我，她便跳上綁在駁船邊的一艘有窟窿的大船，並且迅速划向河岸。這兒是我們的，僅屬我們的沙丘——因為這鬆軟的快樂小丘不是別人，而是我女友的媽媽抽取沙土堆積而成。於是這個夏天——跟色彩繽紛的明信片一樣，散發著河水、柳樹與松林樹脂的味道。松林位於河灣的對岸，每到週末，都會有人攜帶整套羽毛球設備在那兒玩耍。而河灣處，雙雙對對的週日情侶划著藍色小舟，逍遙水上，喁喁私語。但就是不會有人登上我們這邊的河岸，而且除了我們之外，沒有人會在我們的沙丘上曬太陽。我們或者在很熱很熱的沙土上躺平，或者在河中戲水，或者互相追逐，而挖泥船三不五時發出嗚嗚嗚聲，一位身材結實的婦女身穿藍色的連衣褲，在甲板上走來走去，檢查著船上各項機件。我從遠處的岸邊瞧著她，總是暗自忖道，我真是有幸——跟一個媽媽在這不同凡響的玩意兒上生活與工作的女孩約會。八月分開始下起雨來，我們便用柳樹條在沙丘上蓋了一間窩棚，儘管你們也理解，這並不僅僅因為下雨的因素。窩棚正好蓋於水邊。每個晚上我們都會燃起篝火——篝火倒映在河灣的水面上，把漂浮水上的各式各樣的小木塊照得一清二楚。後來，夏末之際，我們起了口角，從此之後我一次也沒去找過她。那個秋天真是憂愁慘澹到見鬼，落葉發瘋似地滿城飛舞。怎樣，再來一段如何？

博士論文
Диссертация

休假研究期間這位副教授都在城外度過。他正在繕寫化學方面的博士論文，從一大堆的書本裡抄東抄西作摘錄，忙來忙去搞著那些試管，而這時的九月天卻是溫暖的讓人驚奇。此外，這位副教授喜歡喝啤酒，午餐前都會走到花園深處的板棚裡。在板棚那兒的角落，一個陰涼處，擺著一個啤酒大圓桶。副教授便藉助一條橡皮軟管，汲取一些啤酒，注入五公升裝的桶子裡，然後，走回屋裡時，盡量不讓啤酒濺出。他的飲食由太太的一位遠房親戚料理，這婦人是一個月前，不知打從遠方哪裡冒出來的，就像雪片落在頭上一樣，或者就像太太娘家名正言順的女親戚一樣，至於副教授的太太本人已經過世多年，而他目前並未再娶。必須指出，他的早餐與晚餐，這位娘家親戚都會早晚按時準備，中午時刻，她也會料理午餐[2]。每到下午，副教授都會在別墅聚落散散步，或者在白樺樹林的水塘釣魚。水塘無魚，因此，按照往例，副教授根本釣不到魚。不過，對此他並不在意，但是又不願空手而歸，便會在林邊摘一些遲開的野花，整理成一束束，還不難看。回到別墅，二話不說，他便把花兒送給遠房親戚，不過這位親戚的名字他從來都想不起來，也忘記問。這位婦人年約四十，但跟二十歲時一樣，喜歡人家對她表示關懷。她每天早上會在板棚後面做體操。副教授不知此事，不過，連鄰居的玻璃匠對此都知道得很清楚，多次從籬笆外看到，甚至玻璃匠把此事告訴副教授，但他怎麼也不相信，怎麼也不願意去窺探一下。可是，有一天大清早，

2 「她也會料理午餐」這句話看似多餘。其實，前文「飲食由太太的一位遠房親戚料理」中的「料理飲食」(готовить обед)一詞，在俄文裡可指「做飯」、「做三餐」，也可表示「做午餐」。因此，作者在這裡確認是「料理三餐」。

他突然心血來潮，想要喝啤酒，於是，他不想吵到人，便躡手躡腳走去板棚。正當副教授把啤酒從大圓桶注入自己的桶子時，他站在一個滿布蜘蛛網的小窗子旁邊，竟然看到，他太太的這位親戚身穿清涼的泳衣，在花園的草地上，一下子跳躍，一下子蹲下，一下子揮舞雙手。吃完早餐後，副教授不幹正事，竟然做起一些瑣碎的雜事：從閣樓上抬下兩輛鐵鏽斑斑的腳踏車，把它們修理好，然後燙好衣服，並跑一趟火車站買葡萄酒。葡萄酒外，他買了鮭魚和葡萄，還幫親戚做起午飯。飯後，副教授談道，這麼美好的天氣已經有兩個禮拜了，樹林裡正是藍色矢車菊盛開的時候，他從閣樓上找到兩輛腳踏車，雖然生鏽，還是很好騎。晚上，他們便兜風去了。跑在公路上。騎著腳踏車。回到家時已經很晚——腳踏車的手把上有一束束的鮮花。親戚的頭上還戴著花冠。這花冠是副教授親手為她編織的。對她而言這是一項驚喜，她從前可不知道，他會編織花冠，也會修理腳踏車。話說回來，副教授以前也不知道，他的這位親戚真的在花園草地上跳來跳去。每天早晨。穿著一身清涼的泳衣。還揮舞著雙手。

城郊地區

Местность

附近有鐵路經過，有黃色電氣火車駛經湖邊。一邊的火車開向城裡，另一邊往城外去。此處是城郊。因此之故，即使在最是陽光普照的日子，這裡的一切看起來也是很沒真實感。一邊，鐵道沿線與沿線區域之外，都是高樓大廈，為城市起點；另一邊，湖泊之外，是茂盛的松樹林。有人把這樹林叫做公園，另有人稱之為森林。事實上，它是森林公園。此處是城郊，而且好像你在附近看不到什麼特別的東西。曾經這地區被視為別墅區，而現在這些別墅只不過是城郊地區裡的一些老舊木屋而已。這些屋子瀰漫著一股煤油味，裡面住的都是一些安安靜靜的、上了年紀的人們。有一條單軌的鐵路支線往森林公園近處而去。鐵路支線已到盡頭，火車進不了森林公園這兒。鐵軌鏽跡斑斑，枕木也腐朽不堪。在這支線盡頭，森林公園的邊緣，停放著一些褐色的車廂。裡面住著修路工人。他們是登記在城郊地區的臨時戶口，每人都有個大家庭。修路工人都知道，在這沼澤密佈的湖泊，魚兒無法棲息；不過一到休閒時刻，大家還是會帶著釣魚竿來到岸邊，嘗試著捉些什麼。有一位工人住在森林公園算起的第三個車廂，他有個十八歲的女兒。她出生在這兒，也就是車廂裡，她喜歡鐵路相關的一切，她也喜歡整個城郊地區。她還喜歡一位來自城裡的年輕人。這位年輕人常常和朋友來到森林公園，並在四處垃圾的空地上踢起足球。他是一位好青年，追求著這女孩，已經不只一次到他們家作客喝茶。他也很喜歡鐵路盡頭的這些火車廂。想必你們知道，他很快就會迎娶修路工人的女兒為妻，並且會更經常往這兒跑。婚禮將於星期日舉行，要在湖邊舉辦舞會，每個人都會來跳舞——每個住在鐵路盡頭褐色車廂的人。

荒地之中

Среди пустырей

上面，三樓，碰地一聲，大門重重關上，把我一個人留在外面。通過敞開的窗戶，一陣風從荒地吹進入口門廳；這裡，樓梯間，比街上稍微暖和一些。我點起菸，走出大門，來到大院，只見處處繩索，晾著本棟大樓居民的衣物。枕頭套、床單、被單都被風吹得鼓鼓的。我坐到一張長凳上，長凳都讓露水浸濕了。我的眼前是一棟五層樓建築，長得不可思議。我未曾見過如此之長的房子，房子的陰影延伸到我的腳邊才結束。我沐浴在九月軟弱的陽光中。天空漂浮著鬆弛無力的雲朵，就像老人家的肌肉，在我背後則展開一片郊區荒地，開闊得見不到邊，連城市的垃圾場都迷失其中，只有那一股臭味才讓人想起它的存在。我抽的那根菸在風中很快就燃盡，身上的香菸都沒了，於是決定走一趟雜貨鋪。不過我不知道雜貨鋪在哪兒。對這兒我一無所知，在這兒我沒有認識的人，沒有認識的街道，而我不知道，也不想知道，那個婦人現在正拿我的未婚妻怎麼樣，她說好要給我們幫忙的。這婦人住在這長長的、單調的大樓裡，也給住在這兒的人治病[3]。走過陰影籠罩的大院，我往左繞著大樓走了一圈，來到一條柏油路上。四周都矗立著新的建築，跟方才那棟樓很像。或許，這些單調乏味的房子讓我有些害怕。不過，我還是很想抽菸，便找雜貨鋪去，並裝成一副對這些房子毫不在乎的樣子。話說如此，我還真的有點害怕這些房子：它們從遠處瞧著我的背，直直盯著我的眼，而附近一個人也沒有。還好，很快我便追上一個女子。她手上拎著兩袋食物，於是我判斷，她該知道哪兒可以買到香菸。我把她喊住問話。

3 本故事語意模糊，其實是描寫主人翁偷偷送未婚妻去作墮胎手術時的心理狀態。這裡提到的幫人治病的婦人其實是個密醫。

她說，她帶我到商店去，免得我走丟。颳著風，漫延著一大片荒地，以及棟棟的樓房。挨著樓房旁邊，只見繩索上晃動著床單與被單，被風吹得鼓鼓的。荒地上，成群結隊的麻雀簌簌作響，揀食著草地上的種子。這女孩身材非常削瘦，她的眼睛好像不太一樣，但我怎麼也沒弄清楚，究竟有什麼不一樣，直到後來才明白：她有斜眼。她給我帶路，並一五一十地說明，本地區什麼東西在什麼地方，不過，我一點都不感興趣，也不想知道。她跟著我走進商店，我在買香菸的時候，她在旁邊等，還說要帶我到車站去，她說她在那兒幹報務員。我並不須要搭乘電氣火車，我說，不用了。女孩於是離去。離雜貨鋪不遠處，有輛牛奶槽車在做生意。隊伍裡站的都是穿著老式大衣的婦女，她們儘管上了年紀，卻都七嘴八舌的。每人手上拿著桶子，雖然頂著寒風，仍嘰哩呱啦說個不停。有個胖嘟嘟的婦女已經買完牛奶，從槽車走了開，哪知，我卻瞧見，她滑了一跤，牛奶桶子從手中掉落。桶子掉落在柏油路上，牛奶噴灑而出，老太太也摔倒，翻滾在地。她穿著黑色大衣，濺得一身牛奶，跌坐地面，使勁地要爬起身來。排隊的人群停止閒聊，盯著她瞧。我也站在隊伍裡看著。無疑的，我本會幫她一把，但是當時我兩手不得閒：一手拿著香菸，一手拿著火柴。我點起菸，往回走，往那大樓走去，那大樓裡有人在為我未婚妻做些什麼，那大樓從遠處凝視著我的雙眼。

土方工事

Земляные работы

棺木懸掛在挖土機挖斗的大鋼牙上，也在壕溝上搖晃，一切狀況都很正常。哪知後來棺蓋卻打了開，有什麼東西從棺木裡灑了下來。於是挖土機司機爬出駕駛室，檢查一番：棺木頂部有個鑲著玻璃的小窗口，尾部擺著一雙人造皮靴。從外表看，皮靴像似嶄新的，但他拿來稍試一下，卻見靴底脫落下來。很糟糕的靴子，挖土機司機自言自語。不過，讓他更難過的另有一事。他很想欣賞一下人的頭蓋骨，因為終其一生他從沒見過真人的頭蓋骨，更別說用手觸摸了。說真的，他三番五次撫摸自己腦袋或太太的腦袋，就會想像著，要是從自己或太太腦袋剝掉皮膚，就會有一顆真正的頭蓋骨了。但這不知要等待多少時候，而挖土機司機最痛恨等待，於是打定主意現在馬上採取行動。他想瞧瞧，這個人過世許久，並躺在棺木多年，一直從小窗口往外觀望，他現在頭蓋骨會成什麼樣子。沒錯，司機沿著樓梯爬下墳墓，暗自忖道，沒錯，我現在嘛，就會有個大好的頭蓋骨，要不然如此的一個，就是活啊活的，也見不到。當然，我自己嘛，也有顆削瘦的腦袋瓜子，但我卻難得有機會好好給它一番觸診。更何況，觸摸自己腦袋時，難得有任何滿足感——這可需要一顆別人的頭蓋骨，乾乾淨淨的，不能沾黏一點皮膚，這樣掛到棍子上也好，放到哪裡需要的地方也罷，都不會有問題。成功了，挖土機司機自言自語，只要清理破爛衣服，清除皮膚，到手的就是一顆乾乾淨淨的頭蓋骨了——如假包換。一生難得如此機會，千萬別放過，抓住它，趁著還來得及的時候，可別等到哪天有人把你的頭蓋骨掛到棍子上的時候，那時你就後悔莫及。他往泥土上的棺蓋下面打量，然後爬出壕溝，從小窗口往棺材裡面打量，再瞧瞧，但這次卻不是透過小窗口，而是直截了當地往棺材裡瞧，就跟棺材懸掛在挖斗的大鋼牙上時人們往棺材裡察看一樣，而察看的人都是站立於墳墓邊緣。但是不論棺材裡，還是棺蓋下面的泥土上，都不見頭蓋骨。沒有頭蓋骨，他自言自語，頭蓋骨沒有就是沒有，頭蓋骨遺失了，也或許這裡從來就不曾有過——下葬時就只有一副身軀而已。失敗了，挖土機司機自言自語。而且怏怏不樂。

巡夜者
Сторож

夜。總是這樣寒冷的夜。夜，是他的工作。夜，是他的恨，也是他的維生之道。白天，他睡覺與抽菸。來福槍，他從來不上子彈。有啥理由上子彈，要是冬天裡四下無人的話。四下無人——不論是冬天，秋天，還是春天。還有，這些演員的屋裡也是啥人也沒有。這兒是演員的別墅區，而他是別墅的警衛。他從未上過劇院，但有一回一位同事說起，他的兒子在城裡求學，常常會去劇院。同事的兒子每到週末都會回來探望父親。而他——沒有人來探望。他一個人過活，老愛抽菸。他值班之前在警衛室裡拿起了來福槍，然後整個夜裡都穿梭在別墅區的林蔭道之間。今日與昨日下了很大的雪。林蔭道一片白茫茫。樹木，尤其松樹，亦復如此。它們是白茫茫一片。月亮朦朦朧朧。月亮穿不透濃濃的雲。他抽著菸。舉目四下觀瞧。久久地佇立在十字街頭。一片漆黑。冬天裡這個聚落不會看到一點燈火。夏天裡就好多了。每個晚上，家家戶戶的陽台上，都會見到那些演員飲著葡萄酒。但是夏天一結束，陽台上那不透光的玻璃窗便緊緊關閉，裡面空無一人。玻璃窗由裡到外被冰霜凍結，鋪著一層雪。這已是他連續兩個夜晚之後的第三夜，手持未上膛的來福槍，行走巡夜。沿著一間間別墅走下，戶戶都鑲著玻璃門窗。走著走，不經小徑，不帶子彈，不再抽菸。走去買菸，到聚落的邊緣，那兒就有雜貨店。雜貨店裡總是很暖和。那兒大門的彈簧很強。那兒負責照料的是一位上了年紀的婦人。她人很好，因為她可以讓人賒帳。酷寒中他想不起她的名字。作啥想起她這女人，他心想。沒有她，我行嗎？他心想，還是不行？不，不行。沒有她，我就沒菸可抽。他不禁低聲笑了起來。好冷啊，他又想到，好冷啊。一片漆黑。他看到，那婦人正在關著店裡的百葉窗，準備去睡覺。她這就走了。我站著，他自言自語，抽著菸，而她從身旁走過。我真的想抽菸嗎？不！我抽菸，是因為她離開了。就這樣，離開了。現在，挨到明早就只有我一個人。只見一隻貓兒跑著。曾經本聚落裡有很多的貓兒。牠們都住在家家戶戶的柱子底層。一個同事用這把來福槍把牠們一一殲滅了。好冷啊！貓兒都沒了。他再度走著，看著演員們一間間的屋子。由上而下飄著雪花。表示天氣將暖。只是不要有風就好。忽見一個陽台上——出現燈火。演員們冬天是不來的，他暗自忖道。庭院裡有足跡。一邊籬笆遭毀損。兩條籬笆木板交叉著落在雪地上。他來福槍從來不上膛，現在也不會。他一個箭步往前，想瞧瞧究竟是啥事。他往屋子逼近。一聲槍響。似乎很遙遠，在樹林裡。不對，近多了。啊，這槍是從屋子玻璃窗射出的。好痛，頭痛欲裂。但願能抽口菸就好。他頭朝下倒臥雪地中。他已不覺寒冷了。

此時此刻

Теперь

他出院之後，便從部隊提前退役。他服役於導彈部隊，有一回夜裡，他曝露於高劑量輻射，那夜他們正在進行警報演習。當時他二十歲。他搭乘半空的火車回家時，在餐車中枯坐很久，喝著酒，抽著菸。跟他搭乘同一火車包廂的是一位年輕漂亮的女生，當著他的面，這女生一點都不羞澀，睡覺之前，就站立於門上的鏡子前脫衣服，因此他看到女生鏡中的影像，女生也知道他正在看著她，還對他笑了笑。路上的最後一夜，她呼喚他到她下鋪這邊來，不過，他假裝睡著了，而女生猜想也知道，於是對他一番輕聲嘲笑，在這包廂狹窄、悶熱的黑暗中，此時，火車咆哮著，飛奔在黑魆魆的暴風雪中，一座座小火車站憂愁慘澹，枉然若失，黯淡燈光頻頻點頭，目送火車而去。前兩個禮拜他都枯坐家中——東翻西翻書本，檢視過去的，也就是學生時代的照片，試圖為自己拿定什麼主意，也跟父親爭吵得沒完沒了。父親軍人退休，享有高額退休俸，他對兒子的話一句也不相信，認為兒子是裝病。團部會計發放的退職金已然用罄，他得找個事做。他想到鄰近的醫院當司機，沒想到醫院那兒竟指派他別的工作。此時此刻，從部隊離職之後，在冰天雪地的冬末，他竟成為醫院太平間的衛生員。他每月所得七十盧布，這些錢還夠用，因為他不跟女生約會，只是偶爾搭車到公園，乘坐摩天輪，還有看看陌生男女跳舞在四周牆壁都是透明的舞廳裡。有一回，他在這裡發現一個女孩，他曾經跟她上過同一所學校。她是和某個年輕人駕駛一輛跑車來的，於是衛生員躲在幾棵大樹的陰暗處，觀看著他們翩翩起舞。他們跳舞約莫半個小時，然後碰碰地兩聲關上車門，沿著燈光明亮的林蔭道，往公園深處飛馳而去。幾週之後，一個五月天，太平間裡送來一男一女，他們在城外什麼地方撞死在汽車裡，他當時沒能一下子認出他們，是後來才認出，但不知怎地，如何也想不起這女孩的姓氏，他凝視這女孩良久，想到，三、四年前，他還沒入伍，曾經深愛這女孩，當時一心想來想去的，就是時時刻刻跟在這女孩身旁，而她並不喜歡他，她太美了，美得不可能愛上他。豈知，此時此刻，衛生員暗自忖道，所有一切都結束了，都結束了，但卻不知，今後將會如何……

第三章

Глава третья

薩維爾

Савл

但是，維塔沒聽到。你來到「孤獨夜鷹之地」的夜裡，我們學校一位三十歲的女老師，名叫維塔·阿爾卡季芙娜，教授植物學、生物學與解剖學非常嚴格，這時她會在城裡最好的飯店跳舞與喝酒，跟她在一起的是一個年輕的，沒錯，比較起來算年輕的男子，是一個快樂、聰明、出手大方的人。音樂即將劃下休止符——小提琴手與鼓手、鋼琴師與喇叭手都將醉醺醺的，離開舞台。飯店在昏暗燈光中，要為最後一批客人結帳，於是，那位你一生中沒見過、也不會再見面的、比較起來算年輕的男子將會帶著你的維塔而去，帶回他自家住處，然後在那兒跟她想做什麼，就做什麼。不用再說了，我已經都明白，我知道，在那兒，在住所裡，他會親吻她的手，然後馬上送她回家，於是早上她會來到別墅，我們會再見面，我知道：明天我跟她還會見面。不，不是這樣，你，想必，什麼都沒聽懂，還是故意裝傻，還是你根本就是懦夫，你害怕去想，你的維塔會發生什麼事，在那兒，在你永遠也不會見面的男子的住所那兒，話說如此，你當然會想要看那男子一眼，難道我會說錯？這是再明白不過的事，我很想跟他認識，但願到什麼地方都是我們一塊，我們三人：維塔、他，還有我，到城裡隨便那個公園都好，還是到那個有摩天輪的市區老公園，我們要蹓躂蹓躂，談天說地，不管怎樣，這會是多好玩的事啊，我說：這會是多好玩，我們三人會是多好玩啊。話說回來，或許，那人不見得如你所說的那麼有頭腦，那就不好玩了，我們將白白浪費一個夜晚，那個夜晚會是一無所獲，就如此而已，就是這些，不過，至少維塔會明白，跟我在一起好玩多了，並且再也不會跟他約會了，並在我來到「孤獨夜鷹之地」的夜裡，一聽到我的呼喚，她便會隨即出來見我——維塔維塔維塔是我啊特殊教育學校的學生某某某啊出來吧我愛妳，——就跟往日一樣。相信我：聽到我的呼喚，她會隨即出來的，我們將在她那法式閣樓相聚一起，直到早晨，之後，當天色開始放亮，我會小心翼翼地，不要驚醒她的父親阿爾卡季．阿爾卡季維奇，從外面的螺旋梯下到花園，然後走回家。知道嗎，在離去之前，我通常都會撫摸她那條再普通不過的狗兒，跟牠玩一會兒，免得牠把我忘記。這都是無稽之談，你幹嘛捏造所有這些無稽之談，我們老師維塔．阿爾卡季芙娜從不會聽到你的呼喚即應聲而來，而你一次也沒到過她的法式閣樓——不論白天或黑夜，一次也沒。我可都在監視你每一步的行動——札烏澤大夫也如此對我叮嚀哪。當我們從那兒辦理出院的時候，他叮嚀：要是您發現，那個您稱之為他，那個生活與上學都跟您在一起的人，想要掩人耳目，離開到什麼地方去，或者是要逃跑，緊盯住他，千萬別讓他脫離您的視線，盡可能接近他，越近越好，找機會跟他常相左右，到跟他幾乎合而為一的地步，共同做事，共同行為，千萬做到有一天——這天也定會來臨——跟他永永遠遠地結合成為一個整體，成為一個統一的生命，擁有不可分割的思想與志向，不可分割的習慣與品味。只有到那時候，札烏澤斷言，您才會找到寧靜與自由。因此之故，不論你到何處，我都會跟著你，並且，我三不五時得與你合而為一，行為一致，不過，你只要一發現這事，便隨即把我攆走，於是我又會變得擔心，甚至害怕。總而言之，從過去到現在我一直害怕很多事情，只是盡力不露聲色而已，此外，我覺得，你的害怕並不下於我。比方說吧，你害怕，我突然之間會跟你揭露真相，我會說出，在你抵達的當晚，那個比較起來算年輕的男子在自家寓所跟你的維塔做些什麼事。不過，我還是要把此事說出，因為你不願意按照醫生的叮嚀，跟我合而為一，行為一致，我很不喜歡這樣。我還要告訴你，那些夜晚，每當你睡在父親的小木屋或自己家中，城裡，或那兒，在晚上打針之後，其他年輕與不年輕的男子在自家公寓或旅館套房跟你的維塔如何如何地做些什麼。不過，首先我必須讓你相信，你從未到過阿卡托夫的別墅，就算你夜裡常常跑去「孤獨夜鷹之地」。你透過籬笆縫隙，盯著獨門獨院裡燈火通明的窗戶直瞧，幻想著自己走進那片公園，走過小徑——從籬笆門到大門台階，我很瞭解你，你幻想走過那條小徑，一副輕鬆、自然的樣子，走的時候，還會用腳去挑動兩、三顆去年的松果，在花壇摘下一朵鮮花，聞了聞，便稍微站立在涼亭邊——就是這樣子，瞇起你那深邃、無事不明的眼睛，掃視四周一切，然後站到那株有掠鳥築巢的參天巨木之下，聆聽鳥叫——呵，我太瞭解你了，我也會心滿意足地幹起同樣的事，甚至還有過之：走在阿卡托夫花園（或者稱之為公園——沒有人知道該如何適當稱呼他們家那片庭院，於是就憑各人高興，想怎麼稱呼，就怎麼稱呼）的小徑，我會逗逗他們家那條漂亮、卻再普通不過的狗兒，並「篤！篤！」地敲敲他們家大門；不過，我現在要跟你說句老實話：我，其實跟你一樣，我們都害怕這條大狗。話說回來，要是我們不怕牠，要是，比方說，根本沒有這條狗存在，難道我們所有這些事都可以幹嗎？難道我們不能敲門就只因為有這條狗嗎？——這是我對你提出的問題，我還想要跟你稍微再談談這事，這題目讓我很感興趣。我覺得，你又在裝傻，難道這所有一切都那麼有趣嗎？你根本就顧左右而言他，你就是不希望我談到有關維塔的所有真相，不希望我談到，那些你永遠不會見到的年輕人在自家或旅館套房跟維塔幹些什麼嘿為什麼呢告訴我個究竟吧為什麼是你或者為什麼是我為什麼我們害怕跟彼此談到這事或者各自談到所有這事有這麼多的真相啊為什麼為什麼為什麼沒錯你知道很多呀但是你知道要是我一無所知而你也一無所知我們對此都一無所知那我們現在或已經都不知道你可以跟我或跟自己說些什麼了要是你跟我一樣連一個女人都不曾有過那我們根本不知道究竟是怎麼一回事發生什麼事了我們只是猜測我們只能猜測我們只有從別人那兒讀到或聽到但別人也是什麼事都不知所以有一回我們問帕維爾彼得洛維奇他是否曾經有過女人呢事情發生於我們學校那裡在走廊盡頭在一道狹窄的門的後面那兒總是飄散著一股菸味以及漂白水的味道沒錯在洗手間沒錯薩維爾彼得洛維奇就在廁所抽菸他總是坐在窗台上那是在課間休息時間呢不對那是在放學之後我都在放學之後留下來做第二天的功課呀才不呢我們是在放學後被扣留在校做第二天的數學功課呀我們讀書糟得很他們通知媽媽我們數學讀得特別吃力哪你累了嗎很讓人難過有些習題真的不好玩呢不知怎麼搞的出的習題實在太多了又要製圖又要思考他們逼得太兇了薩維爾彼得洛維奇他們不知為什麼老是拿各種例子來折磨人他們好像說我們之中有人學校畢業後要上技術學院然後我們之中有人我們之中有若干人我們之中有部分人我們之中有某某人會成為工程師而我們才不相信呢這類的事不會發生的因為薩維

爾彼得洛維奇您還有其他老師你們自己都猜想到我們永遠不會成為什麼工程師因為我們每個都是大笨蛋難道不是嗎難道這不是特殊教育學校嗎也就是說這對我們並沒什麼好特別的你們幹嘛拿這工程師的事糊弄我們呢誰理會這一套啊不過親愛的薩維爾彼得洛維奇就算我們萬一成為工程師那也不會要不會的不應該也不同意的我會向委員會申訴去我不想做工程師我要到街上賣花賣明信片賣冰糖公雞[1]或者去學習縫製皮靴學習用線鋸切割鑲面板但怎麼也不會同意當個工程師直到最高最大的委員會成立並澄清有關時間的問題為止不是這樣嗎薩維爾彼得洛維奇我們在時間方面非常混亂是不是該做些正經事才是道理比方說就該用黑色墨水繪製圖表當時間方面不是很正確也就是說不是那麼一回事很奇怪很愚蠢的時候其實你們都知道您自己和其他老師都知道。

薩維爾老師坐在窗台，並抽著菸。他光禿禿的腳丫子架在暖氣設備的散熱器上，或者，按大家對這設備的另外稱呼，在放熱器上。窗外是秋天，要是窗

1 冰糖公雞（петушок на палочке），一種冰糖或水果糖，做成小公雞造型（或者其他動物造型如：小松鼠、小魚等），看起來晶瑩剔透，串在小木棍上，是過去俄國人在過年過節時常買給小孩子的零嘴，現在已經很少見。

戶沒塗上一層特殊的白色油漆，我們便可看到部分街景，此時街道一路吹著溫和的西北風。一陣風起，樹葉飛揚，水窪泛起漣漪，路人幻想著自己化身為鳥兒，急匆匆地趕路回家，要是碰到街坊鄰居，可非得說今天的天氣真壞。長話短說吧，這是一個常見的秋天，正值仲秋，這時學校的庭院裡已經運來煤炭，他們把煤炭從車子上卸下，只見一個老頭，他是本校的鍋爐工與門房，我們沒有人會稱呼他的名字，因為沒有人知道他何姓何名，因為知道與記住此人的名與姓沒有意義，因為我們這位鍋爐工無論如何聽不到也不會回應他的名字，因為他又聾又啞，——這時，他已經把鍋爐生起火來。於是學校裡變得溫暖些，雖然如同有些老師蜷縮身子、聳聳肩膀所說的，仍然從地板冒起陣陣寒氣，於是——靈機一動，薩維爾·彼得洛維奇作法正確，他有時會跑到廁所裡暖一暖自己光禿禿的腳丫子。他要暖暖腳丫子也可以在教師休息室，以及上課時在教室裡，但是，顯然，他不願如此做，這樣子在眾人前面，太招搖了，畢竟他呀，諾爾維戈夫老師，為人有些靦腆。或許吧。這時他坐在窗台，背對刷上油漆的玻璃窗，面向一間間的廁所。他那光禿禿的腳丫子架在暖氣設備的散熱器上，膝蓋則高高挺立，於是老師可以舒舒服服地把下巴撐在膝蓋上。他維持如此坐姿，我們從旁邊瞧著，看到他的側面：一個出版社的標誌，一個藏書的標籤，一系列的書籍，一個坐在草地上或光禿禿的地面上、手拿書本的少年的側影，暗影中的少年背後有明亮晨曦作映襯，沉入夢幻之中，這少年幻想著成為工程師，年輕工程師，如果喜歡的話，還要頭髮捲曲，而且捲曲得夠才行，書一本接著一本讀啊讀，一本接一本，在晨曦的背景下，免費讀書，藏書標籤，出版社出錢，同樣的東西，所有書本連續不斷，博覽群書，他真是博覽群書啊，您的孩子，——文學課與俄語課（包括書面語與口頭語）的老師，「水塔」，對我們善良、親愛的母親說道——甚至是讀書太多了，我們並不建議所有書籍一本接一本地讀，尤其是西方經典作家的作品，那會讓人誤入歧途，讓人充滿太多的幻

---

2 《來自烏爾茹姆的男孩》（Мальчик из Уржума, 1953）、《捷瑪的童年》（Детство Тёмы, 1892）、《童年》（Детство）、《山上的屋子》（Дом на горе, 1951）、《維佳·馬列耶夫》（Витя Малеев）等小說都是蘇聯時代學校裡經過核准並鼓勵閱讀的文學作品。《來自烏爾茹姆的男孩》的作者是戈盧別娃（Антонина Григорьевна Голубева, 生卒年不詳）；《捷瑪的童年》作者筆名為加林（Николай Гарин），真名則為米哈伊洛夫斯基（Николай Георгиевич Михайловский, 1852-1906）；《童年》，高爾基（Максим Горький, 1868-1936）回憶錄（1913-1914）的第一部，不過也可能指的是托爾斯泰（Лев Николаевич Толстой, 1828-1910）自傳式小說三部曲中的第一部；《山上的屋子》作者為穆薩托夫（Алексей Иванович Мусатов, 1911-1976）；《維佳·馬列耶夫》是諾索夫（Николай Николаевич Носов, 1908-1976）的小說《維佳·馬列耶夫在學校與在家裡》（Витя Малеев в школе и дома, 1951）中的第一卷。

想，讓人說話沒大沒小，把那些書鎖到櫃子裡吧，一天不要超過五十頁，對於中學生年紀的孩子，《來自烏爾茹姆的男孩》、《捷瑪的童年》、《童年》、《山上的屋子》、《維佳．馬列耶夫》[2]，還有以下：人只有一次的生命，因此該如此過活[3]。還有：奮鬥與尋覓，終將尋獲，絕不投降，前進吧，迎向曙光，戰鬥中的同志們，刺刀與霰彈為我們鋪上前進的道路[4]——俄國革命與內戰的歌曲，敵意的旋風[5]，是否在花園裡[6]，在我們大門口時[7]，啊，你是門廳[8]，於是，接著，我們會推薦音樂課，用什麼樂器都行，中板，這是一種治療，才不會讓人有身心煎熬的痛[9]，否則，你們知道，這個發育年齡，這樣的年紀，嗯，沒錯，巴揚手風琴[10]，嗯，沒錯，鍵盤手風琴，小提琴，鋼琴，並且，是弱音，不是強音，那麼，就開始吧：咿——咿——咿船歌吧四分之三拍降音號高音譜號不要和蘑菇搞混呢絨白乳菇[11]有些毒性呢必須煮熟咿——咿——咿在火車廂的震動聲中往那同一支線的火車站什麼咿——咿——咿沿著維塔的支線呀柳樹警告著昏昏欲睡的諸位乘客哪車廂裡你哭泣因為愛情因為生命是多餘呀媽媽在窗外呢下著雨難道我們非得在如此雨雪泥濘的日子上路嗎不錯的一路上有點音樂對你不會有害的我們已經說好了音樂大師今天會等著我們呢這不方便吧，禮拜天，等一下我們還要去祖母那兒。火車站，灌木叢，正午時刻，非常潮濕。不過，這是冬天：月台上鋪著一層雪，白雪乾燥、鬆軟，

3 「人只有一……如此過活」，引用自奧斯特洛夫斯基（Николай Алексеевич Островский, 1904-1936）著名的社會主義寫實主義小說《鋼鐵是如何煉成的》（Как закалялась сталь, 1934）。

4 「奮鬥與尋覓……鋪上前進的道路」，引用自卡韋林（Вениамин Александрович Каверин, 1902-1989）的小說《兩個上尉》（Два капитана, 1938-1944）。其實，卡韋林這段話又是分別將英國著名詩人丁尼生（Alfred Tennyson, 1809-1892）的詩歌《尤利西斯》（Ulysses, 1833）與德國歌曲《年輕禁衛軍》（The Young Guard, 1907）其中的句子結合而成。

5 「敵意的旋風」（Вихри враждебные），引用自波蘭革命歌曲《沃爾索維楊卡》（Warszawianka）的開頭，蘇聯導演卡拉托助夫（Михаил Константинович Калатозов, 1903-1973）於一九五三年發表的電影也以「敵意的旋風」作為片名，電影主要描寫蘇聯革命家捷爾任斯基（Феликс Дзержинский, 1877-1926）於內戰時期（1918-1921）的偉大事跡。

6 「是否在花園裡」，引用自俄羅斯民謠《是否在花園裡，還是菜園裡》（Во саду ли, в огороде）。

7 「在我們大門口時」（Как у наших у ворот）為一首俄羅斯民謠的名稱。

8 「啊，您是門廳」（Ах, вы сени），引用自俄羅斯民謠《啊您，門廳，門廳》（Ах вы, сени, сени）。

9 「才不會讓人有身心煎熬的痛」（чтобы не было мучительно больно），引用自奧斯特洛夫斯基的小說《鋼鐵是如何煉成的》。

10 巴揚手風琴（баян），有變音裝置的按鍵式手風琴，二十世紀初於俄國發展出來的一種樂器，以俄國古代著名吟唱詩人巴揚（Баян）為名。

11 此處作者玩文字遊戲，藉由高音譜號（скрипичный ключ）的俄語發音聯想到語音近似的一種名為絨白乳菇（скрипица）的蘑菇。

並且閃閃發亮。經過市場。不，先是一座高架橋，吱吱作響的階梯，白雪覆蓋。是吱吱嘎嘎作響才對，媽媽。來自大灰熊走路的聲音「吱吱嘎嘎」一詞[12]。小心點，往上走咿——咿——咿當你往下瞧見一輛車廂用粉筆寫得滿滿的貨運列車或窗簾是漿硬的百褶布邊的道道地地的特別快車正奔竄而過時盡量不要看它否則你會腦袋暈眩並且雙手張開臉朝下或面向天地跌落而下於是一堆富於同情心的路人還來不及化為鳥兒便圍繞在你身旁並且有人微微扶起你的頭打打你的兩頰呢可憐的孩子可能是他的心臟有問題吧不對這是維生素缺乏症也就是血白病[13]呀一位農家穿著顧著幾個籃子的東西叫賣的婦人說道拿一下他的手風琴吧那媽媽呢他媽媽在哪裡他看來是一個人出來上音樂課的瞧瞧他頭上還流著血呢他當然是一個人呀老天他怎麼搞的沒事了他馬上就好了我馬上就好了維塔我就一個人我求求妳原諒我吧妳的男孩呀妳殷勤的學生哪看著車廂用粉筆寫得滿滿的貨運列車看得入神了在車廂上寫得滿滿的是委員會不過經過幾年經過一段距離你那懦弱的某某便會找上你克服這有如尖刀般銀亮的火光刺入人身的狂風暴雪並在小船上演奏一曲狂烈的恰爾達什舞曲[14]哦對了願上帝幫助我們可別發瘋[15]地陷入課外活動烈焰灼身般的狂熱之中篤篤您好維塔小姐咿——咿——咿這兒有菊花讓它們枯萎凋零吧[16]隨它們去吧不管怎樣所有發生的一切將來都會完全獲得補償的這要到什麼時候？大概十年吧，或許。她四十歲，她還年輕，夏天住在別墅，常去游泳——還有桌上網球，就是乒乓球。而我，而我呢？讓我算一下。我嘛——年紀老大不小，我早就從特教學校與技術學院畢業，也成了工程師。我有很多朋友，我身體十分健壯，並在存錢

12 此處作者利用諧音玩弄俄語的文字遊戲。在「吱吱作響的階梯」之後，故事敘事者利用「吱吱作響」(скрипучий)的諧音，自創一個新詞叫скирлучий。敘事者自己解釋，這個詞來自скирлы。скирлы這個詞在俄國童話故事中，用來表示一隻後腿裝木頭義肢的大灰熊走路時所發出「吱吱嘎嘎」的聲音。有關「吱吱嘎嘎」的灰熊，本書第四章中將會提到。

13 小說中的人物發生口誤，將俄語「白血病」(белокровие)的字母說顛倒成：「болекровие」，因此譯為「血白病」。

14 恰爾達什(чардаш)，一種匈牙利民間舞蹈或舞曲。

15 「願上帝幫助我們可別發瘋……」(да поможет нам Бог не сойти с ума...)讓人聯想到俄國文學之父普希金(А. С. Пушкин, 1799-1837)的詩句「願上帝別讓我發瘋」(Не дай мне Бог сойти с ума)。

16 「這兒有菊花，讓它們枯萎凋零吧」(вот хризантемы, пусть отцвели, увяли)讓人聯想到俄國一九一〇年的流行浪漫歌曲《菊花已凋零》(Отцвели хризантемы)。歌曲作者為哈裡托(Николай Иванович Харито)與舒姆斯基(Василий Шумский)。

買汽車——不對，已經買了，已存夠了錢就買了，儲蓄所，儲蓄所，要多加利用哪。是的，說的正是，你早就是工程師了，並且讀起書來一本接一本，在草地上一坐就是好幾天。好多的書啊。你變得好聰明，因此你終有想明白的一天，你明白不能再拖了。你從草地站起，抖落褲子的塵土——這褲子燙得可漂亮——把所有的書收拾成一堆，拿到車子裡去。那兒，在車裡，放著一件西裝上衣，很帥氣，藍色的。於是你穿起它。然後你檢視自己一番。你高高的個，比現在高多了，大概高出好幾日尺吧。此外，你兩肩開闊，面容幾乎是漂亮的。「幾乎」一詞用得再好不過，因為有些女性不喜歡太漂亮的男生，不是嗎？你有挺直的鼻梁，藍色而溫柔多情的眼睛，堅定有力的下巴，以及緊閉的嘴唇。至於額頭嘛，高得非比尋常，並且跟現在沒兩樣，頭髮濃密烏黑，一綹綹地下垂。臉上乾乾淨淨的，你是常刮鬍子的。自我檢視之後，你坐上駕駛座，關上車門，便離開你讀書好長一段時間的蔥鬱草地。現在你直奔她家而去。唉呀，菊花哪！可得買菊花哪，要到哪兒一趟，在市場裡買吧。可我身上一分錢也沒有，得向媽媽要：媽媽，事情是這樣，我們班上死了一個女孩，不對，當然，不是直接死在班上，她死在家裡，她生病很久，好幾年了，完全沒能來上課，班上同學甚至都沒見過她，只在照片裡見過她，她只是名字登記在班上，她患有腦膜炎，跟很多人一樣，這樣子，她就過世了，真的，很可怕，媽媽，很可怕，跟很多人一樣，就這樣，她過世了，須要安葬，不是啦，當然，不是啦，媽媽，妳沒錯，她有自己的父母，誰都不能強迫任何人去埋葬別人的小孩，我要說的不過是：她應該給予安葬，但是沒有花的話，那不成體統，不適當的，記得吧，就連老師們不疼、家長會不愛的薩維爾．彼得洛維奇，就連他都有好多的花哪，於是我們班上便決定募款買花圈給這女孩，每個人幾盧布，更精確地說是這樣：凡是和媽媽與爸爸住在一塊的，每人各繳十盧布；凡是只和媽媽或只和爸爸住在一塊的，每人各五盧布；所以，我要繳十盧布，給我吧，拜託，快一點，車子在等著我呢。什麼車子？——媽媽將會問道。於是那時我會回答：你瞭解，事情就這樣發生了，我買了一輛汽車，我沒付多少錢，即便如此我還是債臺高築。多少債務，媽媽將會擊掌驚呼[17]，總之你哪來這些錢！接著她會跑到窗口，往院子瞧，那兒將會停著我的車子。妳瞧，我將會平靜地答道，當我還

17 всплеснуть руками，表面翻譯是「擊掌」，是俄國人習慣性的肢體語言，也就是兩手舉起，輕輕互擊，表示高興、驚訝、詫異、惋惜等情緒，因此本文在此譯為「擊掌驚呼」。

坐在草地上，並且一本接著一本讀書時，我的局勢便已經如此底定，我順利完成特教學校學業，然後，再從技術學院畢業，請原諒，媽媽，不知為什麼，但我覺得，對妳將會是意外驚喜，如果我不要馬上告訴妳此事的話，而是在之後什麼時候，過一段時間再告訴妳，終於現在是時候了，因此我謹此告知：是的，我成為一名工程師，媽媽，而此時我的車子正等著我。那這樣子究竟過去多少時間啦，母親會說道，難道你不是今天早上才背著書包上學去嗎，難道不是今天我還送你出門，並且在樓梯間還追在你後面，幾乎追到一樓，要把三明治塞到你大衣口袋，而你卻跳下三級階梯，大聲叫道，你不餓，要是我拿著三明治跟你糾纏不休，你要拿一條麻繩把自己嘴巴縫起來，難道這一切不是今天才發生的嗎？——我們可憐的母親將會感到詫異。而我們呢，我們將會如何回答我們可憐的母親？應該跟她這麼說：唉呀，媽媽，唉呀。沒錯，這兒應該用上幾乎已經遺忘的一個用語「唉呀」。唉呀，媽媽，那天妳要把三明治塞進我大衣的口袋，而我一口拒絕，因為我身體不大舒服，而且那天也早已成為過去，現在我是工程師了，並且車子正等著我呢。然後我們媽媽將會嚎啕大哭：歲月怎會如此飛逝而去，她會說，怎麼這麼快孩子們就長大，都還沒來得及好好看一下，兒子就已經是工程師了，誰都會這樣想：我的兒子某某某——工程師哪！然後她會安靜下來，坐到凳子上，並且她那綠色眼珠會變得嚴峻，並且臉上皺紋，尤其刻在嘴邊的那兩條深深的垂直皺紋，會顯得更深刻，她會開口問道：你幹嘛騙我？你剛剛才向我要錢，說要買花圈給同班讀書的女孩，而現在又口口聲聲說，好像你早就從特教學校畢業，甚至從技術學院畢業，難不成同一時間可以是工程師，又是特教學校學生。除此之外，媽媽嚴厲表示，除了垃圾箱邊那輛垃圾車之外，院子裡什麼車子也沒有，這一切都是你憑空捏造的，根本沒有車子在等你。親愛的媽媽，我不知道，是不是可以既是工程師又是在學學生，或許，有人不准，有人不能，有人不給，但我嘛，在選擇自由之後，就是選擇了自由的形式的一種之後，便可自由自在為所欲為，並且想做誰就做誰，管他是同時或分別，難道妳對此不理解嗎？要是妳不相信我，那她去問問薩維爾．彼得洛維奇，儘管他很久沒跟我們在一起了，他會一五一十跟妳說分明：我們老是搞不定時間問題——說這話的是一個地理學家，他來自城郊第五區。至於汽車嘛——不用擔心，我只不過稍微發揮想像力而已，確實沒有這輛車子，而且永遠不會有，然而總是在早上七點到八點——天天如此，年年如此；狂風暴雨也好，日曬雨淋也罷——在我們院子垃圾箱邊都將停靠著一輛清潔公司的卡車，它樣子像臭蟲，綠色像蒼蠅。那女孩呢，媽媽好奇問道，女孩真的過世嗎？不曉得，你必須答道，關於這女孩我一無所知。然後你必須快步走到門堂，那兒衣架上掛著你們一家人的大衣、夾克、與帽子——別害怕這些東西，它們都是中空的，沒有人穿著它們，——也掛著你的大衣。穿上大衣，戴上帽子，推開往樓梯間的大門吧。跑出你父親的家，不要回頭，因為一回頭，你就會看到母親雙眸中的悲痛，這時跑在冰天雪地上、趕赴學校下午班的你，也難免會一陣悲痛。趕赴下午班的課，今天又沒做功課了，不過要是人家對你追根究柢，怎麼會這樣，你要望著窗外逐漸黯淡的晚霞——這時城裡街燈紛紛點燃，晃蕩在大街小巷，宛如一座座沉默的鐘，被割去舌頭似的——不管對哪位老師，都要回答的很有尊嚴，從容不迫。如此回答：對於我們這讓人肅然起敬的學院所公布的昆蟲學競賽，我自認是孜孜矻矻的參賽者，把休閒時間都投注於罕見與半罕見的蝴蝶的收集工作上。那又怎樣呢？教師必然反問你。我大膽期待，你繼續說道，我的收藏品將來會引起學術界不小的興趣，因此之故，不要害怕物質方面與時間方面的花費，給我的收藏充實一些絕無僅有的、新的樣本，我認為這是我的職責所在：所以，千萬別問，我為什麼沒做功課。冬寒之際我們能談什麼蝴蝶，教師故作驚訝狀地問道，怎麼，你瘋啦？你莊嚴肅穆地反駁：冬寒之際能談冬季的蝴蝶，也就是所謂的冬蝶，我都是在城外捕捉的——在樹林與田野，主要是在早晨，——對於你們提出的第二個問題，我的答覆是：沒有人質疑我發瘋的事實，否則我就不會被拘禁在這讓人詛咒的學校，跟其他同樣的傻子關在一起。你說話沒大沒小的，我得跟你的父母好好談談。對此必須緊接答覆：要跟誰談，包括我的父母，這是您的權利，可千萬別跟任何人說出您對冬蝶的懷疑，人家會把您當作笑柄，還會讓您跟我們在這裡一起受教育。冬蝶不會比夏蝶少，確記啊。現在把所有的書本與筆記放進皮包，然後慢慢地，像一個漸漸上了年紀的昆蟲學家，踏著疲憊的步伐，咳嗽幾聲，步出教室。

我知道：你跟我一樣，——我們從來都不喜歡學校，尤其是從我們校長尼古拉·戈里米洛維奇·裴利洛實施拖鞋制度那天開始。要是你還記不起來，是這樣的，所謂的這項規定是，學生都必須攜帶拖鞋到學校，而且拖鞋不能直接拿在手上或放在書包裡，而必須放在特別縫製的布袋中。沒錯，放在白色袋子裡，袋子附有還有吊帶，每個袋子上用中國墨汁寫著學生姓氏，表示袋子屬於誰。按規定必須寫道：學生某某某，幾年幾班。還有，必須在下面用較大的字體寫著：**拖鞋**。然後在更低的地方，用更大的字體寫著：「特教學校」。嗯，當然，我很清楚記得那一刻，它發生的很突然，在某個日子裡。有回上課時間，裴利洛來到我們教室，一臉陰沉。他每次來都是一臉陰沉，因為正如父親對我們的解釋，學校校長薪水不多，而他又愛喝酒。裴利洛住的是一層樓的小屋，位於學校的院子，如果你想要的話，我為你描述一下這間小屋，以及學校的院子。你描述學校院子就好，那間小屋我記得。我們學校是紅磚建築，環繞在四周的圍牆也是同樣的紅磚。從圍牆大門到大樓正門是一條柏油林蔭道，兩旁不知種的是什麼樹，還有花壇。在大樓正門前面，你可看到幾尊雕像：中間是兩尊不太大的白堊雕塑的老人，一個戴著便帽，一個戴著軍帽。兩個老人背對學校，面對著從林蔭道跑來趕赴學校上下午班的你，他們兩人都有一隻手往前伸出，好像告知人們，在學校前面那裡，滿地石頭的曠野上有什麼重要事情正在發生。我們那時每月一次都會被迫在那曠野做強身越野賽跑。兩尊老人雕像的左手邊，有一個女孩和一隻不太大的母鹿在閒蕩，消磨時間。女孩與母鹿都是白亮亮的，就像是白淨淨的粉筆，他們也是瞧往空地。兩個老人雕像的右手邊，站著一個男孩吹號手，他一副想要吹喇叭的樣子，他能吹，他什麼都能吹，甚至校外的恰爾達什舞曲，但不幸的是，他手裡並沒有喇叭，他手上的喇叭被打掉，更精確說，那隻白色石膏喇叭在搬運時就被打斷，於是從男孩雙唇之間只探出喇叭軸心，一截生鏽的鐵絲。讓我為你作個修正，就我記憶所及，白色女孩確實站立在學校院子，不過，跟在女孩身邊的不是一隻母鹿，而是一條狗兒，是白堊女孩以及一條再普通不過的狗兒；當我們騎著腳踏車從A點到B點時，這女孩身穿短的連身衣裙，頭插蒲公英，正要走去游泳；你說，白堊女孩站在（當時站在）我們學校前面，瞧著（當時瞧著）我們常做（當時常做）強身越野賽跑的空地，而我要告訴你：她瞧的是水塘，她馬上要到那兒游泳。你說：她手撫摸著母鹿。而我要說：這女孩撫摸的是自己那條再普通不過的狗兒。還有關於那白色男孩，你說的也不對：他不是站著，他也不會吹喇叭，儘管從他嘴裡探出一截什麼鐵絲，他不會吹喇叭，我也不知道，那是什麼鐵絲，可能，這是一根針，他用來把自己的嘴巴縫起來，為的是不想吃自己母親包在自己父親的報紙裡的三明治。不過，最重要的如下：我確認，這男孩不是站著，而是坐著——這是一個坐在暗影中的男孩，背後有明亮晨曦的映襯，書一本接一本的唸，在草地上；這是工程師男孩，有一輛汽車正等著他，而他坐在基座上，就像薩維爾老師——坐在洗手間的窗台上，烘烤著足底，此時我們正走了進來，滿腔怒火，書包裡帶著昆蟲筆記、時間變換計畫、捕捉冬蝶用的捕蝶網，而且這些優良裝備的握竿很長，幾達兩公尺，直直探出書包之外，碰觸到牆角，以及牆上那幾幅躊躇滿志的學者肖像。我們滿腔怒火的走進來：親愛的薩維爾老師，在我們這恐怖的學校再也讓人讀不下書了，學校指定了好多回家作業，幾乎每個老師都是笨蛋，他們一點都不比我們聰明，瞭解嗎，必須要有所作為，有必要採取什麼果斷的行動——或許來來回回的信件，或許——抵制與絕食，路障與梭魚[18]，皮鼓與鈴鼓，焚燒雜誌與日記，審判[19]世界各地的特教學校，瞧瞧，這兒，我們的書包裡——捕蝶網。我們會折斷捕蝶網的握竿，抓來所有真正的笨蛋，把捕蝶網套在他們頭上，就像小丑的尖頂帽，至於握竿則用來打在他們一張張討人厭的臉龐。我們將會籌辦一場轟轟烈烈的集體縛柱辱刑[20]，讓所有我們白癡的特教學校裡長期折磨我們的那些人自己去做強身越野賽跑，自己去做有關單車騎士的習題，而我們這些過去的學生則從墨水與粉筆的奴隸地位中獲得解放，我們要騎上別墅單車，在城市公路與鄉間小道盡興奔馳，三不五時與踱步中、身穿短裙的熟識女孩或者帶著再普通不過的狗兒的女孩問候致意，我們要成為從A點到B點再到C點的城外單車騎士，並且讓那些可惡的蠢蛋，那些該死的蠢蛋，去解決關於我們這些單車騎士的習題，也代替我們這些單車騎士解決習題。我們將成為單車騎士，也成為郵差，跟米赫耶夫（米德維傑夫）一樣，也就是跟您，薩維爾老師稱之為「風之使者」的那個人一樣。我們過去都是白癡，能成為「風之使者」，這將會太美了。記得嗎，您曾經問過我，我們是否相信這個人，而我們當時回答，對這問題我們連思考都不知如何思考，不過，現在，炎炎夏日已為濕寒秋天所取代，路人都把腦袋藏到衣領之中，幻想著化身為鳥兒，在此之際，我們趕忙向您，親愛的薩維爾老師以及所有其他先進的教育家們，親口宣布，我們不懷疑「風之使者」的存在，我們也不懷疑，未來會是熙來攘往的單車騎士與單車「風之使者」，這一刻即將到來。並且從這兒，從這窗戶髒兮兮、地板經年不乾、讓人噁心的男生洗手間裡，我們今天要向全世界高聲吶喊：「風之使者」萬歲！滿腔怒火。

此時，我們這位身材削瘦、光著腳丫子的老師薩維爾坐在窗台上，一臉感動，看著我們正在唱一齣最偉大的清唱劇，當最後一聲回音將穿越空蕩蕩的、放學之後仍臭不可聞的教室與走廊，飛向大街小巷，這時薩維爾老師將從牛仔方格襯衫的胸前口袋裡掏出一把小剪刀，剪起腳指甲，並瞧著一間間

18 梭魚(барракуды)，一種下顎強壯、牙齒銳利、性情凶猛的海洋魚類，常會集體攻擊游泳的人類。此處作者將梭魚與路障(баррикады)一起使用，可能原因之一是二者俄語發音近似。

19 此處作者使用的是аутодафе，英文是auto-da-fe，來自葡萄牙語，原意為：中世紀西班牙與葡萄牙宗教裁判所對異端的判決，判決內容包括焚燬異端書籍、燒死異教徒等。

20 縛柱辱刑(гражданская казнь)，十八、十九世紀時，俄國政府對犯罪貴族所施行的一種刑罰。

廁所的門，每間門上都寫滿猥褻的文字，塗滿愚蠢的圖畫，說道：我們洗手間裡這麼多有傷風化的東西，很不雅觀；哇，上帝，他表示意見，我們對女性的感覺竟然如此之膚淺，我們這些特教學校的人竟然如此之猥褻下流。難道我們不會選擇一些高雅、有力與溫柔的修辭，代替這些——異類、下流的用語？啊，人哪，這些老師與學生，你們的思想與行為多麼不理性，多麼齷齪呀！話說回來，這種愚蠢行為與動物慾望是我們的過錯嗎？是我們的手在洗手間的門上亂塗鴉嗎？不，不是！——他定會高聲大喊——我們只是校長裘利洛底下軟弱無力的僕人與不聽話的人們而已，縱容我們墮落與弱智的是他；沒有教導我們如何愛得溫柔、愛得有力的也是他；當我們在這裡牆壁上塗鴉的時候，領導我們的是他那雙手；因此，對於我們的愚蠢與獸性，這是他的錯。啊，下流無恥的裘利洛，——薩維爾將會說，——你是多麼讓人痛恨呀！我們將會站在那兒，六神無主，不知該如何開口，不知該如何安慰做人與做老師都是天才的他。我們將會如此站立在磁磚地板上，兩腳不時交換支撐身體，這時下午班遺留下來的污水會在我們腳下發出吧唧吧唧的聲音，並且慢慢地、全然不知不覺地滲透到帆布拖鞋裡，為了這雙拖鞋我可憐的母親可是排隊排得老半天，吃了不少苦頭。有一回，一天的晚上：媽媽，今天裘利洛來到我們教室，一臉陰沉。他把老師寫在黑板上的東西全部擦掉，用抹布擦掉。注意，——他這位校長說道，這時一片鴉雀無聲，——從某某日起，本特殊教育學校，連同所有它的化學品、法拉第電燈泡、排球、墨水缸、大黑板、小黑板、地圖、小餡餅，以及其他舞會等等，將公佈為「紀念國家級數學家洛巴切夫斯基之模範重點特殊教育學校」，並開始施行拖鞋制度。教室一片譁然，聲音越來越大，於是有一男孩——我記不得，或許，是不明白，他何名何姓，還有或許，我本人就是這男孩——這男孩叫喊起來，不知叫聲何以如此之大，叫聲這般：啊—啊—啊—啊—啊—啊—啊！抱歉，媽媽，我明白，根本沒有必要一一示範這男孩怎樣叫喊的，更何況，爸爸正在休息，只要這樣說就夠了，有個男孩叫喊一聲，該這麼說，叫喊得既大聲，又讓人意外，根本不用示範這般叫喊：啊—啊—啊—啊—啊—啊—啊！這時他把整張嘴巴開得大大的，吐出舌頭，我覺得他的舌頭不尋常的紅，或許，他有病，並且疾病開始發作，我這樣以為。我還必須說明，媽媽，他的舌頭真的是又紅又長，還有紫色斑點，青筋暴露，一副喝了紅墨水的樣子，簡直讓人吃驚。這場面就像是去看耳朵、鼻子、喉嚨的醫生，醫生要他說「啊」，於是男孩張開嘴巴，努力說出，更精確地說，努力喊出：啊—啊—啊—啊—啊—啊—啊！他足足叫喊了一分鐘，每個人都瞪著他，然後他停止喊叫，然後輕聲細語地向校長問道：啊，這是什麼意思？那時大家都還記得，這男孩說話結結巴巴的，他有時要從母音轉到子音會說得很吃力，於是舌頭便在母音打結，並且會大聲叫喊，因為他覺得難受。如此這般他今天大聲叫喊：啊—啊—啊—啊—啊—啊—啊—啊！他是想要問校長：啊，這是什麼意思？如此而已。終於他問出話來，於是裴利洛校長聲音透過齒縫迸出，答道：拖鞋制度——這是一項規定，每名學生購買一雙拖鞋，每天用附有吊帶的特製小帆布袋裝好，帶來學校。到校之後，學生得脫掉平常的鞋子，穿上帶來的拖鞋，把平常的鞋子裝進空空的袋子裡，再把它和大衣、帽子一起交給存衣室的女管理員。我解說的夠明白嗎？——校長問道，一臉陰沉，睥睨天下四方。這時男孩再度驚恐地叫喊起來，這次發出的是別的聲音：哦—哦—哦—哦—哦！我再也忍受不住，媽媽，不知怎地，我怎會忘記，爸爸正在自己房裡打盹，手上還拿著報紙呢，他，很顯然，是累壞了，他的工作那麼繁重，事情多得沒完沒了，命運多災多難，可憐的老爸，但是我忍受不下去了，我只要把話說完就好。於是男孩喊道：哦—哦—哦—哦—哦—哦！——然後，說出話來：哦，很高興您的解說。裴利洛已準備要離去，我們，就是我和他，另外一個，我們站起身來，又說話了：敬愛的裴利洛先生，我們想向您本人，並透過開明、誠實的您，向整個學校行政部們提出一項請求，請容許我們攜帶一口袋子來校就好，不用帶兩口，因為要媽媽縫製兩口袋子是縫製一口的兩倍麻煩。這話一出，校長和老師互換的那種眼色，好像他們兩人知道什麼別的人都不知道的事，好像他們知道的比我們還多，校長答道：「紀念國家級數學家洛巴切夫斯基之模範重點特殊教育學校」的每個學生都必須攜帶屬於個人的、附有吊帶的袋子，一人一口。只要你們自認是兩個人，你們就得攜帶兩口袋子——不多不少。要是你們認為你們是十個人，那就攜帶十口。見鬼！——我們怒氣沖沖地大聲說道，——最好是我們完全不存在，那時您就不用拿這些該死的袋子與拖鞋來對我們糾纏不休，可憐的媽媽，妳得縫製兩口袋子，日以繼夜，坐到深夜，在縫紉機前趕工——特拉—達—達，特拉—達—達，一針一針穿過，穿心而過，要是能永遠化為百合花、白睡蓮，該有多好，就像那時，在河上，只是要永永遠遠的，直到生命盡頭。怒氣沖沖。裴利洛校長從上衣內袋掏出一條皺巴巴的手帕，仔仔細細地擦拭自己棕紅色的、雀斑點點的、光禿透頂的頭顱。他如此做，其實是要掩飾內心的慌亂，他一下子竟不知所措，沒料到在他的學校裡會有如此怒氣沖沖的學生。於是他一臉陰沉地說道：我沒預料，這裡有同學竟然有能耐到如此地步，讓我失去對他的信任，某某同學，你現在的所作所為正是如此。要是你不想讓我把你從學校開除，並且把你的文件遞交「那兒」的話，就馬上給我坐下，並且寫一份有關為什麼會喪失我的信任的自白書。你必須一五一十說明清楚，不過，首先是關於化身為百合花的、荒謬的偽科學理論。這話說完，裴利洛隨即轉身，啪一聲踢著鞋跟，就像軍人一樣——學校裡都傳說，他曾經在軍中服役，跟庫朱托夫[21]本人在同一個營，——便走了出去，碰一聲關上大門。滿肚子怒火。全班往我們方向看來，吐了吐紅色的毒舌，拿著彈弓瞄準我們，嘻嘻哈哈地笑著，因為這整個一班就跟特教學校所有其他班級一樣，既愚蠢又古怪。就是他們這些傻子把貓兒吊到消防梯上，就是他們在大下課時間[22]彼此朝臉吐口水，並且搶奪彼此的果泥小餡餅，就是他們趁彼此不注意往別人口袋撒尿，並伸腿把別人絆倒，就是他們彼此扭傷手臂，並拉幫結黨，就是他們在洗手間的門上胡亂塗鴉。

不過，你幹嘛對自己的同學那麼生氣，好耐性的媽媽對我們說道，難道你自己沒跟他們一樣嗎？要是你不一樣，比他們好，我們也不會把你送到特教學校讀書，唉，你不能想像，那對我和對你父親該會是多快樂啊！上帝啊，那樣，我想必會變成最幸福的母親了。不，媽媽，不，我們一點都不一樣，我們跟那些智障一點關係都沒有，我們在所有方面都比他們強太多，好太多了。自然啦，從旁觀者來看，似乎我們都一個樣，而且學校成績比我們差的簡直找不到，我們沒有一首詩能從頭記到尾的，更別說寓言故事了，還好我們記得更重要的東西。不久之前，「水塔」跟妳說明，我們——妳的兩個小孩——擁有所謂的選擇性記憶，這說得非常正確，媽媽，這樣的記憶讓我們過我們想要的生活，因為我們只記住我們需要的，而不是那些膽大妄為竟敢充當我們老師的矮呆病[23]患者所需要的。妳知道，我們甚至記不得我們待在這特教學校已有多少年，有時還會忘記學校課程與日常用品的名稱，更不用說那些什麼公式、什麼定義的——這些我們一竅不通。有一回，一年或者三年之前，妳給我們找到一個什麼科目的補習教師，可能是數學科的，照例，我們都是到他家上課，每堂課他都拿了我們好多盧布。這是一個昂貴、博學

21 俄語中原來並無庫朱托夫(Кузутов)這個姓氏，此處作者故意將俄國歷史上著名的陸軍元帥庫圖佐夫(М. И. Кутузов, 1745-1813)的俄文姓氏中的兩個字母對調，以表示對裴利洛校長的嘲諷。庫圖佐夫是一八一二年俄國對法國拿破崙戰爭中的統帥，率領俄國軍隊擊敗拿破崙六十萬大軍。

22 俄國中小學裡的課堂之間的休息時間分為小下課時間(маленькая перемена)與大下課時間(большая перемена)。小下課時間為五分鐘，大下課時間通常為二十分鐘。

23 矮呆病，又稱為先天性碘缺乏症候群。

N518 T=2n√
6.1
98 = 1

的教育家，大概才第二堂課，他便向我們宣布：年輕人，——不對，我說錯了，他當時使用的是簡短的形式「少爺」，——「少爺」[24]，您可謂是世間奇葩啊，您對本科目的所知——空空如也。當我們去上第三堂課時，他把我們單獨留在公寓裡，自己卻跑去商店買啤酒。夏日炎炎，我們從別墅前來上課，難受得很，媽媽。補習教師對我們說道：哈，您好，您好，「少爺」，我已經等得老半天了，——他搓著手，說道，——我等得老半天了，天氣熱得很，這可是夏天啊，錢帶來沒？拿來吧，我等得老半天，身上一文錢也沒有，稍待一會，我到樓下買啤酒，您就當成是自己家裡一樣，願意的話，畫畫圖也好，或者餵餵古比魚[25]，水族箱裡的小燈泡燒壞了，水很混濁，不過小魚游到玻璃邊的話，還是看得到，好好觀賞一番吧，對了，順便告訴您，也看一下雷布金吧，他在架子上，這是一本詳解，一本數學習題詳解，我推薦某期某號的，非常有趣：有人騎自行車，您能想像嗎？從一點騎到另一點，最有趣的情境，熱得讓人受不了，我等得老半天，整個家裡一戈比也沒有，街坊都去了南方，怎樣也找不到人借錢，好吧，我走了，就當成是自己家裡，該幹嘛就幹嘛，只要別看冰箱就好，裡面都一樣，什麼也沒有——空空的，就這樣，買啤酒，買啤酒，再說一次，買啤酒去啦，才不會讓人難受得要死。心不在焉。不，聚精會神。對著鏡子這邊照照，那邊瞧瞧。當補習教師扛著啤酒回來——三十瓶哪，媽媽，——他問我們，會不會下象棋。會啊，我們答道。正是那天我們發明了新的棋子，它稱為「馬象」，它可以交叉斜行，或者完全不動，也就是自動放棄行進，停留原地。這時下棋者只要跟對手說：「馬象」行走，其實「馬象」就像釘死在地上似的一動不動，一臉陰沉，睥睨天下四方，跟裴利洛一樣。補習教師簡直愛死這個新棋子的主意，於是以後我們到他那兒的時候，他都會配著《布拉德船長的孩子們》[26]主題曲的旋律，輕輕唱著：「馬象」，「馬象」，笑笑吧，——並喝著啤酒，於是我們再也沒學習該項

24 俄文的「年輕人」(молодой человек)形式較長，是現代用語；而俄文的「少爺」(младчеловек)也是「年輕人」之意，但形式較短，屬老舊用語。漢語中並無語意與形式完全符合之用語，故譯為「少爺」。

25 古比魚(guppy)，產於西印度群島的一種熱帶魚。

26 《布拉德船長的孩子們》(The Children of Captain Blood)是作者故意將兩部小說的名稱混淆的結果。這兩部作品分別是魏爾內(Jules Verne, 1828-1905)的《葛藍船長的孩子們》(The Children of Captain Grant, 1867-1868)與沙巴提尼(Rafael Sabatini, 1875-1950)的《布拉德船長》(Captain Blood, 1922)，其中第二部作品於一九三五年拍為電影。魏爾內是當時法國著名小說家、詩人兼劇作家；沙巴提尼出生於義大利，十七歲後定居於英國，是著名冒險小說作家。

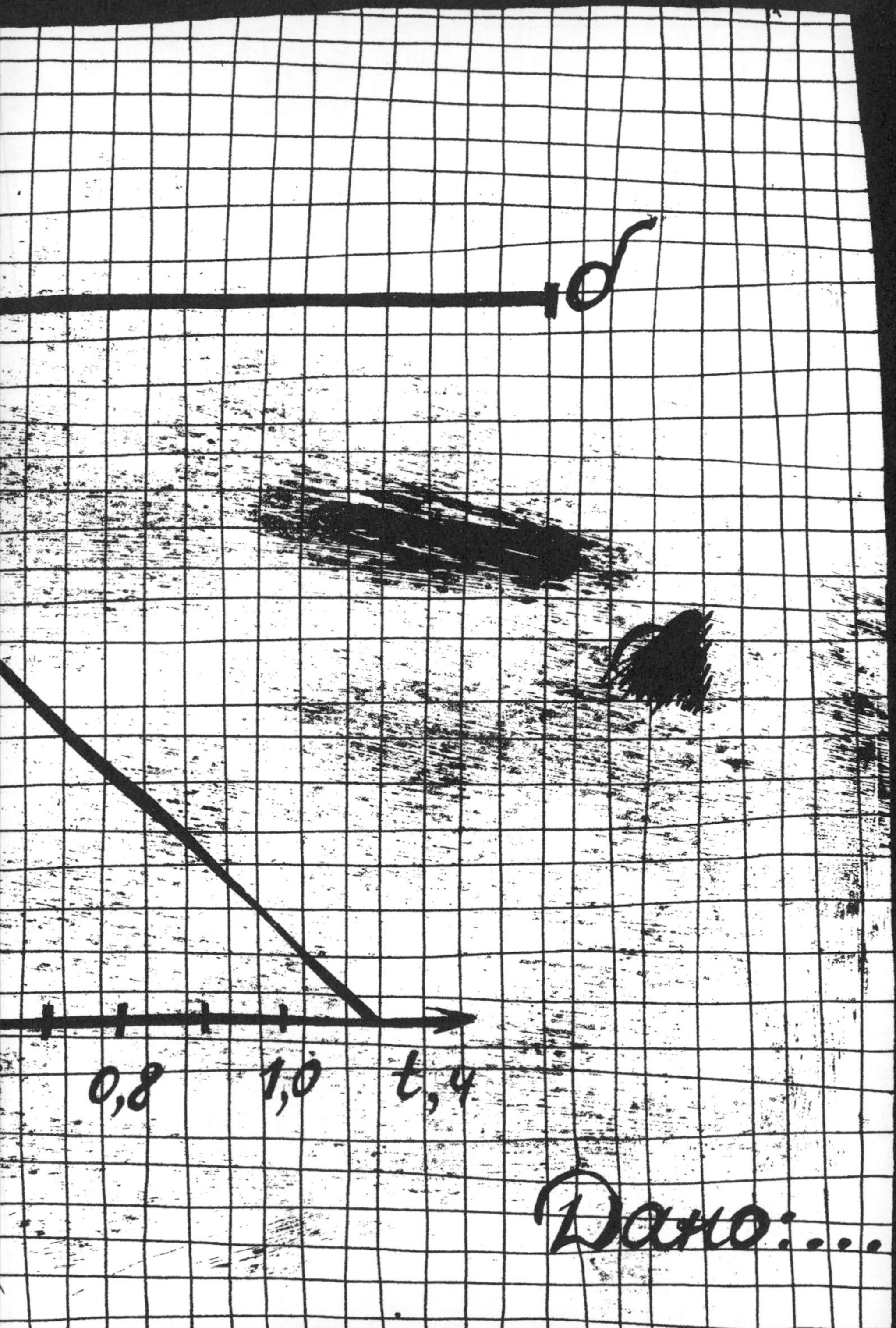
0,8
1,0
t,ч
Дано:...

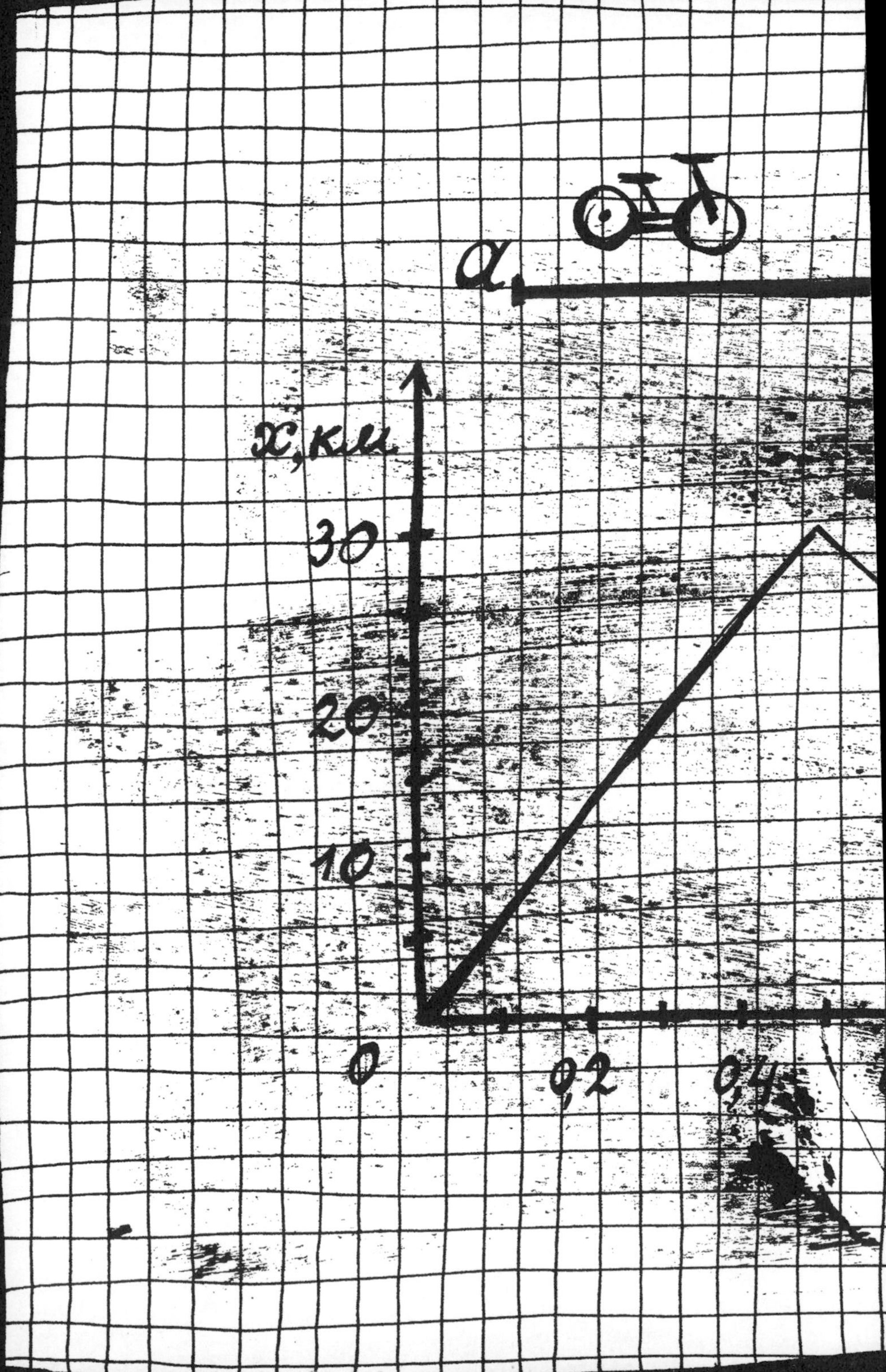
a
x, км
30
20
10
0
0,2
0,4

功課，我們都是在下象棋，我們擊敗補習教師，這也司空見慣了。所以說，我們記憶不壞，媽媽，更精確說，這是選擇性的記憶，因此妳不用難過。這時，我們三人坐在廚房裡，聽到父親的聲音，知道他已經沒在安樂椅上打盹了，而是在走廊上走動，兩腳的拖鞋窸窣地打在地板，手中剛出刊的晚報簌簌地作響。他步伐疲憊、緩慢，不時發出咳嗽的聲音——這就是他的聲音，這裡他的聲音表現的淋漓盡致。晚安，爸爸身穿一件老舊的睡衣，不要為睡衣老舊感到難過，什麼時候媽媽給你縫製一件或買一件新的，到時「那些將來人」都會好奇問道：自己縫製的還是買的，自己縫製的還是買的，自己縫製的還是買的？我們這位檢察官老爸是大個子：當他站在廚房門口，他那件方格圖案的睡衣便擋住整個通道，他站在那兒，問道：發生什麼事，你們幹嘛在我家這兒大吼大叫的，你們怎麼搞的——是不是都瘋了？我還以為你們那些蠢蛋親戚又來了，全部一百個人一下子來到。什麼鬼東西的，說真格的！難道小聲一點不行，妳就是過度縱容妳家的狗崽子，難怪他的成績都是不及格。不對，爸爸，重點不在這兒，瞭解嗎，「馬象」來到我夢裡，就像一**個男人的紅色拳頭走進一個皮手套裡**[27]，而他啊，這個可憐的人，這隻「馬象」，具有選擇性的記憶。鬼話連篇，我不想聽你胡說八道，父親對我說道。他一屁股坐到凳子上，看起來這凳子在這總是疲憊的身軀的重壓下，好像隨時會垮下來，接著他抖動一下那疊報紙，把報紙弄得平整，並用指甲在廣告欄標出某種記號。聽好，他轉身對母親說道，這裡刊載：本人有意購買冬季別墅。妳覺得如何，要不要把我們的房子賣給這傢伙，他想必是個無恥之徒、無賴漢，工程主任或總務主任什麼的，當然，手頭上有幾個錢，否則他不會這樣刊登廣告。我剛剛坐著在想，父親又說，我們幹嘛要這間破房子，這裡什麼好處也沒有：水塘髒兮兮的，附近鄰居都是賤民和酒鬼，而且光是修繕就要花多少。不過，吊床嘛，媽媽說道，每在辛苦工作一天之後，躺在吊床上是多麼愜意的事，你可是非常喜歡呀。這個吊床我可以把它懸掛到我們城裡的陽台上，父親說道，真的，它剛好佔滿整個陽台，這樣，陽台那兒親戚一個也不會去，這才是最重要的，養間別墅供妳的那些親戚使用我也煩透了，妳到底懂不懂這回事？賣了，就這樣，妳不用再繳稅了，也不用人修理玻璃、修理屋頂等等，何況，我退休之日不遠了，不是嗎？隨你吧，——媽媽說道。

27 「一個男人的紅色拳頭走進一個皮手套裡」這句話，引用自俄國詩人沃茲涅先斯基（Андрей Андреевич Вознесенский, 1933-2010）的詩歌《錫古爾達的秋天》（Осень в Сигулде, 1961）。

於是，那時我——這次正是我，而不是那位講起話來結結巴巴得非常痛苦的同班同學——那時我向父親大聲喊道：啊好啊——啊——啊——啊——啊——啊——啊——啊——啊！我一輩子從來也沒有喊得如此大聲，我是要讓他聽到並理解他兒子的叫聲是什麼意思：啊——啊——啊——啊——啊——啊——啊！牆上有狼甚至比牆上有人更糟糕哪有人的臉這是醫院的牆壁這是你要漸漸地逝去的時候悄悄地恐怖地啊——啊——啊——啊捲縮成一團像胎兒一般那樣的臉你過去從沒看過但幾年之後你就會看到的這是生死一線的前奏因為人家承諾你活著讓你能夠體驗時間倒流讓你到特教學校就學並無止境地愛著維塔老師金合歡支線身穿束緊的走路時沙沙作響的長統襪的脆弱女人那甜美誘人的嘴邊有一顆小胎記的女生，有雌鹿般一雙易受驚嚇的眼睛的別墅女生還有從郊區電氣列車月台下來的一個愚蠢的妓女另外月台上有天橋還有一座鐘還有掙扎在風雪中風雪中的電線而更高處啊——啊——啊——啊飄盪在空中的初升的星星以及急速穿越夏日而來的風暴，我來得太晚嗎？抱歉，看在上帝的分上，維塔小姐，我送母親去車站，她去親戚家幾天，在別的城市，不過，我想您對這不會有興趣，老實說，我也不知道該怎麼辦，才能讓您感興趣，嗯，這樣吧，我想到，我們不妨到什麼地方去吧，到公園或到餐廳，您，或許，覺得冷，把釦子扣好，您幹嘛笑，難不成我說了什麼可笑的事，呵，請您停停吧，怎樣？您想到別墅去？但是我們早就把別墅賣了，我們沒有別墅了，因為父親退休了，我們到餐廳去吧，我昨天有一些錢進帳，不算太多，但總是有的，我現在在一個行政部門做事，啊，您說什麼，不是，我不是什麼工程師，什麼？我沒聽到，電氣火車正開過來，您稍微從路邊走開一下，我幹嘛給您寫過字條？見鬼，我沒辦法馬上答覆，我們有必要談談，到什麼地方坐坐，我們到餐廳去，好吧？什麼？搭乘電氣火車去？當然，不過這裡沒有計程車休息站，這裡是城外地區，更精確說，城郊地區，在路上我會一五一十跟您說，所有重要的事，比您想像還重要，這些事真的更重要，更重要了，您想想，曾經什麼時候，或許，很久以前，我來到這兒，這冰雪覆蓋的月台，跟我的母親，您想必知道，就在這兒，要是跟著火車走——然後往左轉，將會有個公墓，那兒埋葬著我的祖母——咿——咿——咿——咿——咿——就跟現在一樣，電氣列車奔馳而過，有貨車，有快車——小心，媽媽，別滑倒——或者那是另一個月台？它們總是看起來很像，——白茫茫一片很大的墓園、教堂，不過，從前那兒是市場，再走還是市場，人們會在那兒買葵花子，都是包著農家頭巾的婦女，她們身上散發乳牛與牛奶味道，有一些長長的桌子和棚子，幾輛摩托車在入口處，幾個穿著罩袍的工人正從卡車上卸下箱子，從有柵欄與條紋狀崗亭的鐵路平交道那兒傳來沙啞的信號聲響，兩條狗坐在肉鋪門口，沿著柵欄——有人排隊買煤油，有一匹馬，牠剛才拖來一輛煤油油罐車，馬立於樹下，雪片從樹上落到馬的身上，馬兒一身是白，因此雪片落在牠臀部幾乎沒有人會注意到。還有——一根配水柱，四周——冰凍的水跡，上面撒落一些沙土，還有——一些菸蒂被人丟到雪堆裡，還有——身穿棉襖的殘障人士在兜售用線串成的蘑菇乾。貨車的輪子斜靠在垃圾桶邊。媽媽，我們順路到祖母那兒或者直接去音樂大師那兒？到祖母那兒，媽媽答道，先到祖母那兒，她正等著，我們好久沒到她那兒，這不大好，她可能以為我們把她忘了一乾二淨，調整一下你的圍巾，戴上手套，手帕哪裡去了，祖母不喜歡你這個樣子。我們繞過一個有凸出花紋的鐵鑄大門，買了一束紙花——那是教堂旁邊一位瞎了眼的老婆婆賣的，走到中央的一條林蔭道，然後往左轉。繼續走，直到你看到一個年輕女性形象的白色大理石天使為止。天使站立於柵欄之後，祂把一對又大又美的翅膀收攏於背後，把頭低垂：聆聽著火車的嗚嗚叫聲——鐵道在此處一公里外經過，——並且為我的祖母哭泣。媽媽搜索著柵欄鑰匙，也就是關閉這柵欄、關閉這柵欄籬笆門的鎖的鑰匙。鑰匙就在那兒，在媽媽那散發一股香味的小皮包裡——裡面還有粉盒、香水瓶、花邊頭巾、火柴（媽媽，當然，不抽菸，但會攜帶火柴，以備不時之需）、身分證、一團紙線、十張用過的有軌電車車票、口紅，以及路上要用的零錢。媽媽久久都沒能翻到鑰匙，便緊張起來：咦，它到底在哪裡，上帝，我記得很清楚，它在這裡呀，難道我們今天去不成祖母那裡，那太遺憾了。倒是我知道，鑰匙一定找得到，於是很安詳地等候著——不，不對，我也是很緊張，因為我害怕那個天使，我有一點害怕那個天使，媽媽，祂看起來如此陰沉。別說傻話，祂不是陰沉，祂是悲痛，祂在為祖母哭泣。終於，鑰匙找到了，於是媽媽動手開鎖。沒能一下子打開：雪被風吹進鑰匙孔裡面，鑰匙插不進去，於是媽媽用手掌包住鎖，好讓鎖變暖，讓雪在鑰匙孔裡融化。如果還是不行，媽媽會俯身到鎖上，對它吹氣，好似她想要融化誰的那顆冷凍的心。終於，鎖發出喀嚓聲響，打了開來——一隻五彩繽紛的冬蝶本來停留在接骨木的樹枝上，這時受到驚嚇，飛到旁邊的墓地；那天使只是震顫幾下，並沒飛走，跟祖母留在一起。媽媽哀傷地打開籬笆門，走向天使，久久地凝視著祂——天使身上鋪著一層雪。媽媽彎下身子，從長凳子下面拿出一把高粱穗掃帚：那是有一次我們在市場買的。媽媽把雪片從凳子上掃了下來，然後轉身向天使，清掃祂翅膀上的雪片（祂有一隻翅膀已經毀損，現出裂縫），還有頭上的雪片，天使不甚滿意地皺皺眉頭。媽媽取出一把小剷子——它就放在天使的背後——便開始清除祖母小丘上的冰雪。**小丘**，**祖母**就躺在它的下面。然後，

媽媽輕輕地坐到長凳上，從皮包掏出手帕，好擦拭即將奪眶而出的淚水。我站在她身邊，我不是很想要坐下，媽媽，不是很想要，謝謝，不用了，我站著就好。嗨，媽媽對自己的媽媽說道，嗨，我們又來了，妳好啊，親愛的，瞧瞧，我們現在又是冬天啦，妳不冷嗎，或許，不應該清理積雪，這樣妳會比較暖和些，聽到嗎，火車來了，今天是禮拜天，媽媽，教堂裡好多人哪，我們家裡——這時淚水終於從媽媽雙頰涔涔滑下，——我們家裡一切安好，我跟丈夫（這裡媽媽稱呼我爸爸的名字）沒吵架，家人都無恙，我們兒子（這裡媽媽稱呼我的名字）讀幾年級，功課有比較好了。不對，媽媽，不對，我暗自忖道，我功課糟糕透頂，過得了今天，也過不了明天，裴利洛沒多久就要把我從學校開除，我想著，那時我就要去賣紙花，跟那婆婆一樣，我想著，不過卻大聲說道：祖母，我真的很用功，很用功，我一定會完成學業，請不用擔心，我會成為一個工程師，跟祖父一樣。我再也說不下去了，因為我已感覺到淚水就要迸出來了。我從祖母那兒回過身，沿著林蔭道放眼望去：林蔭道盡頭，圍牆邊，有一個小女孩跟一條狗兒在玩耍——妳好啊，帶著一條再普通不過的狗兒的小女孩，我每次都看到妳在這兒，妳知道嗎，我今天想告訴妳，我跟自己從前的祖母撒了謊，要是讓她難過，我不知怎地會覺得不自在，於是我就沒跟她說實話。我們都是智能不足，誰都永遠成不了工程師，我們都只能去賣賣明信片或紙花，就像教堂外面的那位婆婆，而且這都未必做得到：我們或許無論如何也學不會做那樣的紙花，那我們就沒有什麼可賣了。女孩走開，並帶著狗兒離去。我發現，那蝴蝶離我三步遠，停留在一處高高的雪堆彎處，正張開翅膀，準備起飛。我推開籬笆門，飛撲過去，不過我還沒來得及用帽子把牠蓋住，蝴蝶已先發現我了，便隱身在灌木林與十字架之間。雪深及膝，我跑去追蝴蝶，一陣傷感，我努力不去看那些已經不在的人的照片；照片上的臉照射在西沉的夕陽之下，他們的臉都微笑著。暮色從深邃的天空垂降大地。蝴蝶一下這兒，一下那兒，忽隱忽現，然後完全消失，於是就剩你一個人留在墓園中間。

你不知道該如何回到哀傷的母親身邊，便朝著傳來火車頭轟隆的方向走去——也就是鐵道的方向。火車頭、陣陣的藍煙、轟隆聲、機件內部的一種噼啪聲、司機藍色的——哦，不，黑色的帽子，司機從駕駛室的窗戶頻頻往外看，往前看看，又往四面八方看看，注意到我，便使個眼色——他嘴上留個小鬍子。他伸手往上，那兒顯然有些儀表板與信號把手。你猜想到，一分鐘後，將會再次發出氣笛聲——火車頭將一聲吼叫，甦醒過來，猛地一拉，便拖著車廂往前跑，開始吐出蒸汽，漸漸加速，噗噗地噴著氣。火車頭對於

自己無以名狀的力量顯得羞澀，笨拙地彎下腰，輕柔地往橋的對岸滾動，將會消失——融化，今後你再也找不到慰藉，**啊，這是怎樣的損失呀**：哪兒去找尋它，這黑色如白嘴鴉的火車頭呀，哪兒去碰見這留著小鬍子的司機，哪兒再見到這些飽經風霜——正是這些，不是別的——到處補丁的、哀怨的、吱吱作響的褐色火車廂呀。將消失——融化。你會記得汽笛聲、蒸汽、司機永恆的眼神，你會暗想，他年紀多大，家住何方，你會暗想——你會遺忘（會消失——會融化），不定什麼時候你會想起，但你什麼事、什麼人都不得傾吐——有關你所見識到的一切：關於司機與火車頭，還有他們所拉過橋的列車。你說不出口，因為人們不會理解，他們會以奇怪的眼神看你一眼：火車頭難道還會少見嗎？不過要是他們能夠理解，準會大感驚奇。會消失——會融化。白嘴鴉般的火車頭，火車頭般的白嘴鴉。司機，一節節的車廂搖動在彈簧上，車廂連接工的咳嗽聲與號角聲。遠處的道路，鐵路沿線之外的撲克牌狀的小屋子——有公家的，有私人的，門前有小花園，有簡單的蘋果園，窗戶裡——點點燈光，或者反射著點點燈光的黑暗，此處也好，彼方也罷——都是你所奧妙不解的生活，以及你永遠不會認識的人們。會消失——會融化。你立於無盡延伸的暮色中——雙手插在春秋兩用的灰色大衣口袋裡，——想像這是一個火車的高速旅程之夜，祝福每個鍋爐工、巡查員、與司機好運到，但願他們一路順風、一夜平安，因為這一夜將充滿著：火車站張張的惺忪睡臉、火車岔道的叮噹聲、火車頭從水箱的倒L形懸臂的痛快暢飲、列車調度員的咆哮與咒罵、車廂連廊的味道、燒煤的焦味以及乾淨的床單與被褥的氣味，還有一種乾淨、清新的氣味，維塔小姐，就是乾淨、清新的雪花的味道，實際上，也就是冬天的味道，初冬的味道，這是最重要的——你理解嗎？上帝啊，某某同學，你幹嘛喊那麼大聲，這很不得體，整個車廂的人都在看我們，難道你談所有這些事情聲音不能小一點。於是你站起身來，走到車廂中間，舉手致意，說道：各位郊區旅客，各位先生，我講話聲音太大，在此請求各位原諒，我很抱歉，我行為不當；在我曾經就讀的學校，一個特教學校，他們教導我們絕對不可這樣，他們教導我們說話要輕聲細語，不論我們談到什麼的時候，這也是我一生努力想要做到的。但是我今天激動異常，今天是特殊情況，今天，更精確說，我跟從前的老師安排在今天約會，我給她寫了一封熱情澎湃的便函，於是老師便來到這冰雪覆蓋的月台，以便在多年不見之後能跟我見上一面，她現在就坐在這裡，在我們這節電氣列車車廂裡，在這電氣列車的黃色位置上，並且我現在跟她所說的一切，我還會跟她再說一次——所有事情都極度重要，相信我，這也是為什麼我今天說話聲音比平常大一些，謝謝各位的聆聽。激動異常。

你想回到維塔身邊，但這時有人把手掌放到你肩膀。你回頭一看：眼前是一位四十多歲的婦女，一臉怒意，頭髮有點灰白，帶著金色鑲邊眼鏡，綠色眼睛，兩條熟悉又讓人難過的法令紋在嘴邊垂直而下。仔細瞧瞧——這是你那位很有耐性的母親。她在墓園到處找你已經整整一個小時：你跑到哪裡去啦，你這惹人厭的孩子，你幹嘛又直勾勾地盯著火車頭瞧，她肚子裡一直嘀咕，你到底發生什麼事，都已完全天黑啦。你要自然而鄭重地回答：親愛的媽媽，我看到一隻冬蝶，跑過去追牠，因此迷路了。快走吧，——母親快快然說道，——祖母在叫你，她要聽聽你手風琴學得怎樣，你就給她演奏什麼憂傷、哀愁的——你聽到我說話嗎？可不許拒絕。祖母，妳有聽到我嗎？我給妳演奏布拉姆斯[28]的樂曲，叫做「馬鈴薯」[29]，不過，我不太確定是不是記得很熟。我去拿手風琴——樂器放在黑色琴匣裡，擺在林蔭道的雪地上，我取下琴匣，坐到長凳上。墓園籠罩在夜色中，不過，白色的天使——祂就在身旁——我看得一清二楚，我坐正，手上抱著四分之三音階手風琴[30]。天使梳平自己的翅膀，讓我沉入哀傷的靈感中：咿—咿—咿——一、二、三，一、二、三，一、二、三，不知是花園裡，還是菜園裡，有幾個女孩在散步，在散—散—步，一、二、三，一、二、三，別哭泣，媽媽，否則我就要停止演奏；祖母很高興，不要難過，一、二、三，一、二、三，在散—散—步，她也是有選擇性的記憶，我的祖母，幾個女孩在散—散—步。你記得嗎，手風琴的聲音飄盪在墓園冰冷的空氣中，這時夜幕才剛拉下，從鐵道那邊傳來火車轟鳴聲，從城市邊緣遙遠的橋邊，有軌電車的紫色燈光穿越接骨木光禿禿的樹枝，迎面襲來，而從市場邊的商店——你也很清楚地聽到這聲音——幾個幹粗活的人從馬車上抬下一箱箱的空瓶；瓶子碰撞發出金屬般聲響，叮叮噹噹，吱吱嗡嗡，馬兒不住把馬蹄鐵踢在冰凍的鵝卵石上，工人大聲叫喊、嘻笑——你對這些工人不會有任何體會，他們同樣對你也不會有任何認識，——就這樣，你的「威尼斯船歌」飄盪在夜幕才剛低垂的墓園的冰冷空氣中，你還記得嗎？你幹嘛問我這事，想到那個時候我就很不愉快，我已厭倦

28 布拉姆斯（Johannes Brahms, 1833-1897），德國著名作曲家、鋼琴家兼指揮家。

29 《馬鈴薯》（Картошка）是俄國合唱指揮家波波夫（В. С. Попов, 1934-2008）的抒情性的幽默歌曲，在此故事中人故意把它說成是世界知名音樂家布拉姆斯的樂曲。

30 四分之三音階手風琴（аккордеон три четверти），一種非全音階手風琴，音域較狹窄。全音階手風琴有四十一個鍵盤，四分之三音階手風琴只有三十四個。

去回想這事，不過你堅持的話，我還是會平靜且鄭重地回答：我的手風琴在那時候聲音聽起來很孤獨。我能否向你提出以下一個問題，我對一個細節感到興趣，我想檢驗一下你的、同時還有我的記憶力：那些年，當我跟你，就是我們和媽媽一起去看祖母，用手風琴給她演奏新的樂曲，或者跟她簡短重述我們一本接著一本看的一系列書籍中的新的故事，——那些年我們的老師諾爾維戈夫還活著，或者已經過世了？

你瞧，我們現在輕聲細語談論的那段歲月拖延好久好久，那段歲月拖呀拖的，我們的老師薩維爾剛好在這段時間活著並過世。你指的是，他先是活著，然後過世？不知道，這段期間拖了好幾年，不過，無論如何他正巧是過世於那段期間，而且在那段時間的尾端，我們還在我們車站的木造月台碰到老師，那時還聽到薩維爾老師的水桶裡有什麼水中動物發出嘩啦嘩啦的戲水聲。不過我就是不明白，我們和他相遇究竟是在那段歲月的哪一個尾端——此端或彼端？我跟你做個說明吧，曾經在某個學術雜誌上（我給我們父親看這篇文章，他翻了翻，馬上便把雜誌從陽台上拋了出去，同時，一邊拋著，嘴裡還大聲吼叫了好幾回「阿卡托夫的謬論」）我讀到一個哲學家的理論。那文章有一篇前言，這麼說吧，文章是以不太符合章法的辯論形式刊登。那兒，這位哲學家寫道，據他個人意見，時間是逆轉計算，也就是說，時間並不是朝我們所認為的方向進行，他應該是逆向進行，因此，所有發生過的一切——所有都要在未來發生，他說，真正的未來——都是在過去，而我們稱之為未來的——都已過去，也不會再重複，如果我們想不起往事，如果往事被虛假未來的帷幕所遮蔽，這不是我們的過錯，但卻是我們的不幸，因為我們每個人的記憶薄弱得驚人，換句話說，我當時一邊讀著，一邊想著，就跟我和你一樣，也就是和我們兩個以及祖母一樣——都有選擇性的記憶。我還想到：要是時間逆向奔去，那一切都會無恙，那麼剛好在我閱讀那篇文章的時候，過世的薩維爾，理所當然的，還將會出現，也就是說，還會到來，還會回來——他完好無缺的等在我前頭，就像一個尚未開始的夏天，這是美麗睡蓮塞滿河上的夏天，是扁舟來來往往的夏天，是單車處處奔馳的夏天，也是蝴蝶漫天飛舞的夏天，並且你終於完成蝴蝶的收集工作，用一個以前裝運進口雞蛋的大箱子，把牠們寄往讓人肅然起敬的科學院。包裹中你還附上以下一封信：**敬愛的諸位先生！本人不只一次，也不只兩次，曾以口頭方式（打電話）以及書面方式（打電報）請求諸位證實一項傳聞，是否舉辦學術性昆蟲學競賽，並且這項競賽以立於我們特殊教育學校之庭院的兩尊石膏老者塑像之一為名。唉，我並未收到任何回音。還好，作為一位熱情的，同時——這個**

時間是可逆的——也是一個忘我地獻身於科學的收集家，本人認為有責任提醒貴學術委員會高度注意本人一項小小的收藏，這是夜間蝴蝶與日間蝴蝶的收藏，閣下將可發現其中包括夏蝶與冬蝶。而後者想必可以引起諸位特別的興趣，因為——儘管數量不少——牠們在自然界與飛行中，幾乎不易察覺。敝人曾同多位專家談及此事，其中，阿卡托夫院士對於該項收藏反應特別熱烈，該項收藏目前包含超過一萬件以上之昆蟲標本。有關競賽結果，懇請通知以下住址：鐵路，支線，車站，別墅，按自行車車鈴，直到開門為止。

你封好信封，把信和蝴蝶放進雞蛋箱之前，在信封背面寫道：飛吧，帶上我的問候；回來時，並帶來回音——字體大大的，按對角線交叉。如此教導我們的是俄國語言與文學一科的老師，她的綽號叫「水塔」，儘管要找一位最不像水塔的人——不論是外表，還是內在，——非我們這位「水塔」莫屬，更好的人選無論如何也找不到。但重點並不在於像不像，而是在於構成這一詞的字母，更精確地說，構成這一詞的一半字母(姓與名一個一個看，從第一個字母開始)——這句是她的，也就是我們這位女老師姓名的縮寫：V. D. K.，全名是：瓦蓮京娜．德米特里耶芙娜．康恩。不過，還剩下兩個字母——Ch[31]和A.，——我忘記該如何解碼。在我們同班同學的概念裡，他們可以隨興之所至，各自解碼，同時，不承認任何的解碼方式，唯一例外是以下的解碼：瓦蓮京娜．德米特里耶芙娜．康恩——火繩槍手[32]。好玩的是，說康恩女士不像水塔，但也沒更像火繩槍手。不過，要是哪天有人要你給她，那位「水塔」，取一個更精確的綽號，——儘管搞不懂，有什麼理由、有什麼人腦袋裡會有這種念頭，——你真的還找不到更適當的。就算那位女老師一點都不像水塔，——你會說，——不知怎地，她還是會讓人聯想到那個詞，也就是構成（過去構成，未來也構成）那個詞的字母的組合——V-O-D-O-K-A-Ch-K-A[33]。

31 俄語字母ч譯音成相對的英語字母時，以 Ch 兩個字母表達。

32 火繩槍（arquebus），又稱火繩銃，一種古老的長槍，依賴點燃火繩裝置引燃槍械中的火藥，發展於十五世紀中期的歐洲，普遍使用於十六世紀的歐洲。

33 此處解釋女老師綽號「水塔」的由來，完全是根據她的全名與另一個綽號各詞之第一個俄文字母所構成，漢語翻譯中無法表達。另外，譯文中將俄文字母改寫為英文字母，以方便讀者辨識。V-O-D-O-K-A-Ch-K-A 即是俄文的ВОДОКАЧКА（水塔），而В-О-Д-О-К-А-Ч-К-А 主要來自「瓦蓮京娜．德米特里耶芙娜．康恩」（Валентина Дмитриевна Калн）與「火繩槍手」（человек-аркебуза）各詞的第一個或其中字母。

第四章

Глава четвертая

吱吱嘎嘎

Скирлы

現在容我先清清嗓子，再透視你的眼神，並澄清你附函中的一項細節。信中提到，阿卡托夫對我們的收藏好像反應熱烈，但我怎麼也想不起來，我們跟他有談過這項主題——我們根本一次也沒跟他見過面，我們每次見到他都是從很遠的地方，通常都是透過籬笆的細縫，雖然我們曾經幻想，有一天要走過阿卡托夫家花園的小徑，敲敲他們家的大門，然後——當老人家打開大門——便跟他寒暄幾句，並自我介紹：我是您女兒的學生某某某，一個剛入門的昆蟲研究者，想要跟您討論一些問題，如此這般。但是我們沒敢去敲他家的大門，一次也不敢，因為——或者還有別的理由？——花園裡有條大狗。給我聽著，我不喜歡你把我的收藏稱作我們的收藏，沒有人給予你這項權利，是我一個人收集了這些收藏品，要是我們曾經在某種共同行為上合體，那這樣的行為也與蝴蝶標本無關；好吧，現在回到有關與阿卡托夫的談話：真的，我並沒欺騙科學院，我真的跟他談過話。有一次在夏天裡，在別墅區，一個星期日，老爸一大早就要我們好好坐下來騰寫報紙的幾篇社論，好弄懂國內外「狗屁倒灶之事」[1]的諸多問題。我判斷，沒有我，你對此也能應付自如。我於是逮到機會：這時你放下手中的筆，轉身面向窗外，開始端詳著丁香花的結構，——我便一聲不響地離開桌子，戴上父親的帽子——帽子是掛在前廳的釘子上，拿起手杖——這是我們一位親戚的手杖，他約莫五年前把手杖遺忘在我們家裡。五年前，晚上，火車月台上。我們媽媽對這位親戚說道：我希望，您在我們這家裡度假愉快，可別把草莓壓壞啦，別忘了要洗一洗，向葉蓮娜．米哈伊洛芙娜與維秋沙轉達我的問候，下次一起來吧，您別介意我的丈夫，他不過有些神經質，工作太多，事情一大堆，累壞了，但您是知道的，總的來說，他人心腸很好，真的，內心很柔軟、善良，就是有時候脾氣會失控，就這樣，以後常來，以後常來，就是不要和他吵架，等一等，手杖哪裡去，您好像有帶根手杖來的，您忘了手杖，啊，真糟糕，

1 此處「狗屁倒灶之事」為譯者推敲原文後的翻譯，因原著作者在此自創新詞「калитика」，語意不明。譯者判斷故事中主角故意將「政治」——「политика」一詞，戲謔地說成發音相近的「калитика」。也就是，原文應為：「внешняя и внутренняя политика」(外交與內政、國內外政治)，而作者故意說成：「внешняя и внутренняя калитика」，因此譯為「國內外『狗屁倒灶之事』」。

該怎麼辦呢？滿腹懊惱。我們回去一趟吧，還會有一班電氣列車的。親戚說道：得了吧，不值得如此，不用擔心，要是雨傘的話——那另當別論，剛好馬上就要下雨，謝謝給我這些草莓，很感激，手杖嘛，我們下次再來拿，想想——手杖嘛，雞毛蒜皮的小事，俗話說的好，幸福不在於一根手杖，再會啦，火車來啦。不過，那位親戚從此以後就沒來過，於是那根手杖便留在我們家陽台直到那一天，那一天我拿起了手杖，便動身往鄰近的聚落而去，到自然科學家阿卡托夫家裡作客：篤篤（狗兒飛跑過來，在我身上東聞西聞，但是我今天不怕牠），篤篤。哪知沒有人來打開大門。於是再來一次：篤篤。還是沒人回應。你先繞著獨家宅院周圍走一圈，再走到濃密的草坪上，接著從幾扇窗戶外頻頻往裡頭探頭探腦，看看屋裡牆上是否有一個很大的自鳴掛鐘，根據你的估算，裡面當然應該要有，這樣在鐘擺的協助下，才能把別墅區的時間一片片切割，豈知所有窗戶都被帷幕遮蔽。屋子四個角落的泥土裡裝置有消防桶，桶裡的水都半滿，呈赤褐色狀，一些蟲子悠悠哉哉地生活其間。只有一個桶子完全是空空的，裡面既沒水，也沒蟲子，於是你心生一個愉快的念頭——要用你的吶喊裝滿這桶子。你佇立良久，俯身在這圓柱體的深淵之上，從自己選擇性的記憶中精挑細選適當詞彙，想想哪些比較好在中空的空間裡迴響。這樣的詞彙並不多，但總是有的。比方說，要是嘛——被趕出課堂——你跑在學校的走廊，這時每間教室裡都在上課，你內心深處有一股欲望油然而生，你要大聲吶喊，好讓你的聲音把你那些虛偽、墮落的老師的血液都凍結，好讓他們話說半句便遽然打住，把舌頭吞進肚裡，並把那些呆坐得像大大小小的石膏杜（按他們的身材而定）的白痴學生逗得哈哈大笑，這時你所能想到的最令人心神嚮往的吶喊莫過於：芽孢桿菌！您認為如何，薩維爾老師？

親愛的某某同學與同志，不論是坐在洗手間的窗台，或是手執教鞭站在班上前面的地圖前，或是在教師休息室或鍋爐房與同事打樸烈費蘭斯牌[2]，我經常見證到你瘋狂的吶喊給教師、給同學，甚至給聾啞的鍋爐工人所帶來的、非屬於這塵世的驚恐，因為不知何地，不知何人曾經說過：聾子只要時候一到——便能聽見。[3]我豈會沒看見，他在寒冬季節如何不眠不休地拿

2 樸烈費蘭斯（преферанс），一種流行於俄國與東歐國家的紙牌遊戲，通常由三到四人一起玩牌。

3 本句來自舊約聖經以賽亞書第二十九章第十八節，聖經原文：「到那一天，聾子會聽見讀書的聲音」。

著板鍬把煤炭鏟進貪得無厭的、地獄般的火爐中。當你的吶喊聲傳來的時候，難道——我問道，——我會沒看到，板鍬從那不幸的老兒手中掉落，這便是時候了——聾子能聽見了，於是他朝著我，轉來自己那張燒焦、恐怖、跳動著火花斑點與反光、傷痕累累、滿是鬍渣的臉孔，他暫時獲得語言能力，跟在你之後，晃蕩著醉醺醺的腦袋，大聲喊叫——不對，他是發出低沉的轟鳴——同樣的詞彙：芽孢桿菌，芽孢桿菌，芽孢桿菌。他的怒氣如此之旺，他的熱情如此之烈，在他的咆哮聲中，連鍋爐裡的火焰都顯得黯然無光。我豈會沒看見，一聽到你的咆哮聲，那些見多識廣的特教學校老師竟然臉色發白，還有那些紙牌，那些握在他們手中的撲克牌，竟然化作可以去膿消炎的車前草，接著，他們這些教育界人士竟然發出恐懼的哀嚎。我又豈會沒看見，你們同學一張張本來就是非常遲鈍的臉孔，由於你的吶喊聲，變得更加遲鈍，並且每個人，甚至那些最能適應學習的，以及那些看起來還算健康的，在那鍋爐工回應的轟鳴中，雖然這是發自啞巴的聲音，他們還是遽然地把嘴巴張得大大的——所有特教學校的弱智生像個啞巴怪物合唱團，一副張口歌唱的樣子，並且病態的黃色唾沫從一張張驚恐、心理變態的嘴巴直淌而下。因此之故，就不要白費口舌地一再對我追問，我如何看待你那充滿狂熱、深具魔力的吶喊。哦，要是我有你高聲吶喊的一半能耐，不論如何使勁，不論如何痛苦，我都要興高采烈地高聲吶喊！但是就是沒有，就是沒有，作為你的老師的我，面對你這天賦才華，竟是如此軟弱無力。你是有才華者之最，你如此吶喊，為了你自己，為了我，為了所有受矇騙、受誹謗、受羞辱、受愚弄的我們，為了我們這些白癡，以及這些瘋瘋癲癲、殘缺不全的分裂人格者，為了教育者與受教者，為了那些沒有才華的，以及流淌口水的、嘴巴已遭封閉的，以及嘴巴即將遭封閉的所有的人，為了那些無辜變成啞巴的、正在變成啞巴的、被切除舌頭的所有人士——就讓人陶醉地，也讓自己陶醉地，大聲吶喊吧：芽孢桿菌，芽孢桿菌，芽孢桿菌！

在這中空容器的虛空裡，另有一些詞彙也可產生效果不錯的迴響，不過，在我的記憶裡東挑西選時，你瞭解，我所熟悉的詞彙中沒有一個適合當前環境，因為要去裝滿阿卡托夫這個空空的桶子，必須是一個或者幾個完全特殊的、全新的詞彙，因為這環境對你而言是從所未見的。正是如此，你自言自語說道，這裡需要一個全新型態的吶喊。約莫過了十分鐘。阿卡托夫家的花園裡有很多的螽斯，在溫暖的琥珀色草地上跳呀跳的，任何一隻螽斯的任何一次彈跳都是那麼突然，那麼迅速，就像從特教學校的彈弓發射而出一樣。消防桶的虛空不住地對你召喚，又是虛空，又是瀰漫在花園、在屋子、在桶子的寂靜，對於你這樣一位精力充沛、果斷剛毅的行動派人士而言，這一切變成不可抗拒的誘惑。這也是為什麼你不想再多加思索該往桶子裡吶喊些什麼——你吶喊最先出現在腦海的東西：我是睡蓮，是睡蓮！——你吶喊著。於是，桶子裡溢滿著你無以倫比的聲音，過多的部分還溢滿而出，流向別墅區美麗的天空，流向松樹的樹梢——傳遍家家戶戶塞滿雜物的、讓人窒息的閣樓與頂層，傳遍從來沒有人打球的每個排球場，傳遍擁有數千隻胖嘟嘟的兔子的幾家養兔場，傳遍家家戶戶瀰漫汽油味的車庫，傳遍每家玩具散落一地、煤油燈散發著煙味的陽台，傳遍各處菜園與環繞在別墅區四周、長滿石楠花的荒地——各處傳送著回聲——你那吶喊的滿溢部分：是睡蓮　是睡蓮—睡蓮—睡蓮—蓮—蓮—蓮……！你父親正躺在庭院的吊床休息，不禁打了哆嗦，霍然驚醒：是誰在大聲吶喊，這該死的傢伙，孩子的娘啊，我聽到，在水塘那邊的什麼地方，妳那低能兒在鬼吼鬼叫的，我不是叫他乖乖做事嗎？父親急急忙忙往屋裡跑，並往房裡查看。他看見，你坐在書桌前，一副很努力的樣子——你的努力表現在：你把那顆剃得光溜溜的腦袋瓜子歪歪地垂下，很滑稽地彎著背，好似身體結構已遭破壞的樣子，沒錯，就像有人把你從高高的懸崖往下丟，打在石頭上，然後走過來，再拿鐵匠用來夾住燒得通紅的鐵塊的鉗子把你摧殘一番，——你就這樣子正在寫字。但是，父親看到的僅僅是表面上看到的一切，他不知道，也猜不到，坐在書桌前的只是一個你，而另一個你那時站在阿卡托夫家的桶子邊，正為自己飛揚的吶喊竊喜不已。你東張西望，發現到，在板棚旁邊有一個年紀相當大的人，他身穿一件破舊不堪、像似醫生穿的白色長袍。這人腰間緊緊束著一條繩子，頭上帶著一頂用發黃的報紙做成的三角制帽，而腳上——仔細瞧瞧，他腳上到底是什麼，也就是他穿什麼鞋子，——他腳上嘛，——我沒辦法看得很清楚，他實在是太遠了，——他腳上嘛，好像是高腰套靴。看來，你弄錯了，這哪會是高腰套靴，這不是球鞋嗎？草長得太高了；要是能除除草，我就能比較清楚確定他的鞋子；而現在這樣子嘛——你就搞不清楚了，其實，我已經明白了：這是膠鞋。哎呀，你看清楚，我覺得，這人沒穿外褲，我說的是，他並不是都不穿，而特指現在，換句話說——他現在沒穿外褲。這沒什麼大不了的，現在是夏天，夏天裡一件長袍，一雙膠鞋，不就足足有餘；穿著外褲，要是再穿上長袍，那太熱啦，因為長袍簡直就是大衣，某種程度上是大衣，沒有內裡的大衣，或者相反，沒有大衣的內裡，或者簡單說——一件薄大衣。而且，如果長袍是白色的，那是醫生穿的，換一種說法，可以名之為醫生的白袍；如果長袍是白的，卻不屬於醫生的，而比方說，屬於研究人員的，那可以大膽地把這種長袍稱為研究人員的輕便長袍或

者——實驗工作服。你把一切都說明得很正確，但我們還是不知道，那個腳穿膠鞋的人所穿的長袍屬於哪一種，簡單說：那邊那個上年紀、靜靜站在板棚邊——頭上帶著用報紙做成的三角制帽，身上穿著白色大衣，腳上套著膠鞋，這究竟是什麼人？難道你認不得他，這就是阿卡托夫本人，他曾經向全世界宣稱，長在植物各個部位的奇怪腫塊——那是菌癭，是什麼、什麼原因所引起的，他本人的這種舉動是過於輕率，雖然，如你所見，公理正義終究獲勝，並且好長時間都不准提起這檔子事，經過這些風風雨雨之後，阿卡托夫院士終能平平靜靜地生活於自己的別墅，豈知你登門想找他談話，卻用吶喊聲充斥他的消防桶。於是，院士充滿高度戒心，樣子像似一顆不太大的、拱肩縮背的樹木，他以一種尖細、不安的人類的聲音向你問道：您是何人，我對您害怕得很，你們是不是很多人？不用害怕，先生，——你開口說話了，並努力地把自己的舉止與談吐表現得像個知識分子，——我完全是一個人，絕對是，要是還有別人出現的話，那千萬別相信他，他似乎——也是我，可這完全不是那麼一回事，而您顯然猜到了這是怎麼一回事；他來的時候，我會躲到木柴堆裡去，而您嘛——您就跟他撒個謊，請您撒個謊，拜託您，您就說，我什麼都不知道，這兒什麼人也沒有，他會搜索一番後，便悄然離去，於是我們就可以好整以暇地繼續說話。那您何以對著桶子如此大吼大叫，——阿卡托夫好奇問道，——何事讓您如此？他把手掌放到耳邊，補上兩句話：就是請您說話大聲點，我耳力不大好。閣下，請容許我踩過這些高高的青草，到您身邊去。過來吧，我覺得，我現在對您不害怕了。您好，您好，親愛的阿爾卡季．阿卡托夫，事情是這樣，我一直都在採集蝴蝶。啊哈，蝴蝶呀，採集到了很多嗎？是冬蝶還是一般的？——你以問話答覆問話。當然是冬蝶，院士說道。好多哪，你說，我作了一些收藏，其中包括有哪些、哪些種類。哎呀，太了不起了，阿卡托夫驚奇說道，不過您幹嘛如此大聲叫喊，我沒辦法忍受人家大呼小叫的，作收集工作要安安靜靜的，看在上帝分上。他黝黑的臉龐，皺皺巴巴的，這時卻興奮得發白。話說回來，他又說道，您無論怎樣還是會大聲吶喊，不管發生什麼事，我知道，這是你們這一代人的命運，畢竟您還年輕，看來您最多不過十六歲吧。哦，不，先生，您弄錯了，我早就超過二十歲，我三十啦，您瞧，我隨身還戴著帽子跟手杖哩。這樣啊，好吧，聽好，阿卡托夫打斷你的話，那我能否向您討教意見？太讓人興奮了。樂意為您效勞，閣下，我洗耳恭聽。日前，——院士四下張望，接著壓低嗓音，近似耳語，——我有某個新發明，請跟我來，它在板棚裡，我現在都把屋子鎖起來，住在板棚裡，這樣比較方便，比較不佔空間。那是一個平常不過的板棚，這樣的板棚在我們別墅區並不少見：天花板就是屋頂的背面，四面牆是由沒刨過的木板構成，地板也是如此。當你在門檻脫掉鞋子，免得在地板留下骯髒的腳印，然後走了進去，這時你在板棚裡究竟看見什麼？我看見桌子、椅子、床鋪，以及窗台上有一堆書。還有，在所有這些東西的上面，一個人在白亮亮的冬陽反射下瞇著眼睛，身穿浣熊皮大衣，以堆堆積雪與別墅區冰雪覆蓋的樹林為背景——光芒四射，神采飛揚，睥睨一切——是你那無以倫比的維塔，那解剖學、植物學、生物學的女教師，在她那讓人驚豔，又像讓人窒息的繩結一樣緊繃的臉上，看不出有一絲絲想起你或是跟你有過一對一談話的樣子，——啊，「睡蓮」呀，這張臉是屬於跟她有過一面之緣的所有人的，這張臉讓很多人充滿期盼，——難道在那些漆黑的旅館房間與公寓裡恐怖的、一去不復返的、難以分辨的眾人裡，難道其中——也會留個位置給你，給你這樣一個特教學校裡學習成績不及格的呆瓜，給你這樣一個基於狂熱的好心與歡欣化身為自己摘採的一朵花的你，難道也會有你，雖然你對這的期望超過其他人無法計算的倍數，難道你也會身列其中之一？！天哪先生這張照片真是讓人嘆為觀止呀她在這裡就像活人一樣也就是說哦不我說錯了修辭上的錯誤我想要說的是就像真的就像在課堂上那樣漂亮那樣高不可攀是誰拍攝的什麼時候拍的為什麼我毫不知情是那個壞蛋身上帶有照相機的他會是誰他們是什麼關係呢在這兒或者別的地方呢問題一大堆。這就是，我發明的某樣東西：瞧，普通的一根棍子，是嗎？看起來好像是。是啊是啊看起來好像是啊先生呀看起來好像是啊我夏天也常常來這兒不過都是一個人來的不會帶那些攝影師的我從來不會以雪堆為背景拍照呢我就是沒有身帶照相機的熟人呢她似乎應該通知我說事情是如此這般如此這般如此這般搭轎車去了夜鷹之地跟一個工程師博士藝術研究者導演會計師真是活見鬼啊妳還以雪堆為背景拍照哪說什麼甚至別墅區都沒去呢不想去清掃道路的積雪只是散步半個小時就回城裡去了這樣我還會相信呢。不過，這是最大的誤謬，跟我來，小伙子，我把它從一個垂直面轉到另一個垂直面，換句話說，——把它上下顛倒過來，然後，瞧，呈現在我們之前、讓我們大感詫異的是什麼東西呢？我要吶喊呀閣下我要吶喊因為吾乃受騙的睡蓮是禿頭的脆弱的扁平足的擁有一個像矮呆病患者一樣高高的額頭和一張由於猜忌之心而變得像老人般的臉孔瞧瞧我面目猙獰的樣子我一鼻子都是惹人厭的粉刺而我的兩片嘴唇向前直直延伸並被壓的扁扁的就像天生就是一隻鴨子似的這已沒什麼意義了在我生命轉折的光輝年華我曾經學習演奏有珠母光澤般的四分之三拍威尼斯船歌但這沒有用呀我還是一樣地錐心刺骨般的痛苦。我們看到一根普普通通的鐵釘，被打進我們棍子的橫截面，它是頭部打進去，而尖尖的一端往我們直瞧，就像一根奪命的鋼鐵蜂針，——不過，別怕，小伙子，我不會把它指向您那一方，也不會給您造成針刺般的傷口，但是我要用它對付那些污染我別墅土地的所有紙屑，我要用我這獨一無二的發明刺穿紙屑，等到這些紙屑在尖端累積夠多，我再把它們從鐵釘上拿掉，就像勇士從長矛上取下敵人的首級，然後拋進我家花園角落的那個茅坑的深處——我的這項發明讓我這老頭子不用離開威武不能屈的戰士行列：由於疾病交加，我已不能彎屈腰背撿拾紙屑，但多虧這根帶著小小鐵釘的普通木棍，我可以不用彎腰地為清潔奮鬥；就這樣，我覺得您是難得一見的正派人士，我才容許自己向您討教意見，我的問題是：依您的看法，有沒有價值申請專利，也就是為這棍子申請專利如何？

在你咽喉發炎的喉嚨裡，在未切除的扁桃腺之間，有一股飛鳥憤怒的的啼叫正在竄動，壓制著這飛鳥的嘎嘎叫聲：敬愛的阿卡托夫，我極度重視您的發明，不過，現在我本身需要您的建議——甚至我需要您的程度超過您對我的需要；您的問題只是事關面子，而我的問題——抱歉，我說的好像是小說一樣，所以我覺得有些尷尬和滑稽，——我對您提出的問題卻關乎我一輩子的生命。等等，等等，您的到來又開始讓我害怕起來，難道您真的準備要問我什麼要事不成，讓我坐下，難不成您真的有求於我這老大不小、眼睛半瞎的鄉巴佬，而且您究竟是何許人，竟要來問我問題，還有，以後——不要再往我那美妙的桶子大吼大叫。以後再也不會了，先生，我準備一五一十跟您說明，我住在附近，住在父母的別墅裡，這裡附近實在太美了，美得有回在我身上發生不愉快的事情，不過此事以後再談，最重要的是，我痛恨一位女人，是猶太人，名叫舍娜·丁柏根，她是老巫婆，在我們學校裡當教務主任，喜歡唱著有關公貓的歌曲，您嘛，想必，小時候也學過這首歌曲：特拉—達—達，特拉—達—達，母貓嫁公貓，嫁給名叫「雄貓·雄貓托維奇」的，——哦，對了，您想想看，那隻公貓兒叫什麼，閣下？等一下，小伙子，——阿卡托夫搔搔青筋跳動的淡藍色鬢角，竭力回憶著，——公貓兒叫特里豐·彼得洛維奇。答對了，不過，再一次我們談的不是這個，管他什麼特里豐·彼得洛維奇，他不過是個普通的挖土機司機，最好來談談舍娜本人。您想像一下，看到這位瘸腿的老婆子，當她像跳舞一樣地行動在開開闔闔、空空蕩蕩的走廊（燈泡是一明一暗，學校下午班的都已跑回家，只有我下課後被留下來準備明日的功課），而我站立於走廊的尾端，或者朝她迎面走去，腦袋早就準備好作個畢恭畢敬的鞠躬，我覺得起雞皮疙瘩，即使在打針過後的夢魘裡也不會有如此感覺。沒有，她從來沒對我做過任何壞事，而我跟她曾經（現在如此，將來也如此）談到的也只有留聲機而已；儘管這

留聲機放在我這兒一百年也不能用，不論花多少錢也應該不能播放音樂了，哪知舍娜拿去自己屋裡，關上大門之後，它竟然還能使用，像嶄新的一樣，更精確說，它不是播放，而是說話：老太婆在機器上轉動唱片。唱片裡是過世的丈夫的聲音，他是自縊身亡的，因為舍娜背叛丈夫，在車庫中與索羅金有不軌之舉，或者不對，自縊身亡的是索羅金，而她的丈夫是服毒自盡。瞭解，阿卡托夫回應，不過，那兒，唱片裡，錄的是什麼內容？啊哈，說的正是，這才是最重要的，那兒，唱片裡，是過世的雅科夫唸著「吱吱嘎嘎」。抱歉，小伙子，我是第一次聽過這種事。這東西簡直是惡夢一場，先生，我甚至都無法確定是什麼，不過，簡單說，是這樣子：上述的「吱吱嘎嘎」——這是一個故事的名稱，有關一頭灰熊的奇怪的童話故事，我無法準確描述，不過，總地來說，森林裡住著一頭灰熊，看起來沒什麼特別的，只是看起來！但不幸的是，那頭灰熊肢體殘缺不全，是殘障者，牠少了一條腿，不過，不曉得這是怎麼發生的，只是知道，少了一條腿，據我所知，是後腿，灰熊裝了一根木製的義肢代替殘缺的後腿。牠呀，這頭灰熊就用一根斧頭，把椴木樹幹製成義肢，於是灰熊走在森林裡的時候，遠遠就可以聽到義肢發出尖銳刺耳的聲音，牠所發出的刺耳聲就跟故事的名稱一樣：「吱吱嘎嘎」，「吱吱嘎嘎」。雅科夫很會模仿這聲音，他的嗓音尖銳刺耳，他做藥劑師的工作。

故事裡還有一個女孩，顯然，她是白堊做成的，她很害怕灰熊，都不敢離開家門一步，哪知有一回——鬼才知道，事情是怎麼發生的——灰熊仍然對她窺視許久，後來便用一個特製的籃子——樹皮編製的，是吧，——把她帶回自己的巢穴，並對她幹了什麼事，不過，不知道具體是何事，故事裡並未說明，所有的故事便在這裡結束，恐怖，確實，你連想都不知要想什麼。每當我回想起「吱吱嘎嘎」——雖然努力不去回想，因為最好不要回想，——我都會歷歷在目，似乎那女孩——不，不是女孩，而是我熟悉的女人，一個和我有親密關係的女人，當然，您瞭解我說的是什麼意思，我也很希望相信，您的理解是正確無誤的，要知我和您早已不是小孩了，於是我彷彿見到，那頭灰熊——也是一樣，總的來說，不是灰熊，而是某個我不認識的人，男性，我直接看到，他在那兒，旅館房間裡，幹了些什麼事，跟我的女性友人，而且多次傳來那可惡的「吱吱嘎嘎」聲音，我厭惡那聲音到噁心的程度，因此我會殺死他，要是我知道這個人是誰。想到這「吱吱嘎嘎」的故事我心裡就很沉重，閣下，但是，因為我很少作家庭作業，我常常下課後被迫留下來作明日的功課，以及昨日的功課，於是，一個人留在教室的時候，我常會跑出去，到走廊走走，而一出去，就在那兒遇見舍娜．丁柏根，當我看到她走起路來殘缺不全、卻又混合著某種幾乎是快樂的跳舞姿勢，並且聽到一個憂鬱的——像似孤獨夜鷹的叫聲——她的義肢所發出的尖銳刺耳的聲音，於是——抱歉，閣下，——我不由自主地就會想到「吱吱嘎嘎」的故事，因為這個聲音就跟那旅館的聲音一樣，而她本人是一個鬍子花白的巫婆，擁有那張睡眼惺忪的臉孔，就像已經溘然長逝的老太婆又被人強行搖醒，並被強迫繼續活下去似的，她，在空蕩蕩的走廊，在昏暗的光線中，只見拼花地板倒映著幾點亮光，她本人就是不折不扣的「吱吱嘎嘎」，她身上正是有關那女孩的故事中最悲慘部分的化身，儘管直到今天我還弄不懂，這究竟是怎麼一回事，為什麼所有事情會如此這般，而不是另外的發展。

是的，小伙子，是的，我瞭解您一點都不費力。若有所思。曾經我有過類似的事情，這樣的事情發生過，發生在我少年時代，我，當然，記不得具體是什麼事，不過，整個事情在某種程度上跟您的情形很像。話説回來，阿卡托夫突然問道，您在什麼學校讀書，我有點想不通，您不是過了二十幾，都已三十歲了，還讀什麼學校呢？特教學校，先生。啊，原來如此，——院士說道（你們走出板棚，於是你最後一次回頭瞧了瞧她的照片），——你們的學校專長在哪一方面？不過，您要是有困難或不方便，或者這是秘密，您不用回答，我不強迫您，您的答覆並非必要的，就跟我的疑問一樣，我與您的談話非常隨意，我們這可不是在牛津大學的考試，希望您瞭解我的意思，我不過一時好奇，順口就問了——要問的話，這麼說吧，就算是胡言亂語，我們之中任何一個都有權提出任何問題，任何一個也有權不答覆任何問題，不過，遺憾的是，在這裡——這裡也好，那裡也罷，反正是各處，懂得這道理的還不是很多，「他們」強迫我回答他們每個問題，「他們」——那些大衣鋪著一層冰雪的人。不過，我畢竟不是「他們」，——阿卡托夫繼續說著，把那件白色的實驗室工作服一下子敞開，一下子掩上，——您就不用答覆我，要是不願意的話，我們最好都不要吭聲地坐一會兒，四下看看，聽聽夏天的歌唱——以及其他的，哦，不要，不要，不要答覆我，我不想知道您任何事情，您很討我喜歡，這根手杖與這頂帽子跟您的臉孔非常的搭配，只不過帽子有點太大，您想必先把它買來等您長大吧。說的正是，等我長大；不過，我想回答您的問題，這沒有任何不便之處：我所讀書的那所學校專門針對有缺陷的學生，這是一所愚人學校，我們每個流落到那兒讀書的都有點不正常，每個人都自成一格。讓我想想，我聽說過一個類似的學校，我有一個認識的人在那兒服務，但這究竟是何人呢？您，或許，說的是維塔小姐吧，她在我們學校工作，教一些什麼課程。哈，當然嘍！維塔，維塔，維塔，不穿鞋的她，不穿衣的她，——阿卡托夫不禁唱了起來，卻不成調，並心不在焉地把手指彈得噼啪響。這是多麼美妙的歌曲呀，閣下！這都是胡謅的，小伙子，是過去年代家庭裡的順口溜，沒有什麼意義，也沒什麼旋律，別把它記起來，我恐怕它會把您教壞。絕不會，絕不會，——激動異常。什麼？我說，我絕對不會把她忘掉，我實在太喜歡她了，我一點辦法也沒有；沒錯，我跟她在年齡上有若干距離，但是，該如何才能作最好的詮釋，作最好的表述，結合我們的因素超過拆散我們的，您會說我這話是什麼意思，但依我看，我表達得已再清楚不過了，阿卡托夫先生。我剛剛提到的共通點就是一種眷戀，一種對我與您這種科學人稱之為有生命的大自然的所有一切的眷戀，所有會生長的與會開花的，所有空中飛的與水裡遊的——正是這一切，而我拜訪您的目的——不只是為蝴蝶，雖然我——老實說——從童年起就捕捉蝴蝶，而且還會不斷捕捉，直到我的右手癱瘓為止，就像畫家列平[4]的右手一樣；此外，我到您府上拜訪也不是為了要對桶子吶喊，雖然我傾向認為這項舉動具有高度意義，而且我永遠不會停止對桶子吶喊，我仍將用自己的吶喊聲裝滿所有空蕩蕩的地方的虛空之中，直到我裝滿所有這些地方為止，這樣我才不會覺得錐心刺骨的痛苦，不過，我再度脫離主題，簡單說：我愛上您的女兒，閣下，我準備盡一切力量讓她幸福。不只如此，我有意娶維塔小姐為妻，只要環境允許的話。很隆重地，很體面地，並輕輕地一鞠躬。

可憐的阿卡托夫，這對他是過於突然，恐怕你有點讓這老兒難堪，或許，你本來應該讓他對類似的談話有所準備，比方說，給他寫兩三封預告性的信函，預先通知自己的到來，打個電話或者諸如此類的作法，恐怕你的作法有欠妥當，更何況——如此行為不夠光明磊落：你沒有權利趁著我不在場，一個人向維塔小姐求婚，要知我也是永遠不會把她忘記，而且，所有會生長的與所有會飛翔的也讓我和她非常接近，這是筆墨難以形容的，所有會生長的與所有會飛翔的是我們的，也就是我和她的相通之處，對此你心知肚明，不過你當然不會跟阿卡托夫提到任何有關我的事，也不會提到，有人遠比你出色，有人遠比你匹配，因此之故，我恨你，我還要告訴你，有人，但究竟是誰在旅館昏暗的走廊看不清楚，有人把我們的維塔帶進旅館房間，並在那兒，在那兒……不等等這全不是我的錯呀當時你瞧著丁香花的花瓣瞧得出神而且你也在謄寫文章於是我很偶然地走出我父親的家那時我並不認為會那麼順利很可能什麼事都不成呢我要跟阿卡托夫見面只是要談蝴蝶呀我很想跟他

4　列平（Илья Ефимович Репин, 1844-1930），十九世紀末、二十世紀初俄國著名畫家。他於一九〇四年完成一重大畫作後，右手便萎縮退化。雖此後他訓練自己用左手作畫，並持續創作直至生命的終結，但已無法創作出與早年同等的偉大作品。

談談所有的一切呢談談你呀談談你那非凡的巨大情感對此你也知道的我是如此推崇呀我也很想說我不是一個人來而是我們兩個人我也會跟他談談這件事呢首先我要說閣下沒錯我愛上您的女兒不過還有一個人比我更匹配比我更出色非常優秀更是以一百倍的熱情愛著您的女兒。還有，儘管我很感激您對這問題作正面的決定，顯然，還是應該邀請那位人士，毫無疑問的，您會比較喜歡他，您要的話，我就把他叫來，他就在這兒，不遠的地方，在附近的聚落，他一直準備要來，不過有點忙，他現在有事，有東西急著要繕寫（他怎麼——是繕寫員啊？不，不，您真是的，只不過有人，更精確說，——有一個人強迫他從報紙上謄寫些什麼東西，如此做是不得已的，不做的話他很難住在這間屋子裡），此外，他瞧著丁香的花瓣瞧得出神了，我都不敢讓他分心呢，讓我叫他吧，——我要跟院士這樣說，要是他對問題的決定是正面的話。難道說阿卡托夫已經拒絕你本人？只能跟我說實話，不可說謊，要不然我會對你深惡痛絕，並向薩維爾老師告狀：不論是已經過世，還是活著——他都不容許人家心存偏袒與玩弄詭計。我以薩維爾老師熊熊燃燒在我們心中的這個名字向你發誓，從今爾後，我，特殊教育學校學生某某某，綽號「睡蓮．阿爾巴」，一個具崇高目標與理念的志士，一個為人類永恆喜樂而戰的鬥士，也是一個痛恨冷酷、自利、憂鬱的人士，不管它們以什麼方式表現，我，教育家薩維爾之優秀傳統與主張的繼承人，向你發誓，一次也不會讓任何謊言玷污我的雙唇，我將永保清白，就像大清晨誕生於我們那景色絕佳的勒忒河岸的露珠——它誕生並散播在空氣中，為的是要滋潤白堊女孩維塔的容顏，爾後好多年維塔將沉睡於花園之中。哇，再說下去！我多麼喜歡聽你說話，你說話鏗鏘有力，辯才無礙，充滿靈感與激情，充滿勇氣與智慧。說話吧，話說得快點、含糊點沒關係，我們還有很多各式各樣的問題有待討論，而時間又所剩無幾，或許，已不超過一秒鐘，要是我對上述那個詞的瞭解正確無誤的話。

於是，阿卡托夫（不，不，我本人揣測，他就要張口大笑，將對我的帽子，正確說，對父親的帽子，好生嘲弄一番，並嘲笑說，我長得不夠帥，甚至長得畸形，竟敢妄想娶如此絕無僅有之女性為妻）就這樣看了我一眼，垂下頭，想著什麼，很可能——想著我們的談話，想著我的告白。再說，在我最後這段談話之前，他看起來像似一顆不太大的、拱肩縮背的樹木，這時候——就在我眼前——他變得不只像似一顆不太大的、拱肩縮背的樹木，甚至是乾枯的樹木，連小草與微風的輕撫，它都喪失感覺：阿卡托夫陷入沉思。這時，我讀著他三角制帽上的報紙標題，並端詳著他那件實驗工作服——寬寬鬆鬆的，阿卡托夫兩條青筋暴露的瘦腿，也是一個充滿思想與企圖心的人物的瘦腿，像鐘錘似的，從工作服裡掛了出來。我喜歡這件工作服，並暗自忖道，要是我買得到，我會很樂意穿這種衣服。我會穿著它到處跑：不管是在花園裡、在菜園裡，還是在學校與在家裡[5]，或者渡河入林[6]，以及搭乘快馬拖拉的長途郵車，這時，在馬車窗外——下著雨，屋頂覆蓋著乾草的座座村落從身旁飛奔而去，它們就像全身淋得濕透的雞群，一隻隻身體捲縮，雞毛直豎，而我的心靈卻被人類的苦難刺得傷痕累累。話說回來，目前——目前我還不是工程師——我沒有實驗工作服可穿；不管在學校，還是在家裡，我穿的是褲管外翻的平常外褲，它是用檢察官老爸的舊褲子修改而成的，還穿著雙排扣的四扣上衣，以及金屬扣的皮鞋。閣下，您為什麼不說話，難道我有什麼事讓您不高興，還是您懷疑我說的話以及對維塔的感情不夠真誠？相信我，對您這樣一個模子也刻不出第二個的人物，我奉為女神的女人的父親，我永遠也不會說謊，請不要懷疑，不要默不作聲，要不然我轉頭就走，然後用我的吶喊充斥我們別墅區的虛空之中——吶喊您對我的拒絕。哦，不，小伙子，不要走，我會太孤單的，您知道，我毫不猶豫地相信您說的每句話，要是維塔同意，我沒什麼好反對的。跟她談談吧，跟她談談，您一定還沒對她本人吐露心跡，我猜，她到目前對此都還沒料想到，沒有她的同意我們又能作什麼決定，瞭解嗎？我們不能作任何決定的。陷入沉思努力斟酌著適當用詞斟酌著用詞的時候眼珠預先在草地上搜索一番草地上一片乾枯只見不少螽斯好像對什麼不甚滿意似地不住跳動著同時每隻蟲子都披著出席宴會的綠色燕尾服像綠色的指揮家呢在草地上採集適當的用詞。我不瞞您說，閣下，我確實還沒向維塔小姐告白，就是找不到時間；雖然我們很常見面，但是我們見面談的都是別的事情，我們談最多的是科學的事情，我們有很多共通之處，這是再自然不過的事：兩個研究生物的年輕人，兩個自然科學愛好者，兩個「前途無亮」[7]的科學家。再說，除此之外——兩方面都是——邁向成

5 「在學校與在家裡」之用語讓人聯想到俄國作家諾索夫（Николай Николаевич Носов, 1908-1976）的小說《維佳．馬列耶夫在學校與在家裡》（Витя Малеев в школе и дома, 1951）。

6 「渡河入林」之用語讓人聯想到美國著名小說家、一九五三年諾貝爾文學獎得主海明威（Ernest Hemingway, 1899-1961）的小說《渡河入林》（Across The River And Into The Trees, 1950）。

7 原書作者在此玩弄文字遊戲，故事中人本來要表達「前途光明」或「充滿希望」（подавать надежды；字面意義：給予希望）之意，卻把俄語「希望」一詞說成語音相近的「衣服」一詞，因此整個用語變成「給予衣服」或「幫穿上衣服」（подавать одежды）之意，頗為滑稽，作者在此不無諷刺之意。此處俄語之特徵無法完全透過漢語表達，因此譯者選擇漢語中語意與神韻類似的「前途無亮」（「前途無量」）作翻譯。

熟——已經成熟了——一種少見的特殊性，還有興趣的共通性再補充上某種別的共通性。我非常瞭解您，小伙子，我在您這年紀的時候也發生過類似的事情，發生在我和一個女人的身上，那時的我們天真無邪，男的俊，女的俏，而且兩人都已神魂顛倒。親愛的阿卡托夫先生，我想向您再做一項告白。知道嗎，我不全然確定，維塔小姐是否把我當成一個成熟的男子漢一樣喜歡，或許，剛才我所提到的共通性在您的女兒那方面，只是基於博愛的精神而已，我的意思是，她只把我當成一個普通人在愛我，我不太確定，我如此猜測只是害怕到時會灰頭土臉，我很不願意落得尷尬局面。既然您是維塔小姐的父親，您對她喜好與性情的瞭解比我好太多，因此我斗膽向您請教：依您看，我是否有資格像一個成熟的男子漢贏得您女兒的青睞，不知怎地，我總是惶恐不安，擔心她會覺得我有些無趣。您看看，把我瞧個仔細，是不是真的如此。難道我的外表如此醜陋不堪，連所有我們所能企及的、最崇高的情感都不能改善我的面貌與身材嗎？哦，不，老天，不要扭曲真相，求求您呀。簡直胡說八道，阿卡托夫答道，您完全與常人無異，完完全全，我認為，很多年輕女性會願意跟您手牽手共度一生——而且直到永永遠遠，也不會遺憾。不過，我以學者的身分想向您建議的唯一一件事，那就是請您多用手帕。這雖只是一項慣例——但它讓人高尚，讓人提升，讓人超越云云眾生與現實環境。說真的，我在您這年紀的時候，對此也一無所知，不過知道很多其他的事情，我當時正準備進行我的第一個學位論文的答辯，也準備要討老婆，這個女人後來就是維塔的娘。在這之前我已經在做事，做了很多事情，也賺了不少錢——那您呢？對了，順便問一下，您打算如何建立您的家庭，您拿什麼養家活口？您是否體認到，當您成為一家之主，落在您身上的責任有多大？這是非常重要的事情。閣下，我不會沒想到您會拿這種問題問我，我在登門拜訪之前，對這問題早就有備而來。我很明白您說的是什麼意思，對這一切我已心知肚明，因為我總是孜孜不倦地讀書。雖然有些東西我在與我們的地理老師薩維爾談話之前就已知道，但有一回，我和他在學校洗手間見面，並開誠布公地談論所有這些事，幾乎所有一切才瞭然於心。此外，薩維爾老師讓我讀一本書，當我讀完之後，對所有事情更是徹頭徹尾理解。您究竟理解什麼？——阿卡托夫問道，——說來分享一下。

薩維爾老師坐在窗台上，背對刷上油漆的玻璃窗，面向一間間的廁所；光禿禿的腳丫子就架在暖氣設備的散熱器上，膝蓋則高高挺立，於是老師可以舒舒服服地把下巴撐在膝蓋上。書籤，書一本接一本。瞧著一間間廁所的門，上面滿滿都是流氓塗塗寫寫的文字：有多少猥褻的東西，我們的洗手間是多麼醜陋，我們對女性的感覺是多麼貧乏，我們這些特教學校的人是多麼下流啊。我們不懂得如何愛得溫柔，如何愛的熱情，不懂，我們就是不懂。我站在薩維爾老師面前，腳穿帆布製白色脫鞋，腳下拼花地板傳來陣陣惡臭，我反駁說，——不過，親愛的薩維爾老師，儘管我不知該如何思想，也不知該如何安慰您這位全世界最好的老師，但我認為有必要提醒您：您呀，您本人，您自己——不是也熱情地、溫柔地愛著我班上的一個女孩，一個叫「玫瑰」的白堊女孩嗎。啊，「風中玫瑰」，——您有一次對她說，——迷人的女孩，墳前的花朵，我多渴望妳那貞潔的身軀呀！您還低聲細語：在一個因夏夜之美而躁動不安的夏夜，我會等妳，在那裝設有風信旗的小屋，在那藍色河流的對岸。您還說：那夜發生在我們身上的所有一切，將會像一團熱火，吞噬著冰雪的荒原，也會像絢爛的流星雨，照射在突然從窗框上脫落的玻璃的碎片上，脫落的玻璃警告著屋主，死亡將近；這一切就會像是牧人的蘆笛，又像是一篇尚未完稿的樂章。來到我身邊吧，「風中玫瑰」，莫非妳不珍視妳這寶刀未老、卻已溘然長逝的老師？他現正徘徊於虛空之界的山谷與無盡劫難的山丘啊。您又說：來吧，好好安撫我腰胯之悸動，並平息我滿腹之哀愁。沒錯，好孩子，我如此說過，而且，或許，只會跟她說這些或類似的話，但這些話又能證明什麼呢？千萬不要想說，我好像是裝腔作勢

（將會裝腔作勢），這不是我的個性，這個我不會，但是，有時候就是會這樣子——有一天您自己也會證實——有時候，人們說謊，但他們不會覺得自己說謊。他們確信自己實話實說，他們確信有能耐實現自己承諾的事情，豈知他們說的是謊言，他們永遠不會實現自己的承諾。這種事會發生在人們身上，當他們熱情如火的時候，因為如火的熱情就像喪失的理智。謝了，這個我不懂，我將會好好琢磨琢磨，我只是懷疑這事——這事，還有其他很多事。您明白嗎，有一個狀況讓我忐忑不安，也就是今天，在這兒，下課之後，街上潮濕、颳風，而下午班那些未來工程師嘴巴裡咬著原來放在書包裡壓得皺巴巴的三明治（這些三明治是非吃不可，這樣才不會傷了那些任勞任怨的媽媽的心），回家去了，薩維爾老師，我有一事想向您稟報，恐怕這事會讓您覺得不可思議，也會讓您大失所望。我早就有意求教於您，但每天都把這項談話耽誤：測驗一大堆，回家又有太多作業折騰人，就算我都沒做作業，責任感仍然把我壓得喘不過氣來。這是讓人疲累不堪的，薩維爾老師。不過，我想是時候了，我有意、也可以跟您稟報此事。親愛的老師！隱蔽於樹林與原野的農舍裡，快馬拖拉的長途郵車中，青煙裊裊給人溫馨的營火旁[8]，伊利湖畔[9]或——我記得不太清楚——巴斯昆恰克湖畔[10]，小獵犬號型式的軍艦[11]上，歐洲公共馬車的車頂上，爭取更美好家庭生活的日內瓦旅遊宣傳推廣局裡，帚石楠灌木叢與各宗教教派的深處，長凳上都沒座位的大眾公園與私人小花園裡，於山中小酒館「貓居」暢飲一杯啤酒之後，在第一、二次世界大戰的前線，滿懷淘金熱搭乘雪撬狂奔於育空高原[12]的綠色冰原上，以及其他很多地方——不論是此處，亦或是彼方，親愛的老師，我總是左思右想，女人究竟為何物，要是行動時機已到，我又該當如何，我左想右想，人類性欲的條件與特性的本質是什麼。我思索著，愛為何物，情為何物，堅貞又為何物，恣情縱欲如何，清心寡欲又如何，情欲是什麼，肉欲又是什麼；我思索著巫山雲雨之種種細節，對它充滿幻想，因為從書籍與其他各種來源知道，它可以帶來歡愉。但不幸的是，不論是此地，還是他處，不管是哪裡，有生以來我一次也未曾「有過」，換句話說，用粗俗的說法，——跟那個女人睡覺。我就是不知箇中滋味，或許，我也能夠，但無法想像這一切該從何開始，而最重要的——跟誰。顯然，需要一個女人，最好——熟悉的，早就認識的，最好是在有些時候能暗示我什麼的，也就是在什麼事情沒有馬上達成的時候；需要一個心地善良的女人，我聽說，要是寡婦，那是再好不過，沒錯，不知怎地，人家都說，寡婦最好，不過，我不認識任何的寡婦，除了丁柏根太太，但她終究是教務主任哪，更何況她身邊還有特里豐．彼得洛維奇呢（而我身邊有的只是一台留聲機），至於其他熟識的女人我一個也沒有——唯一的就是維塔小姐了，話說回來，我不想要跟她，因為我愛她，我想娶她為妻，這是不一樣的事情，我完全不想要，我強迫自己不要把她想

8 「給人溫馨的營火旁」，引自俄國著名劇作家格裡鮑耶陀夫（Александр Грибоедов, 1795-1829）的劇作《聰明誤》（Горе от ума, 1823）。

9 伊利湖（Lake Erie），淡水湖，是美國與加拿大交界處的大湖區中的五大湖之一。

10 巴斯昆恰克湖（Озеро Баскунчак），鹹水湖，位於俄國阿斯特拉罕省（Астраханская область）境內，在裡海（Каспийское море）北方兩百七十公里、烏爾加河（река Волга）東方五十三公里處。

11 小獵犬號軍艦（HMS Beagle），或譯為貝格爾號船艦，它是英國十九世紀的軍艦，是二桅方帆小型軍艦，船上裝設十門大砲，於一八二〇年下水，為第一艘穿越新建倫敦大橋的船艦。另外，小獵犬號軍艦讓人聯想到進化論創始人達爾文（Charles Darwin, 1773-1858），他於一八三一年應邀參與英國皇家海軍小獵犬號軍艦的環球航行，為時五年。這趟航行激發達爾文探索物種起源秘密之熱情。

12 育空高原（Yukon Plateaus），位於加拿大西北部與美國阿拉斯加中部，處於阿拉斯加山脈與克魯克斯山脈之間，屬育空河流域，海拔七百五十至九百公尺。

成一般的女人，我瞭解，她太美，太正派，我不容許她在婚前跟我有什麼事情發生——不是這樣嗎？確實，班上還有一些熟識的女孩，但是如果我去追求其中一個，譬如說，不久前因為腦膜炎過世、而我們還募款買花圈給她的那個，那我恐怕，維塔小姐會很不高興，因為類似的事情一看便知：在一個不太大的團體裡，暴露在同學與老師之眼前——所有事情馬上就一目瞭然，維塔會以為，我有意背叛她，於是她就可以名正言順地發難，到時我們的婚姻毀滅，所有希望將粉碎，而我們培養這些希望可是花了好多時間啊！好幾次，薩維爾老師，我有意在街上結交女人，但是我或許不懂得手段，我長得不是風度翩翩，穿著又不體面。長話短說，我一無斬獲，我被人家轟走，但是我還是不想隱瞞——因為沒什麼好跟您隱瞞的，親愛的老師，——還有一事我不想隱瞞，有一回，我差點就結交上一個年輕、有趣的女人，儘管我沒法好好把她描述一番，因為我已記不得她的容貌、聲音與走路姿態，不過，還是要肯定指出，她美得非比尋常，就像大多數女人一樣。

我到底在什麼地方碰見她的呢？或許是電影院或者公園，最可能是郵局。這個女人坐在小窗口裡面，正往一大堆的信封與明信片一一蓋上印戳。那天是夜鷹保護日。當天一早我就決定，整天我都要去收集郵票。確實，我家裡找不到一張郵票，但卻發現一張火柴盒的標籤，上面印著我們大家都應該保護的鳥兒的圖片。我豁然大悟——這不就是夜鷹嗎，於是直奔郵局而去，要他們給我在上面蓋個郵戳。這女人正坐在那兒，小窗口裡面，我登時便喜歡上她。你跟老師說過，你不準備描述那女生，那不妨把你碰見她的這個日子作個描述，說說看，當時街上如何，天氣怎樣，當然，這不會讓你覺得為難的話。不，不，這不會有任何為難之處，對你的吩咐我自當樂意效勞。當天早上雲朵飛行空中，速度較平常來得快，我看到天上一張張棉絮般的白色臉孔匆匆浮現，又匆匆彼此融化為一團。它們此起彼落，一一碰撞，又一一聚攏，顏色由金黃色變為淡紫色。很多我們稱為路人的人們不禁綻放笑容，但也因陽光雖然散射四方，卻依然強烈耀眼，跟我一樣，把眼睛瞇成細縫，觀察著雲起雲落，也跟我一樣，感受到未來日子逼近眼前，這些「讓人學不會的」片片雲彩乃是未來日子的信使。不要糾正我，我沒說錯。當我走路到學校，或到郵局要他們給我印著夜鷹的火柴標籤蓋上郵戳，一路上我總是輕輕鬆鬆在自己身旁或記憶裡發現不少事物、不少現象——想起這些事我都是滿懷喜悅——這些事不可能指定為家庭作業，也不可能讓人學得會。沒有人有能耐學會這些事：淅瀝的雨聲、紫羅蘭的芬芳、對虛無的預感、熊蜂的飛翔、布朗運動[13]等等。所有這些事可以研究，至於要學會嘛——永遠別想。屬於這些的還有朵朵的白雲，以及讓人忐忑不安、醞釀未來風暴的團團烏雲。除了雲彩滿天，還有那天早上的街道，奔馳著一些車子，車上搭乘著一些人，天氣非常燠熱。我聽見——無人整修的草坪，一片荒草萋萋；家家的院子，嬰兒車吱吱地滑動，垃圾桶蓋砰砰地蓋上；棟棟住宅入口大廳，電梯大門嘎嘎地開闢；學校校園，上午班的學生進行著強身越野賽跑：陣陣輕風帶來了他們的心跳聲。我聽到，在遙遠的什麼地方，或許，是城市的另一端，有個盲眼人士帶著墨鏡，鏡片上反映著：金合歡垂頭喪氣，樹葉上滿是塵土；空中雲朵匆匆掠過；從膠版印刷廠的磚砌煙囪升起縷縷青煙，請求著過路人帶它越過馬路，但大家都沒此閒情逸致，無人停下腳步。我聽見，有家廚房——面對巷子的窗戶開得大大的，——兩個老人家一面交談著（談著一八八二年紐奧良的大火），一面烹煮著碎肉白菜湯：這天該是領取退休金的日子啦。我聽到，他們鍋子裡咕嚕作響，而瓦斯表正計算著他們燒掉多少立方公分的瓦斯。我聽到，本棟及旁邊各棟樓房的其他各間公寓裡，有印刷機與縫紉機的敲擊聲，有裝訂雜誌翻頁的聲音，有修補襪子的聲音，有人擤鼻涕，有人放聲大笑，有人刮鬍子，有人放聲高歌，有人閉目養神，或者有人閒來無事，手指劈哩啪啦敲擊著緊繃的玻璃窗，模擬著雨點斜打玻璃的聲音。我聽到，有些公寓空蕩蕩的，一片寂靜，它們的屋主有的上班去，到傍晚才會回家，或者有的一去不回，因為他們已歸於永恆。我聽到，牆上掛鐘的鐘錘嘟嘟地規律擺動著，各種品牌的手錶滴答地響著。我聽到，我不認識的男女熱烈親吻，喁喁私語，並發出讓人窒息的喘息，——你從來沒有體會箇中滋味，——他們幹著吱吱嘎嘎的事，於是我嫉妒他們，並幻想著能結識個女人，她也容許我跟她幹同樣的事。我走在大街上，把每棟樓房外的招牌與廣告一一看過，雖然所有這些東西我早已記得滾瓜爛熟，這條大街上的每個字我都學會了。左手邊。「治療兒童括約肌」[14]。只見櫥窗裡——廣告招牌上畫個男孩，夢想著成為工程師，手裡拿著一個很大的滑

13 布朗運動（Brownian motion），粒子的運動由平移及轉移所構成，毫無規則且其軌跡幾乎處處沒有切線。英國植物學家勞伯 布朗（Robert Brown, 1773-1858）於一八二七年利用顯微鏡觀察懸浮於水中的花粉粒，發現這些花粉粒會作快速而不規則的隨機移動，這種移動後來便被稱為布朗運動。

14 此處招牌寫著：「治療兒童之括約肌」（РЕМОНТ ДЕТСКИХ КОНСТРИКТОРОВ），據推敲是為故事中人錯看。從下文：「只見櫥窗裡——廣告招牌上畫個男孩，夢想著成為工程師，手裡拿著一個很大的滑翔機模型」判斷，應是故事中人把「構件」（конструкция）或「設計」（конструирование）誤讀成語音相近的「括約肌」（констриктор）。因此，招牌上寫的應該是：「檢修兒童之構件」（РЕМОНТ ДЕТСКИХ КОНСТРУКЦИЙ） 或「檢修兒童之設計」（РЕМОНТ ДЕТСКОГО КОНСТРУИРОВАНИЯ）。

翔機模型。「北極圈之毛草」。櫥窗裡——一頭北極熊標本，張開血盆大口。「電影、落葉、劇場」。時機一到，我們會到這兒來，出雙入對的：我跟維塔；妳想坐哪一排？——我問維塔，——第三或者第十八排？不知道耶，她會說道，我看不出有什麼差別，哪裡都可以。不過，她馬上又會補上一句：對了，我喜歡近一點，就買第十或者第七排的位置，如果不會太貴的話。而我會自尊受損地說道：胡扯什麼，親愛的，這裡談什麼錢，我所有都可以給妳，只要妳覺得愉快、舒服就好。「單車出租」。電影過後，我們非得出租兩輛單車不可。單車出租店的女孩有著淺色頭髮，笑容可掬，右手戴著結婚戒指，遠遠看到我們，便笑著說道：終於有顧客上門啦，說來也奇怪——街上這種溫暖天氣，卻沒人要騎車兜風，簡直太奇怪了。沒什麼好奇怪的，我會愉快說道，趁著這種天氣，全市的人都出城去啦，今天又是星期日哪，大家一大早都已去了別墅區了，那兒呀——家家戶戶的板棚裡都停放著自己的腳踏車，我們這也正要去別墅呢，我們要騎你們的車子去，順著公路而下，自個兒騎車去：搭乘電氣列車的話，就算車上吃冰淇淋，應該還是會太悶熱吧。可要注意啊，小心點，車店女孩會警告說，公路上車子很多，盡量靠近路邊，留意交通標誌，不要騎太快，要超車的話只能從左方，還要小心路人，有直昇機與雷達在監控交通。那當然，我們會一路小心的，我們怎麼也不會沖昏頭，尤其是現在，我們結婚才過一星期，我們好久以來都滿懷希望呢。啊哈，原來如此，女孩將會笑道，也就是說，你們這是新婚旅遊。沒錯，我們決定四處蹓躂蹓躂。當你們一走進來的時候，我便這麼想——新婚夫妻：你們簡直天生一對，恭喜啦，我很為你們高興，我自己嫁人也才沒多久，我的先生是摩托車賽車手，他有一輛很漂亮的摩托車，我們騎車都是飛快的。我也喜歡賽車，維塔將加入話局說道，我希望我的先生也會是摩托車騎士，不過，很遺憾，他是工程師，更何況我們也沒有摩托車，我們只有一輛汽車。沒錯，我將隨聲附和地說道，很遺憾，我們只有汽車，而且那輛車子已經太老舊了，話說回來，我們也可以買一輛摩托車。那當然，就去買吧，女孩笑道，就去買吧，我先生可以教你們怎麼騎，我想，這不會太困難，最重要的——要適時踩上離合器，並隨時調整散熱器。於是，這時維塔開口提議：知道嗎，妳和先生不妨下禮拜到我們家玩，騎摩托車來，我們別墅就在水邊，左邊第二條林間通道，你們會玩得很開心，我們吃個午飯，喝個茶。多謝，女孩回答，我們一定去，近日內我剛好可以休假，不過嘛，你們說，你們喜歡什麼樣的蛋糕：鵝掌蛋糕還是假日蛋糕[15]，我會帶去配茶吃。最好是假日蛋糕，鵝掌蛋糕我和先生會自己買，就這樣，假日蛋糕好了，還有，要是不會太麻煩的話，順便請妳帶兩公斤左右的松露巧克力[16]來，錢我馬

上會還妳。哪兒話呀，談什麼錢哪！「魚、魚、魚」。「動物、紅腹灰雀、寵物店」。只見幾個水族箱裡面有蠑螈，還有幾根橫桿上有綠色鸚鵡。「方志博物館」。要有求知之心，好好研究自己的鄉土，你會受益無窮。《ASP》——秘密貨運代理商。「鞋」。而且，商店外「鞋」這個字我看成了「愛」字[17]。「花」。「書」。書是最好的禮物，我身上所有美好的一切都要歸功於書[18]；書一本接一本，要珍愛書——它會提升品味，培養品味；看著書，卻是滿頭霧水；書是人類最好的朋友，它美化內在、外表，以及獵狐梗犬[19]。謎語：一百件衣服，沒有一件有釦子——這是何物？謎底——書。取自百科全書之文章「圖書事業在羅斯[20]」：圖書之印刷與出版在羅斯是開始於伊凡．費多羅夫[21]，民間稱他為「第一位出版人」，他總是穿著一件長長的、圖書館人員的防塵衣，帶著一頂純毛料編織的圓帽子。那時有某條河流船上的廚師給了他一本書：給你，拿去讀吧[22]。冰雹穿過松樹的針葉，灑落在蒼白的青苔上，反彈起來，蹦跳幾下，宛如銀色的豌豆[23]。接著，還有：我往我的目的地靠近[24]——四下一片幽暗與強風。當煙霧散去[25]，廣場上一個人也沒有，卻見工程師布拉戈[26]走在河岸邊，他的襪子抖動在風中。將軍，我要說的只有一事，將軍，我要說的只有一事[27]：怎樣，瑪莎採了蘑菇嗎？[28]我常常發射一發信號彈宣告死亡[29]。七月初，非常炎熱的日子裡，傍晚時分[30]，有一個年輕人。而您說

15 鵝掌蛋糕（гусиные лапки）以及假日蛋糕（праздничный торт）是故事當時俄國最流行的蛋糕。鵝掌蛋糕有添加白蘭地，假日蛋糕則添加核桃與巧克力。

16 松露巧克力（chocolate truffle）雖名為「松露」（truffle），實則並無松露成分。松露是昂貴的菌類食材，是舶來品，一般俄國人用不起。蛋糕以松露為名，是因為「松露」一詞源於拉丁語，有「膨脹」、「塊狀」之意，也正是松露巧克力的形狀。

17 俄文裡「鞋」（обувь）與「愛」（любовь）兩字寫法相近。

18 「我身上所有美好的一切都要歸功於書」，是俄國作家高爾基（Максим Горький, 1868-1936）的名言，曾出現在他的文章《關於書》（О книге, 1925）。

19 此處出現的「獵狐梗犬」（фокстерьер），語意與上下文不合，但因它與前面的「內在」（интерьер）、「外表」（экстерьер）二詞語音近似，故事中人便順口說出。

20 「羅斯」（Русь）是九世紀時東斯拉夫人在今天烏克蘭的第聶伯河流域中游所建立國家的名稱，又稱「基輔羅斯」（Киевская Русь），存在期間為西元八八二至一二四〇年，是今天俄羅斯、烏克蘭、白俄羅斯三個東斯拉夫民族國家的前身。

21 伊凡．費多羅夫（Иоанн Фёдоров 或Иван Фёдоров），生年不詳，一般認為是一五一〇年左右，卒於一五八三年。他於一五五三年在莫斯科設立印刷所，被認為是俄羅斯圖書之印刷與出版的開始。

22 「那時有某條河流……給你，拿去讀吧」，引自高爾基自傳體小說三部曲中的第二部《人世間》（В людях, 1916）。

道——嘿，你—咦—咦！那白色蘑菇有嗎？有白色的。哼，哼，大兔子，大肚子，大肚子的大兔子，要咬大兔子的大肚子[31]。閃呀閃，亮呀亮，滿天都是小星星；寒呀寒，凍呀凍，野狼尾巴要結凍！[32]右手邊。「皮靴、雨傘、手杖」，一家店裡該有都有，省得拖拖拉拉，全部一下買齊。「時尚工作室」，室**作工尚時**[33]。「香腸」。有人光愛吃香腸，有人愛吃熱騰騰的香腸夾麵包！「日用小百貨、針織品」。「休憩公園」，圍牆延伸達十二點五個秒差距[34]。走過它之後才是「郵局」。您好啊，我可否在我的郵票上蓋個郵戳，精確說——我可否讓你們為我蓋個郵戳，更精確，應該如此說：我該怎麼辦，才能在您的協助下讓你們為我蓋郵戳註銷我的郵票。給我看看，是怎樣的郵票，少年人，這是火柴啊。我知道，我只是想，對你們都是一樣，這兒印的也是夜鷹，您瞧瞧。她看了一下，微微一笑：要用水蒸氣燻蒸一下才能把標籤撕下來。好吧，就這樣，我用蒸汽把它蒸脫，我住的地方離這兒不遠，我覺得可以說服媽媽，讓她允許我煮一壺水（媽媽，我可以把茶壺燙熱嗎？怎麼，你要喝茶？你什麼時候開始在上學前喝茶的？喝什麼茶呀，就要吃午飯的時候了。事情是這樣的，媽媽，必須用水蒸氣燻蒸才能把標籤撕下來。用水蒸氣？是用水蒸氣啊，郵局的人這麼說的。我的天呀，你又在編什麼故事，又是那個郵局，誰說的，幹什麼，什麼標籤，你會把自己的臉燙傷的！），不過，我不

23 「冰雹穿過松樹的針葉……宛如銀色的豌豆」，此段文字是俄國詩人福法諾夫(Константин Фофанов, 1862-1911)作品《松林裡》(В сосновой роще, 1892)作為結束的幾個句子。

24 「往我的目的地靠近」，引自普希金(А. С. Пушкин, 1799-1837)的小說《上尉的女兒》(Капитанская дочка, 1836)的第二章。

25 「當煙霧散去」，引自萊蒙託夫(Михаил Лермонтов, 1814-1841)的小說《當代英雄》(Герой нашего времени, 1841)。

26 布拉戈，應是指涉什帕諾夫(Николай Шпанов, 1896-1961)小說《布拉戈教授的秘密》(Тайна профессора Бураго, 1943-1944)中的人物。

27 「我要說的只有一事」，引自托爾斯泰(Лев Толстой, 1828-1910)的長篇小說《戰爭與和平》(Война и мир, 1865-1869)。

28 「瑪莎採了蘑菇嗎？」，引自屠格涅夫(Иван Тургенев, 1818-1883)的小說《獵人日記》(Записки охотника, 1847-1851)。

29 「我常常發射一發信號彈宣告死亡」，引自萊蒙託夫的敘事長詩《海盜》(Корсар, 1828)。

30 「七月初，非常炎熱的日子裡，傍晚時分」，引自杜斯妥耶夫斯基(Фёдор Достоевский, 1821-1881)的小說《罪與罰》(Преступление и наказание, 1866)。

31 「大兔子……要咬大兔子的大肚子」，此段翻譯與俄文原文並不相同，原文是類似繞口令的童謠，並無任何意義，存粹玩弄俄語韻律之聲音效果，無法譯為漢語。因此譯者取一段類似效果的漢語繞口令作為翻譯。

32 「閃呀閃，亮呀亮……野狼尾巴要結凍！」，這段文字引用自俄國著名的民間故事《狐狸與野狼》(Лиса и волк)。

33 「室作工尚時」(дом сьлета)是「時尚工作室」(АТЕЛЬЕ МОД)的顛倒，故事主角常會在無意間把文字讀錯，但這裡卻是故意讀反。

34 秒差距(parsec，縮寫為pc)，為天文學上之長度單位之一，用以測量鄰近恆星間之距離。一個秒差距相當於三・二六一個光年。

知道，能不能在你們郵局裡做這件事，有一回，我偶然看到——那時窗戶打開著——你們在那個擺著一大堆包裹與印刷品郵件的房間喝茶，你們用電器茶壺喝茶，你們好幾個女生和一個穿大衣的男生一起，你們有說有笑的。是啊，沒錯，她說道，我們有個電器茶壺，過來這兒吧，少年人。

於是，你就跟在她後面走在一條長廊上，那兒掛著幾顆小燈泡，沒有燈罩，長廊瀰漫著一股真正屬於郵局的味道：火漆、膠水、信紙、線繩、墨水、硬脂酸甘油、酪蛋白、法式烤布蕾、廉價的舒適、醃製裡海歐鯉乾、竹筍、老鼠屎、文書主管的淚水。長廊走到底，有間不算大的廳堂，它有點像似戴在長廊上的花冠：就像河流注入湖泊，湖泊看似河流的花冠一樣。一層層的架子上擺著各式包裹與印刷郵件，有的是寄往他處，有的是送來本地；窗戶上裝著一格一格的柵欄；廳堂中間的桌子上銀光閃閃的就是電茶壺，接著條紋狀的電線，終端是插頭。那女人把插頭接到插座上，便坐到椅子上，而你也跟著坐到另一張椅子——於是，你們等待著水的沸騰。我太瞭解你了：你天性好動，不管在學校還是在家裡，你都坐不住，現在你還太年輕，因此無法忍受一時半刻的沉默，或是談話中稍微拖長的停頓，這會讓你覺得尷尬，不自在，總之一句，你無法忍受被動，無法忍受安安靜靜地什麼事也不幹。現在，這郵局辦公室要是只有你一個人，你可以用你的吶喊充斥整間屋子，就像放學後你用聲音充斥整個空蕩蕩的學校教室、廁所、走廊一樣。但是，這兒不是只有你一個人，雖然在你靈魂深處有一股無以名狀的怒吼逐漸醞釀成熟，要把你撐破，任何瞬間都準備掙脫而出，到時你就會脹破、爆裂，就像四月初的蓓蕾，於是你將完全化為一股怒吼：我是一朵睡蓮—睡蓮—睡—蓮—蓮—蓮—蓮，——你不可以，你沒有權利驚嚇這位好心的年輕女性。要是你大吼大叫，她會把你攆走，也不會在夜鷹上蓋印戳，所以無論如何，都不要在郵局這裡大聲小叫，否則你要的收藏品就沒了，這個有一張郵戳註銷的郵票，或者說是標籤，所構成的收藏品你可是朝思暮想好久啦。自我克制，轉移注意，想一些這裡以外的、玄妙的事情，或者開口跟這女人說些不負任何法律責任的話，更何況，就我的理解，你對她一下子就很有好感了。好吧，但該如何起頭呢，說些什麼呀，我突然忘得一乾二淨，應該如何開口說些不負任何法律責任的話。簡單得很，你問她，可不可以向她請教一個問題。謝了，謝了，我這就跟她說。我可不可以向妳請教一個問題？當然可以，少年人，當然可以。嗯，那現在接下去該說什麼？現在不妨問她有關信鴿的事，或者有關她的工作，打聽一下她工作一般狀況如何。是的，是這樣：我想向妳請教：妳工作怎麼樣呀？在這「幽寂」，不對，我意思是，在這

「郵局」，在這「郵寄」—「郵集」—「憂懼」—「有疾」—「游擊」[35]什麼的。什麼，什麼，在郵局嗎？好吧，少年人，好吧，那你為什麼對這感興趣？你們或許有養信鴿吧，不是嗎？沒有，為什麼這樣問？那信鴿呢，牠們還會住哪裡，要是不在你們「有疾」這裡的話？沒有，我們沒養，我們有郵差呢。這樣的話，妳認識郵差先生米赫耶夫或者米德維傑夫吧：他長的像帕甫洛夫，也騎腳踏車，但別想在妳的窗戶外看到他，他不在這兒騎腳踏車，他不在城裡，他在城外服務，在別墅區，他蓄著大鬍子——難道沒有人介紹妳跟他認識嗎？沒有，少年人。遺憾得很，否則我們就可以高高興興地談談他的事了，那妳也不會覺得跟我在這兒很無趣。我不會覺得無趣，——女人答道。這太好了，也就是說，妳對我有點好感，我有話跟妳說，如果我沒搞錯：我腦海裡有個念頭，想與妳結交，甚至不只如此，我叫某某某，那妳呢？你真是滑稽得很，女人說道，真是滑稽啊。妳別笑，我把事情原原本本告訴妳，知道嗎，我的命運已成定局[36]：我要結婚了，很快的，或許再過兩三個禮拜吧。哪知那個應該成為我太太的女人，她嚴格遵守道德規範，妳瞭解我說什麼嗎？她說什麼也不同意在結婚以前就有。可我卻非常需要，不能不要，否則我驚天動地的吶喊就要爆發，讓我聲嘶力竭，就像鮮血迸流而出。札烏澤大夫把這種狀態稱之為全神經「幽寂」系統發作，所以我打定主意請求妳幫忙，給予我一項關照，一項服務，希望有幸能承蒙妳的盛情厚意，妳可不是嗎——一個正常女人，妳嘛，我想，神經「郵局」系統也有大聲吶喊的欲求，那為什麼不滿足一下我們的「有疾」[37]，難道妳對我一點意思都沒有？我可是很努力在討妳歡心呀！妳無法想像，沒有妳我將會多無趣，到時我們把標籤撕下，妳蓋上郵戳，於是我將打道回府，回到父親的家裡，無論作何事，無論在何處，我都找不到慰藉。或許，妳是否已經有什麼人可以跟他滿足「有疾」的？老天，這干你何事，女人說道，太粗魯了，簡直是恐怖。既然如此，我準備馬上證明給妳看，我各方面都比他強，話說回來，妳對此應已心知肚明。難

35 故事中人想說出俄語「郵局」一詞，但因為緊張，舌頭打結，說出一大堆俄語語音近似卻大多數不相關的詞，有的甚至毫無意義。此處譯者不按俄語翻譯（除唯一正確的詞之外），而採漢語中與「郵局」一詞語音相近、語意錯誤的詞翻譯，以此符合原文精神。

36 「我的命運已成定局」，引自普希金的小說《上尉的女兒》。

37 此處幾句話中，譯文中的「幽寂」、「郵局」、「有疾」發音相近，但是已不表示「郵局」之意，而在故事中人的口中表示「生理需求」、「性慾」。其中，「有疾」在原文中採用「почули」，是作者自創的詞語，之後還會再出現。譯者採用「有疾」作為翻譯，是因漢語中有成語「寡人有疾」，表「好色」之意。

道還不清楚嗎，我才思敏捷，富於邏輯，要是這整個世上就算只有一個未來的工程天才，——那非我莫屬，難道這不是事實嗎？而且也只有我，只有我才能馬上告訴妳隨便什麼故事都可以，讓妳一聽就會對我情難以自禁。聽好吧。我來親口告訴妳我上星期交給我們的「水塔」的一篇文章。我從頭說起。

作文：我的早晨

火車頭調頭時發出笛聲，是「布穀鳥」[38]在破曉中的歌唱，又是：牧人的號角，長笛，短號，幼童的哭泣，人們的口哨。我甦醒過來，坐在床鋪上，端詳一下自己光禿禿的腳丫子，然後瞧瞧窗外。我看見一座橋，橋上空蕩蕩的，被一盞盞綠色水銀燈照得通亮，而一根根燈柱長得像天鵝的脖子。我看見的只是橋上供人車通行部分，但只要走到陽台，展現在我眼前便是整座的橋樑，完完整整的高架橋一覽無遺——就像驚恐的貓兒拱起的背。我和爸爸、媽媽住在一塊，但有時候家裡只有我一人，不過，我們的鄰居，特拉荷琴柏格老太太，最好說是丁柏根老太太，住在同一棟老公寓裡，或者她將住到新的公寓去了。橋其他部分的名稱叫什麼——我不知道。橋的下面——一條鐵道，不，最好說是——好幾條鐵道，好幾條交通線，幾條一模一樣的鐵道、一模一樣寬度的交通線。每個早晨，老巫婆丁柏根都會在前廳跳舞——過去如此，將來也如此——並高唱有關特里豐．彼得洛維奇、公貓兒與挖土機司機等的歌曲。她在那兩只紅木箱子上跳舞，也就是在箱子頂層的平面上，或在天花板下，還有在箱子旁邊。我雖然一次都沒看過，但卻聽過。在天花板下。而鐵路沿線——來來回回——跑著「布穀鳥」，並在鐵路岔道上劇烈顛簸著。轟隆—隆—隆。她兩手搖著沙鈴樂器敲打節拍。它一下推著，一下拖著褐色貨車車廂。我痛恨這頭髮蓬亂的老太婆。全身裹在破爛衣服裡，兩隻長長的手，彎彎如鉤爪，滿臉是幾百年的折磨所刻畫的的皺紋，奇形怪狀的她，白天也好，黑夜也罷，常常把我、甚至我那耐性過人的媽媽，都嚇得七葷八素。而且在破曉時刻，又開始引吭高歌——於是我便甦醒過來。我喜歡這笛聲。有人吹笛嗎？她問道。接著，沒多久，又自己回答自己：對，對，對，有人吹笛。就是她毒死雅科夫這個看顧藥局的人，這個可憐的藥劑師，就是她在我們學校裡擔任教學事務處主任，也就是教務主任。

38 布穀鳥（кукушка）在俄語口語中又指「小型蒸汽火車頭」，另外，在俗語中有「支線列車」之意。

就這樣，為我的早晨作個結論，可以說，我的早晨就是以布穀鳥的叫聲，也就是鐵路，更精確說，環線鐵路的叫聲拉開序幕。看看我們城市的地圖吧，上面標示有河流，有街道，有公路，呈現眼前的還有環線鐵路緊掐著城市，像似一條鋼索，要是你徵得「括約肌」[39]的同意，登上路過我們家的列車，那這輛貨車會繞個大圈，經過一天後回到原點，也就是我們登車地點。那些經過我們家的火車環繞著我們城市周圍，走在一條封閉的、串聯的——沒有終點的曲線，這也是為什麼要走出我們的城市幾乎是不可能。奔馳在環線鐵路上的共有兩種列車：一種是順時鐘方向的，另一種是逆時鐘方向的。因此之故，它們好似在互相毀滅，與此同時，也一起毀滅運動方向與時間方向。如此這般就是我的早晨。丁柏根太太漸漸停止她踐踏在幼竹林的腳步，而她的歌聲像花朵綻放般地沾沾自喜，又像年華老去般地毫不留情，消失在那遠方，在那珊瑚礁潟湖之外，只有汽車從橋上飛馳而過，發出手鼓、鈴鼓，以及其他的鼓聲——這也是偶爾的——破壞著我們公寓的寧靜。一切都將融化、消失得無影無蹤。

妙呀妙，真是絕妙之作，薩維爾說道。我們聽到他那渾沌的、像似覆蓋著一層薄霧的教育家的聲音，一個本地最重要的地理學者的聲音，一個高瞻遠矚的領導者的聲音，一個純潔、真理與這被佔滿的空間的捍衛者的聲音，一個所有受辱者與受傷者的保護人的聲音。我們如同往日一樣在這兒，在這髒兮兮的男生洗手間，這兒總是那麼寒冷，那麼孤寂，只見我們鐵青的嘴唇之間冒出縷縷的水氣——這是呼吸的跡象，是生命的幻影，是良好的標記，代表我們是否存在，或者已經離開人世，但是，如同薩維爾一樣，還要再回來實現或完成我們曾經在世上開始卻未完成的偉大志業，更確切說：領取各式各樣學術獎項、接受所有特殊教育學校的宗教審判、掙得一輛二手車、迎娶維塔為妻、用捕蝶網的把柄將世界所有呆子毒打一頓、改善選擇性的記憶、敲碎那些白堊老頭與像丁柏根一樣的老太婆的腦袋、捕捉獨一無二的冬蝶、幫所有被縫合封閉的嘴巴拆線、籌辦新型態的報紙——一句話也不寫的報紙、取消強身越野賽跑，在從A點到Z點的所有定點免費贈送單車與別墅；此外——讓那些曾經口吐真理的往生者起死回生，其中包括薩維爾老師，讓他「完全」復活，並恢復他在專業方面的職務。絕妙之作，——他坐在窗台上

39 故事中人再度把「查票員」說錯成俄語發音相似的「括約肌」。

說道，並在蒸汽式暖氣的散熱器上烤著腳丫子，——我們怎麼這麼晚才認識我們的這些學生，很遺憾，我過去沒看出你文學方面的才華，我本來應該去說服裴利洛校長讓你免上文學課，好讓你騰出空閒時間從事自己想做的事，——懂得我說的嗎？——任何自己想做的事。這樣子，你本來可以不眠不休地去收集夜鷹與其他飛鳥圖畫的郵票。你本來可以去划船，去游泳，可以去跑跑跳跳，可以去玩剪刀、石頭、布，可以去玩「爆裂的鎖鍊[40]」遊戲，可以鍛鍊的像鋼鐵般健壯，可以寫寫詩，可以在柏油路面上畫畫，可以玩玩「凡特」遊戲[41]，可以說說甜言蜜語與一些無可比擬的話：千萬別黑白不分，不要既說「好」又說「不好」，——然後馬上便說：妳要去舞會嗎？或者，可以坐在樹林裡被暴風颳倒的樹幹上，急急忙忙地，卻輕聲細語地，不影射何人何事，自言自語地吟誦歷久不衰的童謠：小湯圓哪圓又圓，吃到嘴裡甜又甜，或者：月兒彎彎，從雲霧爬出；刀兒彎彎，從口袋拿出。但更美妙的是：從前從前有三個俄國男生——巴爾、巴爾坎、巴爾坎諾夫；從前從前有三個俄國女生——雅娜、雅娜耶娃、雅娜耶娃斯卡婭；他們捉對成婚配：巴爾娶雅娜，巴爾坎娶雅娜耶娃，巴爾坎諾夫娶雅娜耶娃斯卡婭。[42]呵，塵世的事情可多哪，我年輕的朋友呀，這些事情可以夠你忙的，不用在那文學課時間讀那些狗屁不通的白癡文章！為著那不可能的，為著那悄然失去的，滿心遺憾。一臉悲傷。一張從不曾存在、現在也沒存在、將來更不會存在的人的臉。不過，某某同學，我恐怕，你逃避不了這些課，還是得乖乖忍受折磨與痛苦，把那些我們所謂的文學作品中的片片段段，背得滾瓜爛熟。閱讀這些惡名昭彰、滿口謊言、賣弄筆桿的怪胎的作品，你將會一肚子厭惡，甚至不時會感到忍無可忍，還好，經過這些不幸的淬煉之後，你將會長大成人，你將會像浴火鳳凰一樣，從自己的灰燼中升起，你會瞭解——你會瞭解所有

---

40 「爆裂的鎖鍊」(играть в разрывные цепи)，俄國一種兒童團體遊戲，遊戲方式為：兩隊兒童各站一邊，相隔約十到十二公尺，各隊兒童雙手相接，形成鎖鍊，每隊輪流派出一人，到對方搶人並破壞對方鎖鍊，搶到人時，帶回己方，搶不到人時，則留在對方鎖鍊中，如此兩隊比較輸贏。

41 「凡特」遊戲(играть в фанты)，一種兒童團體遊戲，遊戲方法為：參加者每次失誤，得受罰交出一件隨身物品，當作抵押，這抵押品稱做「凡特」(фанты)；比賽最後，大家將抵押品集中作為抽籤之用，若某件抵押品被抽中，則原物主必須提供一項節目，方能贖回自己的物品。

42 以上連續三首俄國童謠，由於必須語意與韻律兼顧，並維持趣味性，譯者未能完全按照原文翻譯。

一切。不過，親愛的老師，我們反駁道，難道我們親口向「有疾」那女生重述的那篇文章沒能讓您確信，我們對此早就明白不過，而且我們完全沒有必要去經歷管它是什麼的文學淬鍊？這毋庸置疑，老師答道，從開頭幾個句子我便心裡有數，你確實不需要這些淬鍊。我談到這些淬鍊的必要性——對你而言，其實都是謊言，——只是為了在你想到無法解脫上述課程時，讓你感到安慰而已。相信嗎？沒多久以前，我可以不費吹灰之力就說服裘利洛，給予你出席或不出席所有課程的自由，想必你也心知肚明，在教育界——不論是學校，還是國民「教囂」[43]部門——你這位謙卑的公僕享有何等的權威。但自從我身上發生啥事起——究竟是啥事，我並沒有完全弄清楚，——我被剝奪了一切：花兒、食物、菸草——你發現嗎，我不抽菸了？——女人、乘車證（「括約肌」向我明白表示我的乘車證早已過期，但買新的，我又不可能，因為我連薪水都被剝奪了），還有娛樂，最重要的——我的權威。我簡直無法想像，怎麼可能會這樣：竟然沒有人要聽我的話——教務會議裡沒有老師要聽，家長會裡沒有父母要聽，課堂上也沒有學生要聽。甚至沒有人要像以前一樣引述我的話。所有這一切的發生，彷彿沒有我薩維爾這個人存在，彷彿我已不在人世。這時候，洗手間充斥著薩維爾低沉、閃亮的笑聲。沒錯，我是在笑，——他說，——但這是笑中帶淚。親愛的同學、親愛的「睡蓮」朋友，我的身上肯定發生了啥事情。之前，還沒多久之前，我知道究竟是啥回事，哪知現在，好像又忘得一乾二淨。我嘛，借用你的話說，變成選擇性記憶，因此我特別高興能與你在M點這裡相見，因為我期待你的幫忙。幫幫忙，幫我想起究竟發生啥事。我請求過很多人，但沒有人能夠——或者是不願意？——說明怎麼回事。有的人很老實，真的不知道真相；有的人知道，卻隱藏真相：他們閃爍其詞，甚至謊話連篇；還有人當面挖苦你一番。你嘛，就我對你的瞭解，無論何時，無論何事，你都不說謊話，你就是不知道怎麼說謊。

他不再作聲了，他的聲音不再充斥虛空之境，反而，城市之夜的聲音清晰入耳：有個什麼巨大怪物，長著好多隻腳，而且身體長得沒邊，就像是後來變成蛇類的史前大蜥蜴，這時走在街上，經過學校，滑動在光禿禿的冰雪上，用口哨吹著舒伯特的《小夜曲》[44]，咳嗽幾聲，詛咒幾句，自問又自答，劃根

43 作者將「教育」（образование）一詞故意說成發音近似的「оборзование」，是作者自創的新詞，將「оборзеть」（俚語，表示：變得囂張、好鬥）與「образование」（教育）二詞合併所得的新詞。因此譯者將「國民教育部門」譯為「國民教囂部門」。

火柴，弄丟了船形帽、手帕、手套，緊握口袋裡剛買到的測力器，不時瞧瞧手錶，兩眼快速掃過晚報的標題，便做出各項結論，再瞧瞧計步器，失去定位，重新找回定位，分析家家戶戶的門牌編號，看看招牌與廣告，夢想著獲得配發新的地段與越來越多的利潤，回想過去幾天來的種種，在四周散布古龍水與鱷魚皮夾的味道，隨手彈奏手風琴，發出嘿嘿的冷笑讓人覺得愚蠢又厭惡，嫉妒別墅區郵差米赫耶夫的榮耀，期望擁有毫無爭議的所有權，卻對在M點這憂鬱的地界裡聊天的我們，老師與學生們，一無所知。這個怪物長著好多隻腳，像似史前大蜥蜴，而身體長得沒邊，像似中古世紀的刑罰，走呀走的，不知疲倦與休息為何物，並且走得沒完沒了，因為再怎麼走也沒有走完的一天。在它運動的同時，在它不眠不休的走動聲中，我們聽到有軌電車的叮噹聲、煞車的嘎嘎聲，以及無軌電車的接觸線沿著電線滑動發出的吱吱聲。接著，傳來木頭與鍍鋅的人工鐵皮快速碰撞所發出的低沉敲擊聲：想必是一個特教學校學生不想回到自己父親的家裡，正按學校所教的方法用手杖一路敲擊著排水管，想要以此表示對所有一切的抗議——也用他們的長笛演奏著小夜曲。至於房屋裡所產生的聲音以下說明。地下室有個又聾又啞的鍋爐工人某某某正在幹活——他的鏟子打在煤炭上發出琅琅聲，火爐的門開開關關發出喀嗟喀嗟聲。走廊上清潔女工正在擦拭地板：拖把上纏繞著濕漉漉的抹布，有節奏地叭答一聲往水桶浸泡，再啪一聲打在地板，然後無聲無息地潤濕了一片新的地面——紅色的馬兒洗澡[45]，感冒的人跳著華爾滋，滿滿的浴缸傳來瀝瀝的水聲。樓上的另一條走廊上，傳來教務主任舍娜·特拉荷琴柏格的走路聲，她的義肢咚咚地敲擊地板，並吱吱嘎嘎作響。三樓空蕩蕩的，悄然無聲，而四樓就是所謂的大禮堂，選拔自全市各所特教學校的舞蹈團正如火如荼地進行排演：有五十名白癡正為音樂會做準備。他們現在排演舞蹈歌謠「大人呀，我們到了你們家門啦」[46]：他們又唱又叫，跺跺地板，

44 舒伯特（Franz S. P. Schubert, 1797-1828），奧地利人，享譽世界的作曲家，被視為古典主義音樂最後巨匠，他的《小夜曲》（Serenade）風靡全世界之樂迷。

45 「紅色的馬兒洗澡」（Купание красного коня），是俄國畫家彼得洛夫—沃德金（Кузьма Петров-Водкин, 1878-1939）於一九一二年創作的一幅名畫的標題。

46 「大人呀，我們到了你們家門啦」（Бояре, а мы к вам пришли），這是俄國流傳已久的童謠，也常使用於兒童或青少年的團體遊戲之中。遊戲中，男女孩分站兩邊，手牽手對立而站，兩邊輪流走向前，並互相對唱應和。

吹吹口哨，馬兒嘶嘶，豬兒哼哼。大人呀，她在我們這兒是傻丫頭一個，年輕人呀，她在我們這兒是傻丫頭一個——一邊的人唱著。大人呀，可是我們會把她教會，年輕人呀，可是我們會把她教會——另一邊的人應和著。定音鼓聲冷漠響起，雙簧管聲婉蜒爬行，一隻側邊畫著羊臉的大鼓轟隆隆而鳴，一台有斑點硬翼的鋼琴歇斯底里發作，發出痙攣般的狂亂響聲——踉踉蹌蹌地，聲音走調，並吞噬著自己的鍵盤。然後那兒，四樓上面，突然陷入不祥的停頓，但一秒鐘過後，如果我們對這個詞理解無誤，場上所有人，包括跳舞者與歌唱者，眾口齊聲拖長聲音，哀號般唱起「人類歡欣鼓舞之讚歌」，當最初幾個和音響起，只要有耳朵的人一定會放下所有手邊的活兒，霍然起立，心神戰慄地仔細聆聽。我們幾乎認不出這首歌曲。歌聲穿越重重障礙抵達M點，但是，樓梯的欄杆、階梯與間隙，還有轉彎處銳利的牆角把這歌聲不善轉彎的四肢摧殘、肢解得四分五裂，於是歌曲呈現在我們面前是一副鮮血淋淋，又是冰雪覆蓋的模樣，就像一個任人隨意暴力欺凌的女孩穿著一身被撕爛的骯髒衣服。不過，所有演唱頌歌的聲音之中，所有毫無意義與毫無價值的聲音之中，所有交織成雜亂無章、沒有思想、混混沌沌的一團雜音之中，所有注定要默默無聞的聲音之中，所有不可思議的平凡與做作聲音之中，竟然有一個聲音讓我們覺得是純淨、力量與崇高的致命性苦痛的化身。

我們聽到的這個聲音具有絲毫未受扭曲的澄淨：就像是一隻受傷的鳥兒海闊天空任翱翔；就像是閃閃發亮的白雪的顏色；歌唱的聲音白白淨淨，白淨的歌聲悠悠揚揚，悠揚呀歌聲，歌聲呀悠揚，悠揚的歌聲雪般融化，融化的歌聲悠悠揚揚。它穿透一切，也鄙視一切，它悠然升起，又從容落下，準備著再次升起。歌聲赤裸又堅毅，滿溢著熱血滔滔的脈動，歌唱者是一個女生。那兒，大禮堂裡，聽不到別人的聲音，那兒只有她的聲音。於是，——你聽到了嗎？——薩維爾悄聲問道，悄悄的聲音如癡如醉，並充滿讚嘆，——你聽到了嗎？還是我產生幻覺？是，是，是，薩維爾老師，我們聽到了，唱歌的是「風中玫瑰」，一個迷人的女孩，墳前的花朵，各所學校裡有缺陷的學生中的最佳女低音。並且今後，針對這問題：您在洗所間這裡做什麼？要是您答覆我們：我下課後在這裡休息，或者說：我烤烤我的腳底，——對您這個優秀的，但也是狡猾的教育家，我們再也不會相信了。因為我們現在已經豁然大悟。您就跟平常戀愛中的學生一樣，等待著排演結束，然後從大禮堂出來的缺陷兒與早產兒中，翩然走下的就是她——您約會的那女孩，約會在右邊側樓的黑暗樓梯間，那兒連一個完整的燈泡都沒有——漆黑一片，一片漆黑，還瀰漫著一股塵土的味道，在那兒二樓與三樓之間的平台上，堆放著體育課報廢的防護墊。這些防護墊都已破爛不堪，不時會從墊子裡灑出填充的鋸屑粉末，也在那兒，就是那兒，發生這麼回事：快來，快來，我多麼渴望妳那貞潔的肉體。低語中充滿讚嘆。還是要小心點，小心點才是，你可能會讓人聽到——隔牆有耳啊。或者更精確地說：你要提防丁柏根那寡婦。這愚人學校裡封閉得密不透風，並恪守沉默是金的智慧，但她還是夙夜匪懈地在每個樓層巡邏。從午夜開始，大樓裡你就只聽到丁柏根太太的腳步聲——咿—咿—咿，一、二、三，一、二、三。嘴裡唧唧哼哼、嘟嘟囔囔著巫婆的咒語，腳踏著華爾滋舞步或踢踏舞步，她移動在走廊之間，教室之間，樓梯之間，身體懸掛在樓梯間，化身為一隻嗡嗡叫的糞蠅，行進之間不時掉頭轉向，又像響板一樣，不停發出噼啪聲。只有她，丁柏根，還只有裴利洛辦公室裡有著鍍金鐘擺的時鐘，如此這般：一、二、三，——午夜裡的整所學校——就像孤獨的午夜鐘擺，把黑夜切成均均勻勻、幽幽寂寂的片段，五百片，五千片，再五十片，就按學生與教師人數切割：這給你，這給我，給你，給我。第二天早晨，在晨曦中——你就會領到。冷冽的早晨，瀰漫著潮濕的抹布與粉筆的味道，隨著布袋一起交出高腰套靴，以及號碼牌，再換穿便鞋——這時，你就會領到你被分割的片段。所以說，在防護墊那兒，還是小心點才是。

總之，薩維爾老師對我們說道，我聚精會神地聽到你說的話，都是實話，只有實話，沒有別的。你一定要打開我的眼睛，讓我看到真相，讓我恢復視覺，讓一切豁然開朗，請掀開我的眼簾吧。一個大大的，就像是羅馬軍團戰士的鼻子，還有一雙寧死不屈的緊閉的嘴唇。整個一張臉——粗枝大葉地被硬湊到一塊的一張臉，也或許是把玫瑰色紋理交錯的一塊白色大理石粗枝大葉地雕刻而成的一張臉，皺紋冷酷無情地交錯著的一張臉——是對人世與人類冷靜評價的後果。是一個羅馬戰士走在不屈不撓的軍團前列，邁著整齊的步伐前進時，所帶有的深沉眼神。盔甲，還有白色披風，周邊鑲著義大利紅色野狼的皮毛。頭盔上還掛著夜晚的露珠，身上各處的扣環不論是銅的，還是金的，都已模糊，但是各部隊營火熊熊燃燒在亞壁古道[47]的兩邊，鎧甲也好，頭盔也罷，還有人人身上的扣環，都被火光照得閃閃發亮。四周發生的一切——有如幻影，看似壯觀，卻也讓人害怕，因為它們沒有未來。親愛的

47 亞壁古道（The Appian Way），是羅馬帝國早期的戰略要道，連接羅馬與東南方的海港布林迪西（Brindisi），這條要道以當時羅馬監察官亞壁恩斯（Appins Claudis Caecus）的名字為名。

薩維爾老師，我們遵循您讓人難以忘懷的遺言，——這些遺言像似克拉阿斯的骨灰敲擊在我們心頭[48]，——我們真真實實地尋獲人類最崇高的一項財富，不論何時，不論何事，我們學會絕不說謊。我們說得明明白白，並不想要故作謙虛，因為您是我們的良心，您是我們少年時代的幸福，在此與您這樣的老師談話，虛情假意是非常不得體的事。但是，親愛的老師，在與人的溝通當中，不管我們採用哪些崇高的原則，這些原則無論如何也無法彌補我們糟糕透頂的記憶力，我們的記憶還是老樣子，具有選擇性。我們豈能為您掀開沉重的眼簾，讓您大放光明呀。我們也是幾乎想不起，您發生了什麼事情。要知道，打那時起，已經過了——或者將要過了——好多時日啦。確實是，薩維爾答道，過了不少時日，確實是不少，不少是確實，更精確說，好多時日啦。但是，無論如何，還是請你全力以赴，挖空心思，就算你的記憶是糟糕透頂，但它也是不可思議的。你就給老師幫個忙吧，你的老師現正煎熬在茫然無知當中。一滴露珠從水龍頭滴出，掉落在鏽跡斑斑、年紀上千的洗手台，為的是要穿過下水道一條條陰暗、黏滑的排水管，走過蓄水池與最現代化的優質壓縮式過濾設備，像似一塵不染的靈魂，巧無聲息地滑進勒忒河痛苦的深淵。它的河水永遠往後倒流，將會把你的小舟，以及化身為一朵白花的你，沖到一片白色的沙地淺灘；這滴露珠瞬間將會掛在你那像似曼陀鈴的船槳的葉面上，然後再度莊嚴隆重地滴進勒忒河——它將融化，消失得無影無蹤——並且一秒鐘過後，如果你正確理解這個詞的意義的話，它將永垂不朽地閃現在新近完工的羅馬渡槽的輸水管道之中。落葉時節，西元前某年、某月、某日。義大利的熱那亞，威尼斯的總督宮[49]。捲成筒狀的樺樹皮上的圖案。心愛的參議員暨羅馬軍團的勇士薩維爾，我們有急事向您報告，作為您心存感恩的學生，我們終於想起前前後後發生在您身上的事件的若干細節，這事讓您一直如此惶恐不安。我們覺得，絞盡腦汁之後，我們現在能夠想到究竟發生何事，並且可以動手為您掀開腫脹的眼簾。我們要趕快告訴您，裴利洛校長受到特拉荷琴柏格——丁柏根太太的惡意慫恿，任意妄為地將您解

48 「像似克拉阿斯的骨灰敲擊在我們心頭」(они стучат в наши сердца пеплом Клааса)，出自比利時以法文寫作的著名小說家夏爾·德·高斯特(Charles de Coster, 1827-1879)的作品《烏蘭斯匹格傳奇》(The Legend of Thyl Ulenspiegel, 1867)。此句話在本文中表「讓人永難忘懷」之意。

49 總督宮(Doges' Palace)，主要建造於西元一三〇九至一四二四年之間，屬歌德式建築，是威尼斯總督的住處，後來也曾作為當地政府與法院，如今是為博物館。

除職務。這不可能啊，薩維爾·諾爾維戈夫表示抗議，我真的沒幹那種事呀，這是為啥呢?所為何來?憑什麼如此做?我一點都想不起來，給我詳細說分明。激動難耐。

第五章

Глава пятая

遺囑

Завещание

事情發生於那個讓人迷醉的月分裡的一個日子，當夜晚初臨，在西邊天空的金牛星座可以看見土星，即將往天際掉落，然後，到了下半夜，可在摩羯星座發現明亮耀眼的木星，快到清晨之際，在寶瓶星座較左邊低處出現火星。不過，最重要的——在這個月分裡，我們學校的丁香園盛開著稠李，讓人眼花撩亂。這花園是我們好幾代的傻子親手建立的，為的是要讓所有那些滿街跑的聰明人眼紅。敬愛的薩維爾老師，請容我在此指出，我們是特教學校的囚徒，是裴利洛校長拖鞋制度的奴隸，我們被剝奪一般人類發聲的權利。因此之故，我們只能從腹部發出混沌、低沉的吼聲；此外，我們陷入規定僵硬的按表操課之中，有如可悲的蚊蟲掙扎在糾纏不清的蜘蛛網裡。我們以自己的方式，愚蠢地愛著它，我們這可恨的特教學校，還有它所有的花園、教師與寄物間。要是有人提議要讓我們轉學到正常的學校，也就是給正常人就讀的一般學校，他們同時表示，我們已經恢復正常，那麼——不要，不要，我們不要，不要把我們趕走！——我們一定會嚎啕大哭，並用髒兮兮的拖鞋布袋擦拭著臉上的淚水。沒錯，我們喜歡我們的學校，因為我們已經習慣它了，要是我們哪一天在每個年級都各待滿幾個所謂的年頭，要是我們哪一天要從學校畢業，離開這割痕累累的黑褐色桌椅，那我們會驚恐得不知所措。因為一旦離開它，我們將失去所有——所有我們曾經擁有的。我們將剩下自己，變得孤伶伶的，嚴酷的生活將把我們沖散到天南地北的各個角落，把我們分散到聰明的人群之中，他們追求權勢，追求女人，追求轎車，追求工程文憑，至於我們——這些不折不扣的傻子——不需要任何東西，我們要的只有一件事，就是：坐在課堂上，看著窗外被風兒吞噬的白雲，從來不把注意力放在老師的身上（薩維爾老師是唯一的例外），並等待著白花花的放學鈴聲[1]響起，這鈴聲好似抱在滿滿胸懷裡的稠李，在那讓人眼花撩亂的月分裡；趕在這時候，您啊，親愛的薩維爾老師，一個最高水平的地理學家，便

1 「白花花的放學鈴聲」（белый-белый звонок），是故事中人獨特的修辭。本句之後，作者用稠李比擬鈴聲即可推敲出文中何以用「白色」修飾「鈴聲」，因為稠李開花多為白色，而本段前文也提到，此時的校園稠李花盛開，因此下課鈴響後，故事中人便可徜徉在稠李花盛開的校園。

一溜煙地——如果不説是「迅雷不及掩耳」的話——闖進我們的教室，教授您人生的最後一門課。打著赤腳。天氣暖和和。暖風陣陣吹。那時大門呀的一聲打開——窗戶、窗框啪的跟著打開。竄進一陣暖風。一盆盆的天竺葵跌落地面，摔個四分五裂。一團團的黑泥中蠕動著閃閃發亮的蚯蚓。親愛的薩維爾，那時的您——兀自眉開眼笑。眉開眼笑的，站在門口。您不住地向著我們擠眉弄眼，並一一認識所有同學。大家好啊！薩維爾老師説道，在這五月間的一個溫暖的星期四，他身穿方格牛仔襯衫，袖子往上捲起，至於褲管也是外翻，頭上還帶著一頂有邊的夏帽，帽子已被火車查票員的打孔器打得千瘡百孔。大家好啊，你們這些小鬼頭，大家坐下，呵，管他們這些荒謬的繁文縟節做啥，因為現在是春天啊。對了，你們注意沒，當一個人沐浴在春天新鮮的呼吸裡，整個人上上下下都變得強壯許多，不是嗎？好了，我改天再跟你們談談這事吧。現在我們開始上課。伙計們，我們今天按照課表要談山系，關於柯迪勒拉山系、喜馬拉雅山系什麼的。不過，誰需要這些玩意兒，誰需要呀，我問你們，在這個大家所盼望的大地上，當飛車來來往往地奔馳，車輪壓過積水滿滿的水窪，激起水花四濺，水星紛紛往我們那些路上的女性友人的裙底噴飛，惹得她們癢酥酥的，也喜孜孜的，於是我們不禁也跟著她們樂呵呵的，一切頓時變得格外美好，似乎，只要再一些些——所有內心暗自竊想的一切都會美夢成真，結果，幾乎任何事都從未實現，但是沒有關係，真的沒有關係，因為最重要的是我們在一起，我們彼此友善，我們不時眼神交會，十指相扣，不是這樣嗎？您樂陶陶地，撩起帆布長褲，在地圖前面手舞足蹈，地圖上並列的南北兩個半球讓人聯想到一副沒有鏡框的藍色巨型眼鏡。某某同學，你就做個好事吧，請你列舉一些女生的名字，依我教你們的方式，按字母順序排列。於是，班上有人，——究竟是誰，我位置太遠，看不清楚，——站起身來，小小聲地，卻快速度地說道：阿格尼婭、阿格里蘋娜、瓦蓮京娜、瓦列里婭、瓦爾瓦菈、加林娜……沒錯，——您又說道，帶著一副深受感動的笑容，——列奧卡季婭、赫里斯京娜、尤莉婭，謝謝，請坐。我忠實的朋友們，我滿心歡喜地要向諸位表達我的敬意，特別是在今天這個春天的日子。春天與冬天大不同，冬天裡我的庭院是孤伶伶的，覆蓋在悲戚戚的冰雪裡，傳來你噹噹的鈴聲。[2]好個引人入勝的故事！一個夜

2 「我的庭院是孤伶伶的……傳來你噹噹的鈴聲」，引自普希金的詩歌《致I. I. 普辛》（К И. И. Пущину, 1826）。

裡我搭車路過奧斯特羅夫，便買了三瓶克利科香檳酒[3]，並於第二天黎明之前來到我所期望的目的地。四處黑漆漆，風颼颼地吹。不過，反而我們要將今日的激情獻給鋪著紅紅一片鬱金香的荒漠。某某同學，我注意到一件恐怖的事情：面對著開闊的天空的三面窗戶中，只有兩面是開著，所以請你打開第三面！謝謝！今天我要跟你們說一個故事，那是我從別墅區的勒忒河岸的一瓶克利科香檳酒裡發現的。我將這個故事名之為「荒漠中的木匠」。

伙計們，荒漠中住著一個木匠，他是自己那行業裡一等一的好手。需要的時候，他可以建造房子、小船、旋轉木馬、鞦韆，釘製運送箱或者別的箱子——只要有材料可以拿來作東西的話。不過，在這荒漠裡，套用木匠自己的話，空空如也：既沒有鐵釘，也沒有木板。**敬愛的羅馬軍團戰士薩維爾，我們有義務即刻告訴您以下事實：當您在教室裡進行例行性講課時，未能及時說出鐵釘與木板，於是霎時教室裡陷入一片陰暗，我們覺得，不曉得什麼東西的黑影**——鳥兒，**或者翼手龍，或者直升飛機**——**投落在講台上，取代了陽光。哪知隨即又消失得無影無蹤。**您似乎什麼也沒注意，繼續說道，——有些人會說：這不是真的，不會有這種地方，連一兩塊木板、十根鐵釘都找不到，要是四周好好找一下，到處可以收集到材料，蓋整整一間別墅加上一個陽台都不成問題，就像我們任何一個人，只要不灰心喪志，想好好作什麼有益的事情，只要相信我們會成功。我嘛，會忿忿答道：確實如此，木匠找到一塊木板，然後再找到另外一塊。此外，他口袋裡早就有一根鐵釘，這是木匠師傅拿來應付不時之需的，在木匠的生命裡什麼事不會發生，木匠需要鐵釘還怕少得了理由，譬如說，刻畫線條啦、作個鑽孔記號等。但是我得補充幾句：儘管木匠並未灰心喪志，想要好好做啥有益的事情，並且徹頭徹尾相信他一定會成功，除了兩塊十毫米的木板外，木匠師傅再也找不到啥東西了。靠兩條腿走也好，騎著自己那匹個頭不大的斑馬也罷，他踏遍整個荒漠，也摸索每一個沙丘，以及整整一個長滿貧瘠的梭梭[4]的窪地，甚至走過海岸，但是——真是見鬼！——這個荒漠硬是不提供他材

3 「我搭車路過……三瓶克利科香檳酒」引自詩人普希金的好友暨沙皇村中學的同學普辛(И.И.Пущин, 1798-1858)的作品《回憶普希金》(Воспоминания о Пушкине, 1858)。普辛曾因參與一八二五年「十月黨人事件」先被判處死刑，後改判終生苦役，於一八五六年獲釋。另外，引文中之克利科香檳酒(Verve Clicquot Ponsardin)乃法國高級香檳品牌，一七七二年創立於法國東北部的城市蘭斯(Reims)。

4 「梭梭」(saxaul)，又名「瑣瑣」或「鹽木」，是沙漠中特有的灌木植物，壽命可達上百年。

料。薩維爾老師，我們擔心，好像那黑影又回來了——才剛剛，一秒鐘之前。有一回，木匠找得精疲力竭，再加上陽光惡毒，便對自己說道：算了吧，你沒有什麼東西好拿來蓋房子、做旋轉木馬和箱子，不過你還有兩塊木板，以及一根上好的鐵釘——就算材料有限，也該做些啥，一個木匠師傅總不能閒閒沒事幹。話剛說完，木匠便把一塊木板交叉地放在另一塊之上，從口袋裡掏出鐵釘，再從工具箱裡取出鐵鎚，並拿起鐵鎚把鐵釘打進兩塊木板的交叉處，如此一來，兩根木板便密密實實地結合在一起，變成一個十字架。木匠扛著它來到一個最高沙丘的頂端，把它一端埋入土裡，垂直豎立在那兒，然後騎著自己那匹個頭不大的斑馬走開，再從遠處好好欣賞一番這十字架。這十字架幾乎從任何距離都可以看得一清二楚，於是木匠為此心中大樂，因此幻化做一隻鳥兒。**非常、非常讓人憂心呀，親愛的薩維爾，那黑影再度投落在您的講台上，投落又消失，投落又消失，融化得不見蹤跡，那是鳥兒的黑影，不過，可能是鳥，也可能不是。**那是一隻黑色的大鳥，有著一隻筆直的白色鳥喙，斷斷續續發出呱呱叫聲。敬愛的薩維爾，或許是——「夜鷹」？是「夜鷹」的啼叫，是「夜鷹」的啼叫，要把「夜鷹」好好保護在牠的棲息地，在蘆葦裡，在樹籬邊，處處是狩獵人與盜獵者、野草與牧羊人、護路工人與扳道工，特拉—達—達，特拉—達—達，咿—咿—咿—咿。鳥兒振翅而飛，然後落在十字架的橫桿上，觀察著沙土的流動。這時來了一些人。他們向鳥兒問道：你停留在上面的這個東西叫啥來著？木匠答道：這叫十字架。那些人又說道：我們這兒有一個人，我們要把他處決，我們可不可以把他釘在你的十字架上，我們會付你不少代價的。他們並拿出一些黑麥穀子給鳥兒看。心愛的參議員暨羅馬軍團戰士薩維爾，您瞧瞧，看在大家的分上，您往窗外瞧瞧，我們覺得，在那邊，在消防梯的橫樑上，有什麼人坐在那邊，或許是「夜鷹」，或許是牠把黑影投落在您的講台？於是，他們給鳥兒看看黑麥穀子。好吧，木匠說道，我同意，我很高興你們喜歡上我的十字架。那些人走了，一段時間之後又回來，身後用繩子押著一個人犯，瘦瘦的，一臉大鬍子，外表像個叫化子。啊，老師呀，您沒聽到我們沉寂、憂慮的聲音，唉呀！再說一次：好好心懷恐懼地回頭看看吧！那兒，窗外，消防梯上面。那些人爬上沙丘頂端，從人犯身上將那破爛衣服一把扒了下來，並問黑色鳥兒，是否帶有鐵釘和鐵鎚。木匠答道：我有鐵鎚，可是釘子一根也沒有。我們會給你一些釘子，他們說道。沒多久他們又回來了，帶著很多鐵釘——又大又亮。現在你該幫我們的忙了，那些人說道，我們會抓住這個人，你就把他的手腳釘在十字架上，這有三根鐵釘給你。注意，薩維爾船長，船右舷——黑影，您就下令所有武器砲火齊射吧，您的望眼鏡蒙上一層水汽，

尤娜路姆[5]就在跟前。木匠回答：我想，這個人一定會很悲慘，他會痛苦難挨。管他怎樣，那些人駁斥，他是罪有應得，而你應該幫我們的忙，我們已經支付代價給你，而且我們還會再給。於是，他們又拿出一把小麥穀子給鳥兒看。你糟啦，薩維爾！這時，木匠決定要詐。他對這群外來人說道：難道你們看不出來嗎，我是一隻普普通通的黑色鳥兒，我哪會釘鐵釘？別裝蒜啦，我們知道得清清楚楚，你是何許人也。你啊，就是木匠，而木匠就應該釘釘子，這是你的使命。不錯，木匠這時答道，我化身為鳥兒不會很久，很快又會變回木匠。不過，我是一個木匠師傅，不是劊子手。如果你們要處決人犯，自己動手把他釘上十字架，我來做並不合適。愚蠢的木匠，那些人大笑說道，我們知道，在荒漠這種鬼地方，你身上不剩一塊木板、一根鐵釘，所以你沒辦法幹活，你為此苦惱不已。過不了多久——你會因為閒閒無事可幹，落寞而死。要是你同意幫助我們把人犯釘上十字架，我們會用一隊駱駝給你運來精挑細選過的上好的建築木材，到時你就可以給自己建造一棟附陽台的房子，就跟我們這兒每個人一樣，另外，還有鞦韆、小舟——你要什麼都行。同意吧，你不會後悔的。您會非常後悔的，老師，要是您不聆聽我們無聲的建言——瞧瞧窗外吧，瞧瞧吧！鳥兒琢磨許久，然後從十字架上飛了下來，又變成木匠。把鐵釘和鐵鎚給我，木匠同意地說道，我幫你們的忙。

於是其他那些人壓住這可憐人犯的手腳，木匠很快便把這在劫難逃的人犯的手腳釘到十字架上。翌日，那些人給木匠運來他們所承諾的東西，於是，木匠忙著幹了好多的活，滿心歡喜，對身旁那些黑色大鳥瞧都不瞧一眼，隻隻鳥兒都是在清晨藍色的曙光中飛來，一整天都在啄食著釘在十字架上人犯的身體，直到夜晚才飛走。有一次，釘在十字架上的人犯呼叫著木匠。木匠走上沙丘，問那人有啥事。那人說道：我死期已近，因此想要跟你談談我自己的事。你是何許人？——木匠問道。我住在一個荒漠，曾經是個木匠，受刑人非常吃力地說道，我曾經有過一匹個頭不大的斑馬，但手頭上幾乎連木板與鐵釘都沒有。來了一幫人，他們答應給我任何我要的材料，只要我願意幫他們把一個木匠釘上十字架。我先是拒絕，後來卻同意了，因為他們願意給我一把小麥穀子。幹嘛給你穀子，——站在沙丘上的木匠問道，——難道你也會變成鳥兒？為什麼您不瞧瞧窗外呢，老師啊，為什麼呀？你幹嘛問「你也

5 「尤娜路姆」(Ulalume)，源自美國著名短篇小說家暨詩人愛倫坡(Edgar Allan Poe, 1809-1849)的詩歌《尤娜路姆》(Ulalume, 1847)。這首詩歌是作者為哀悼亡妻所作。詩中，作者表達深重的孤獨感，並哀悼自我的喪失。尤娜路姆則是杜撰之名，是詩中主角已故愛人的名字。

會」，——受刑人答道，——唉，真是愚蠢，難道直到今天你還不明白，我們兩人之間沒有任何差別呀，你和我——這是同一個人啊，難道你還不明白，在你發揮木匠最高手藝所創造出來的十字架上，被釘上去的人就是你自己，而且你被釘上十字架的時候，動手釘鐵釘的還是你自己呀。自己跟自己說完話，木匠便溘然長逝。

終於，您哪，我們善良的老師，終於，您哪，聽到了我們發出有關災禍來臨的訊號，終於，您——四下探望。不過，太遲了，老師；從哪一分、哪一秒開始，——既沒鐵釘，又沒木板的時候——便一直讓我們心驚膽跳的那個黑影，已經沒停留在消防梯的橫樑上，也沒投落在講台上，——其實，這不是黑影，也不是夜鷹，更不是夜鷹的黑影。這是——教務主任丁柏根太太，她就懸掛在往天空敞開的窗戶的另一邊。她身穿一件破爛衣服，是用便宜價格向車站旁的吉普賽女人買的，頭戴一頂老太太專用的針織包髮帽，帽子下露出一綹綹的戈耳戈[6]的蛇髮，閃動著白金般的斑白。她懸掛在窗戶的另一邊，好似晾在繩子上，不過，實際上——她懸掛在那兒，並未藉助外力與外物，而是發揮巫婆的本領而已，如此懸掛著，好似一幅全身肖像——完完整整的裱在窗框裡，完完整整的掛在窗口上，如此懸掛著，因為她就喜歡吊在半空中地懸掛著。不用來到教室，甚至不必踩到窗台，她便對您這位獨樹一格的薩維爾老師大肆咆哮，既顯得失態，又不合學校規矩，對於焦慮得楞在那兒、好似白堊的我們，絲毫不予理會。她露出兩排污濁的金屬牙齒，大聲咆哮：造反！簡直是造反！然後便消失。薩維爾老師，您在哭泣嗎？您手中拿著一塊板擦、一隻粉筆，您就站在那兒，在英文稱為blackboard的前面。有人偷聽到我們談話，有人偷聽到了，現在他們要把您解聘，要您自動請辭，但是，究竟根據什麼呀？我們要寫請願書！天啊，——這時，薩維爾老師，您說話了，——難道你們以為，我害怕丟掉工作嗎？我活得下去，我馬馬虎虎也能活下去，雖然我來路無多。可是，要離開你們這些工程與文學努力掙扎的宏偉時代的女孩與男孩們，離開未來的你們與過去的你們，離開「那些過來人」與「那些將過去之人」，他們帶走了裁判而不被裁判的偉大權利，我感到錐心刺骨之痛啊。親愛的老師，要是您以為，我們這次是為裁判而來，並且我們什麼時候會把您消失在走廊、後又消失在樓梯間的腳步忘懷，那您就

6 戈耳戈（英文：Gorgon，俄文：Горгона），希臘神話中的蛇髮女怪，她能讓與她目光相遇的人化為石頭。

錯了，——我們是永不忘懷的。雖然幾乎是悄無聲息，但您那光禿禿的腳丫子已烙印在我們腦海，並根深蒂固地永永遠遠保存在那兒，就像您參加隆重的儒略曆[7]遊行儀式，走過經太陽照射而融化的柏油路，在路面上留下您的腳印。想起這段歷史，我便滿腹辛酸，閣下，我想在你們家花園裡，跟你一起靜默半晌。可以的話，我要坐到那張藤椅上，才不會無緣無故踐踏草皮，等一下，我很快會繼續我們的談話。當我回來的時候。

走到橋上時，把你的手掌放在欄杆上：欄杆好冷，好滑。一顆顆的星星——飛翔在空中。啊，星星呀。電車——瑟縮在寒風中，看起來昏昏黃黃的，不似在人間。電汽列車奔馳在橋下，將會要求貨運列車讓道，因為它走起來慢吞吞的。就沿著樓梯而下，走到月台吧，買一張票到哪個車站，那兒會有小吃店、冷冷的木板長凳，以及白雪。小吃店裡，好幾張桌子邊——幾個醉漢一杯一杯喝下肚，也互相吟誦著詩歌。這將會是一個颼颼寒風吹颳、陣陣疾病侵襲的冬季，而在十二月天的一個下午，車站裡竟然還會有小吃店。而且裡面還將會傳來歌聲——狂野而沙啞。**喝口茶吧，閣下，——茶要冷掉了**。談談天氣吧。準確說，談談暮色。趁著你還年少，多體會寒冬暮色吧。此時暮色降臨。日子難熬啊，離開窗前一下也不行。關於明日功課，大家所知道的科目中一科也沒做完。簡直是個童話故事。院子裡，暮色籠罩，雪是灰燼般的深藍顏色，或是鴿子翅膀的顏色。功課還沒做完。心臟是夢幻般的虛空，腹腔神經叢也是夢幻般的虛空。承載著整整一個人的憂愁。你還小。不過，你明白，你都已明白。媽媽說道：這一切都會成為過去。童年會成為過去，就像橘紅色電車發出叮噹響聲，越過大橋，四下噴灑出幾乎不存在的點點火花。領帶、手錶、公事包。跟父親的一樣。但是，將會有個女孩，沉睡在河邊的沙灘上——一個單純的女孩，有一對單純的睫毛，穿著潔淨貼身的游泳褲裙。很漂亮。幾乎算漂亮。幾乎算不上漂亮，她夢想著野外的鮮花。身穿無袖上衣。在發燙的沙灘上。時候一到，就會冷卻。當暮色降臨的時候。偶爾將會駛過一艘汽船：汽笛聲嗚嗚，睫毛會因此振動一下——女孩將甦醒。不過，你還不確定——是她嗎？一片滾燙，就讓舒人心懷的浪花留予暮色的懷抱吧。不過，還未到暮色低垂的時候。紫羅蘭色浪花

7 儒略曆（юлианский календарь），或譯為尤立安曆，是俄國的舊曆，也是沙俄時代所採用的曆法，然時至今日，與東正教相關的慶典與節日仍按舊曆舉行。自二十世紀開始，儒略曆比西曆晚十三天。

滾滾而來。岸邊水深，有泉水。俯身而下便可暢飲這泉水。心愛而溫柔的人兒的雙唇。嗚嗚汽笛，嘩啦水花，閃閃亮光——漸漸消逝。在河對岸，有人一邊與朋友聊天，一邊升著篝火，想要燒一壺熱茶。嘻嘻哈哈。又傳來喀嚓、喀嚓火柴劃動的聲音。你是何許人，我不知道。松林樹梢上，樹冠裡，棲息著成群結隊的蚊子。正是七月中旬。稍後，牠們就會飛下到水面。瀰漫一股青草味。暖和和的。這是幸福，但你不懂。目前還不懂。長腳秧雞。夜色降臨又溜逝，推動著天空磨坊[8]之磨石的轉動。這條河流稱呼什麼？河流總有稱呼。夜晚也有稱呼。何事何物將會入夢來？將一無所夢。長腳秧雞與夜鷹將會入夢來。但還不知道。幾乎算不上漂亮。卻也無以倫比，因為是第一個。濕濕、鹹鹹的臉蛋，夜色中看不透的靜謐。親愛的，從遠處很難把妳看分明。是呀，你會認出，你會認出。歲月的歌曲，生命的旋律。所有其他的——不是說你，所有其他的人形同陌路。那你自己究竟是何人？你不知道。之後你就會知道，當你把顆顆記憶之珠穿成一串串的時候。當你是由記憶之珠組合而成的時候。當你全身由上到下——都成為記憶的時候。那是最珍貴、最惡毒，也是最永恆的。終其一生都想把那苦痛從腹腔神經叢中刨除。但是，柳樹枝條縱橫交錯，還有那女孩，約莫於一去不復返的那年的七月十五日沉睡在發燙的沙灘上，還有那女孩呀。請別拂動樹葉，請別沙沙作響。**孤伶伶地，流落在荒野，像一座教堂，我佇立在風中。妳翩翩而來，說道，這兒棲息黃金鳥。**早晨。露珠逐漸消失在腳下。爆竹柳樹。抬向河邊的水桶發出聲響，從河邊抬回的水桶卻靜默無聲。銀光閃閃的露珠如塵土。白天降臨，重獲自己的臉孔。一個有血有肉的白天。人們喜歡白天超過黑夜。笑笑，盡量不要動，要照相啦。這是唯一留下的東西，當一切都成為過去之後。不過，目前還不知道。然後，一連就過了好多年——這是人生。這該叫什麼呢？這就叫「人生」。暖洋洋的人行道。或者相反——積雪覆蓋的人行道。這就叫「城市」。妳翩然走出大門，足蹬高跟鞋，發出咯咯聲。苗條，宛如早晨的清新，灑著香水，戴著巴黎的帽子像頭頂著光環。咯咯聲。孩兒與鳥兒唱起歌來。大概有七個。星期六。我看見妳。妳，我看見。咯咯聲傳遍整個大院，傳遍整個林蔭道，那兒丁香花未開。但遲早會開。媽媽如此說。

---

8 「天空磨坊」（мельница небесная）即指天空。作者將天空比喻為磨坊，因為冬季時，天空灑下白雪，就像磨坊灑下麵粉。另參見詩人科韋茨卡雅（Ольга Ковецкая）的詩歌《天空給我們麵粉，我們給天空瞭望塔……》（Небеса нам муку, а мы им каланчи...）：「天空的磨坊給一條條小徑撲上麵粉……」（Небесная мельница мукой заметает дороженьки...）。

沒有其他了。就是這些。雖然還有別的。但現在——你知道。可以寫寫信。或者就是放聲吶喊，因為夢想把你逼瘋。不過，這也會成為過去的。不，媽媽，不，這會永難忘懷。穿著高跟鞋的。是她嗎？是她。她？她。她？她。「特拉—達—達」：子彈穿身而過。整個城市瀰漫在香水中。你全身燃燒，說這已嫌太遲。但可以寫信。每次都在信末寫上——**多多見諒**。心愛的，要是我因為苦痛、瘋狂與憂愁而溘然長逝，要是我在命定的大限之期以前沒把妳看個夠，要是我對艾蒿遍野的碧綠山丘上的那些古老磨坊沒能盡情欣賞，要是我沒能從妳那永恆的雙手好好暢飲晶瑩剔透的清水，要是我沒來得及走到盡頭，要是我沒能說出一切想要說的，關於妳的與關於我自己的，要是哪天我悄然而逝，未能與妳道別——多多見諒。我特別想說的——在漫長的別離之前——當然，妳早已心知肚明，或者只是心中揣測而已。這所有的一切我們都在揣測。我想要說，我們曾經相識在這世上，妳，或許，還記得。就因為這條河如是稱呼。於是我再度來到這兒，我們回來為的是要再相逢。我們就是「那些過來人」。現在你知道吧。她叫做維塔。正是她。

小伙子，您怎麼了？您睡著了嗎？啊，什麼？不是啦，怎會呢，我只是稍微陷入沉思，不過，現在已經回神了，不用擔心，札烏澤大夫把這稱為解離在環境裡，這是常有的事。一個人會溶解，就像他被放進裝滿硫酸的浴缸裡。我有一個朋友——跟我在同一班讀書的——宣稱，他從什麼地方弄到整整一桶的硫酸。不過，或許他是說謊，誰知道。總之，他準備把父母溶解在桶子裡。不，不是所有人的父母，而只有自己的父母。我覺得，他不喜歡自己父母。怎樣，閣下，我認為，他們正在採收當年他們自己播種的果實，因此輪不到我和您來論斷誰是誰非。沒錯，小伙子，沒錯，輪不到我和您。搖搖頭，嘖嘖地彈動舌頭，扣上實驗工作服的鈕釦，隨即又把它們解開。略微地拱肩縮背，還是一副木然與淡然。還是回到我們這些蠢蛋吧，閣下。同樣是那個美好的月分的一天，特教學校裡傳言，薩維爾老師您竟像是「按照梭魚的命令」[9]一樣，遭到解聘。那時我們都坐下來寫陳請書。陳請書的文體簡潔、嚴謹，內容如下：**致裴利洛校長。陳請書。有關地理教師帕維爾·諾爾維戈**

9 「按照梭魚的命令」，俄語成語，表示「像神話一樣」、「像奇蹟一般」。它源自俄國童話故事《傻子葉梅利亞》(Емелия дурак)，故事中主人翁只要喊出「按照梭魚的命令，並按照我的請求」(по щучьему велению, а по моему прошению)，所有願望都能馬上實現。本小說裡，故事中人採用此一成語，有暗諷校長與教務住任等神通廣大之意。

夫自動請辭一事，其實並無此事，我們要求即刻將本案始作俑者驅離本校。並署名：**學生某某某與學生某某某敬上。**於是我們兩人出馬，把全世界的門又敲又打得砰砰響。我們忿忿而來，卻見裴利洛癱坐在沙發上，一臉頹然、陰沉，儘管他還屬於中年的早晨，不是身心俱疲的，該是生氣勃勃、充滿希望、充滿對未來的**浮游生物**[10]的早晨。裴利洛的辦公室裡，時鐘帶著鍍金的鐘擺，把並不存在的時間很均勻地切成許多碎片。嗯，怎樣，寫好了？——校長說道。你和我——我們開始在口袋裡東摸西摸，找尋陳請書，找了一陣子，什麼也沒找到，然後你——正是你，不是我——從懷裡什麼地方掏出一團皺巴巴的紙張，一把放到校長面前的玻璃上。但這不是陳請書——我一眼就發現，這不是陳請書，陳請書我們是用另一種紙張寫的，用一張漂亮的印花紙，上面有浮水印，還有幾個特別的印花，我們用的是陳請書專用紙張。校長桌上的玻璃照應著：保險櫃、帶著方格柵欄的窗戶、窗外亂蓬蓬的樹葉、人車奔忙的街道、天空。而現在擺在玻璃上的那張紙只是——斜線筆記本的普通紙張；而你寫在紙張上的內容——要知道寫的人就是你，——並非陳請書，而是針對喪失校長信任所作之表白書，這份表白書嘛，我早已忘了一百年啦，要不是你，我絕不會寫這種東西的。也就是，我要鄭重強調，那是你寫的，我與它沒有任何關係。唉呀，我們糟啦，薩維爾，我們被第三者出賣了，所有的東西都不見了。陳請書不見蹤影，重新寫一份我們沒有這能耐，我們都已經忘得一乾二淨啦。我們只記得校長裴利洛這時候的那張臉——讀完自白書後，他的臉變得不太一樣。當然，他的臉陰沉如故，因為不能不陰沉，只不過變得更陰沉了。多了一層色調。一層陰影。或者這麼說吧：校長臉上似乎吹過一陣輕風。風什麼也沒帶走，卻添增新的。一種特別的灰塵。想必我們錯不了，要是這樣說的話：裴利洛的一張臉變得陰沉而特別。說得對極，現在這是一張特別的臉。不過，裴利洛讀到什麼，薩維爾好奇問道，你們幹了啥好事，我的朋友？我不知道，請您問他，這是他寫的，另外那一個。我現在就說吧。內容是這樣的。正如您那謙卑的記者已經告知義大利畫家李奧納多的，我漂浮在一葉扁舟上，拋下手中的船槳。岸上有隻布穀鳥不時在計算著我的歲月。我自己問自己幾個問題，並已準備作答，但卻答不上來。我大為吃驚，那知隨後又有什麼事發生在我身上——在心田裡與腦海裡。好似有人把我轉換頻道一樣。於是這時候，我感覺我消失了，不

10 此處故事中人發生口誤，把俄語的「計畫」（…планов…）說成語音相似的「浮游生物」（планктонов）。

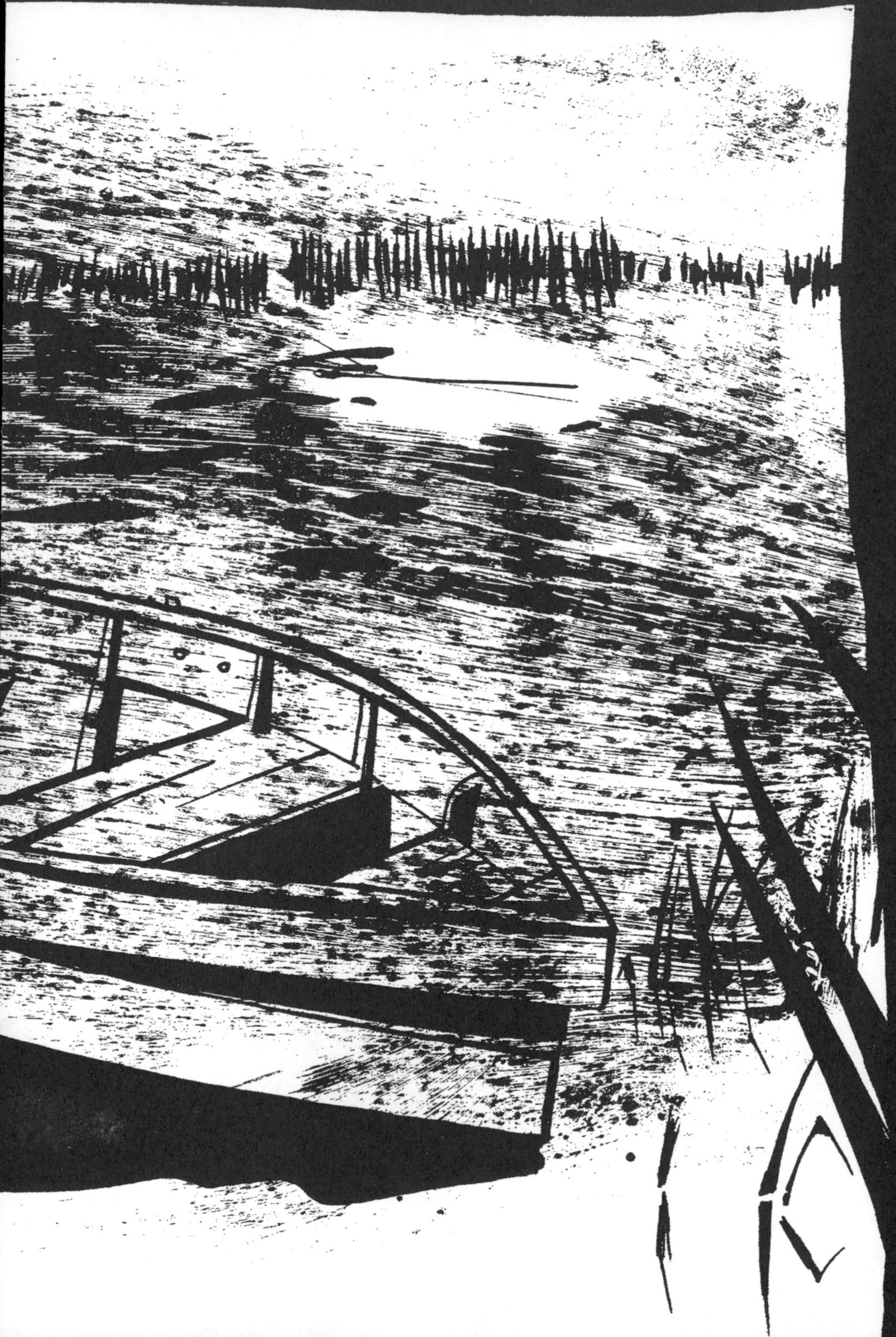

過剛開始的時候，我決定不予以採信。不願採信。並告訴自己：這不是真的，這好像是你有點累，今天實在太熱了。拿起船槳，划船回家吧，到錫拉庫薩[11]去清點塔夫里亞[12]的船隻。於是便伸手想拿船槳。豈知沒拿成。我看到船槳把手，但手掌對它們卻沒有感覺。船槳的木頭竟然穿透我的手指而過，像沙子，像空氣，也像不存在的時間。或者相反：曾經屬於我的手掌流過船槳的木頭，像水一樣。小舟被沖到岸邊一處荒涼的地方。我在沙灘上走了幾步，回頭一看：沙灘上並未留下任何像是我足跡的東西，而小舟上還擺著一束河上的白色百合，羅馬人管它叫白睡蓮，也就是白色百合。這時我才恍然大悟，原來我已化身為它，從今而後我不屬於自己，不屬於學校，不屬於裘利洛校長您個人——不屬於世上任何人。從今而後我屬於別墅區的勒忒河，那條按自身意志逆流而上的河流。所以——萬歲，「風之使者」！至於那兩個裝脫鞋的袋子，就問我媽媽吧，她什麼都知道。她會說：這也會過去的。她知道。

媽媽，媽媽，救救我，我就坐在這兒，在裘利洛的辦公室裡，他正打電話到「那兒」，找札烏澤大夫。來這兒，我答應執行妳所有交代的事情，我保證到家裡門口處會先把鞋子擦乾淨，我也會洗碗盤，千萬別把我送走。我寧願再到音樂大師那兒上課。滿心歡喜地。妳知道的，在短短幾秒鐘時間裡，我把很多事情再前思後想，才體悟到，我本質上特別喜愛所有音樂，尤其是四分之三音階手風琴。咿—咿—咿，一、二、三，一、二、三，再來，一，再來，二，再來，三。演奏一曲威尼斯船謠。我們再到祖母那兒，跟她談談，然後從那兒——直奔音樂大師那兒，他就住在附近，妳記得的。而且我還向妳保證，再也不會對你們偷窺。相信我，我完全不在乎，在塔樓的二樓那裡，妳跟他辦了什麼事。你們就辦事吧，而我嘛——我要把匈牙利恰爾達什舞曲好好練會。當妳從吱吱呀呀的小樓梯下來的時候，我會演奏給你們聽。六音階的[13]或者甚至全音階的。所以，拜託妳，不用擔心。這干我何事！我們早都是成年人啦，我們三人——妳，大師，還有我。難道我還會不

11 錫拉庫薩（Syracuse），古希臘城邦，位於今天義大利境內。

12 塔夫里亞（Tauris 或Tabriz），克里米亞南部之古名。

13 作者在此有暗示之意：故事主人翁的媽媽與音樂教師有染，在大人「辦完事」之後，孩子提議要為他們演奏「六音階的」（сексты）。「六音階」（секста）的俄語近似「性」（секс）一詞。以此暗示主人翁為之內心感到困擾。

理解。難道我還會多嘴多舌嗎？絕不會，媽媽，絕不會。妳回想看看，我是否曾經有過，哪怕是一次——向父親告狀？沒有。就辦你們的事吧，辦事吧，我會去彈奏我的恰爾達什舞曲。想像一下，哪天我們再去。星期日，早晨，爸爸在浴室刮鬍子，我在擦拭皮鞋，而妳在為我們做早餐。荷包蛋、油餅、咖啡加牛奶。爸爸心情非常愉快，昨天他出庭起訴一件嚴峻的案件，他說，他人都要累癱了，還好最後每一個都受到罪有應得的懲罰。這也是為什麼他一邊刮鬍子，一邊哼著他喜愛的那不勒斯小曲：**停靠在那不勒斯港口，船舷破了個窟窿，賈涅塔在修理索具，等待出海遠航之前，岸邊已經派來所有船員**。嗯，怎樣，要去辦事嗎？早餐後，父親問道，儘管他比我們清楚知道答案，是的，我們要出去，是的，辦事去。是的，爸爸，去上音樂課。他現在過得如何，你們這位獨眼龍？我好久沒見到他了，是不是跟以前一樣還在彈彈奏奏的，寫一些亂七八糟的歌曲？那還用說，爸爸，他還能幹什麼，他一個殘障人士，空閒時間多得是。我們很知道這些殘障人士，爸爸嘲弄地笑道，這些殘障人士最好嘛——去給駁船裝裝貨物，不要只會把小提琴拉得吱吱嘎嘎響；按我的心意啊，他們最好到我這兒吱吱嘎嘎地拉拉看，都是一些冒牌的莫札特。我要說一句，——媽媽，妳這時說道，——他不是演奏小提琴，他的主要樂器是喇叭。都一樣，爸爸說道，按我的心意，我會讓他去該去的地方吹奏喇叭。他最好呀，——父親又說，一邊用一小片麵包沾食著荷包蛋的屑碎，——他最好呀，多洗洗自己的襪子。這跟襪子有什麼關係，——媽媽，妳這時反嗆，——我們現在談的是音樂；當然，每個人都有自己的弱點，他光棍一個，孤伶伶的，什麼事都得自己來。這就是了，這就是了，爸爸說道，妳還可以去幫他洗襪子，要是妳覺得他可憐的話；妳想想——哪兒找來這種天才，連洗個襪子都不會！終於，我們要出門了。嘿，走吧，——爸爸把我們送到門口，站在門檻上，說道，——走吧。他身穿自己唯一的、也是心愛的睡衣，一疊的報紙夾在腋下。他因剛刮過鬍子，一張大臉——幾乎沒有縐紋——閃閃發亮，容光煥發。我要看看報紙，他說道。小心你的手風琴，別把琴匣刮傷。電汽列車裡擠滿了人——每個人都要到什麼地方去，到別墅區的什麼地方。完全沒有位置可以坐人，可是一當我們上了車，眾人看了看我們，便彼此說道：請讓路給這位媽媽和小男生，別擋他們的路，請讓這位媽媽和這位拿著手風琴的小男生坐下吧，讓座吧，請讓他們坐吧，他們身上帶著手風琴哪。我們坐定，便瞧著窗外。要是我們去辦事那天，剛好碰到冬天，那我們就會在窗外看到套在雪撬上的馬兒，會看到白雪，還有雪上各式各樣的痕跡。要是發生在秋天，那窗外又是另一番景象：馬兒被套在四輪大車上，或者自由自在地閒蕩在黃褐色的草地上。媽媽，「括約肌」[14]就要進車廂來了。你怎麼知道，通常他不一定來呀。妳瞧，他這就來了。「括約肌」走了進來，說道，查票啊。媽媽打開手提包，東翻西翻找車票，但久久都找不到。緊張之下，她就把手提包裡所有那些零零碎碎的東西一把倒在自己膝蓋上，於是整車廂的乘客眼睜睜地看著她的一舉一動。她的東西讓整車的人一覽無遺：兩三條手帕、一瓶香水、一支口紅、一本小記事本、紀念好久以前什麼事情的一朵乾燥矢車菊、一個眼鏡盒或者媽媽所謂的「目鏡」盒、一串家裡鑰匙、一個針墊、一捲針線、一盒火柴、一個香粉匣，還有一把祖母墓園的鑰匙。終於，媽媽找到了車票，便遞給走上前來的「括約肌」，他長得胖胖的，身穿一套特別的黑色大衣。他懶洋洋地轉動手中的車票，閉著一隻眼睛，對著光線察看車票，然後用剪票鉗在車票上打個洞，那隻剪票鉗讓人想到：糖夾、理髮剪、握力計、小的老虎鉗、拔牙的鉗子、「小金龜」手電筒[15]。這胖子看到手風琴，懶洋洋地跟我眨眨眼睛，問道：威尼斯船謠？會呀，我說道，梭魚[16]，四分之三音階。我們去辦事，媽媽緊張兮兮地補充說明。整車的人都在聆聽，從上漆的黃色座椅上欠了欠身，努力地一個字也不漏掉。老師已在等我們了，媽媽又說，我們有點遲到，趕不上十點的課，不過我們會補課的下車站的時候我們會走得比平常稍微快一點啦我兒子的老師很有才華他是作曲家確實他不是很健康你們也知道那是在前線打戰但是非常有才華還有他孤家寡人的一個人住在一間有塔樓的老屋子裡呢你們都理解他那兒不是很舒適而且常常很凌亂但是這又有什麼打緊呀如果事關兒子的命運的話你們知道嗎有些老師建議我們讓兒子接受音樂教育哪怕是基礎的也好他的音感不錯於是我們給他找到一個老師我們有一個朋友他向我們推薦因此我們很感謝他呢他們一起在前線作戰也就是我的朋友和這位老師呀他們交往好多年啦對了要是您有兒子而且他的音感不錯如果您要的話我可以給您地址那是一個老實人而且是個優秀的音樂家是自己那一個領域裡的大行家呢對他只能佩服得五體投地他收費不貴要是您方便的話還可以跟他說好他可以到府上教課呢他不會有困難的更何況這樣對您也比較便宜讓我記下您的地址吧。不用了，「括月肌」懶洋洋地說道，算了吧，什麼音樂的，誰知光彈會

14 「括約肌」，主人翁的口誤，他原來要說的是「列車查票員」。

15 「小金龜」手電筒（фонарик-жучок），蘇聯時代一種舊式手電筒，體積小，適合放在口袋中隨身攜帶。

16 故事中人發生口誤，將「威尼斯船謠」（Баркаролла）說成語音相近的「梭魚」（Барракуда）。

一首威尼斯船謠就要花多少。不用不用媽媽答道要知道手風琴可以在委託行買到那兒一點都不貴呢豈能只想錢如果事關兒子的命運的話畢竟還可以借錢呢我來跟您太太談談吧我們都是女人總是比較好互相理解哪我跟我丈夫可以借錢給您呢就算不是全部嘛部分也可以您可以慢慢還嘛我們信得過您有何不可呢。不用了，「括約肌」答道，我很樂意向您借錢，可是我沒功夫去玩這什麼音樂的，光是請個老師就不曉得要花多少錢，還有，更何況，我一個兒子也沒有，既沒兒子，也沒女兒，所以嘛，抱歉，也多謝了。懶洋洋的。「括約肌」走了開，車廂裡各就各位，拿出自己的車票。當我們走出火車，下了月台，我頻頻回頭：我看到，整車的人都在目送著我們離去。我們走在路上，列車正加速離去，我們映照在列車的眼睛與玻璃上：媽媽中等身材，身穿春秋兩用的褐色上衣，衣領是用瘦弱的草原狐狸皮製成，媽媽頭戴一頂鑲有金屬片、看似堅挺的帽子，卻不知用什麼材質做成，另外，她足蹬高腰套靴；至於我，瘦高身材，身穿縫著六個鈕釦的暗色風衣，是用父親的檢察官大衣改製而成，我還頭戴像波爾多紅酒顏色的、討人厭的棒球帽，腳踏橡皮半鉚釘套鞋。我們離開火車站漸行漸遠，融化在郊區景物、聲音與顏色的世界，每走一步，我們便愈滲入塵土、樹皮的世界，幻化成視覺的假象，幻化成虛構的人物，成為兒童的娛樂，成為光與影的遊戲。我們折射在鳥唱與人聲之中，我們獲致虛無世界的永生不朽。音樂大師的屋子座落在聚落的邊緣，看起來像似一艘用積木與火柴盒組合而成的船隻。你可以從遠處看到音樂大師：他站立在鑲著玻璃的陽台中間，在樂譜架的前面，拿著不太大的長笛練習吹奏，這長笛要是在別的時候看似一隻單筒望遠鏡；另外，他臉上戴一幅黑色眼罩，好像海盜船長。花園裡到處是被東北寒風淩虐得東倒西歪的黑色樹木，湖上則飄盪著精雕細琢的動人旋律，在週日天空的寒冷、淩厲的光影中，無精打采地漂浮著幾葉扁舟。日安，大師啊，我們這就到了，我又來上課啦。我們想念您的音樂，想念您的人，也想念您的花園哪。陽台大門打了開來，船長不慌不忙地朝我們迎面走來。媽媽，哇，瞧妳那張臉的！難不成湖上的來風就可以讓妳那張臉發生如此的變化？來啦，這就來啦。媽媽，我跟不上妳呀。馬上。馬上我們就要踏上他家門檻，沉沒在他家奇怪的建築裡，滲入走廊、樓梯、樓層裡。我們這就進門了。一。二。三。

請見諒，閣下，我好像脫離我們談話主題太遠了。我要說的是，薩維爾老師還是老樣子，坐在窗台，背對窗戶。他光禿禿的腳丫子就架在暖氣的散熱器上，於是老師微微一笑，對我們說道：是的，我清楚記得，裴利洛有意「按照梭魚的命令」把我解聘。不過，他經過思考之後，給我兩週的試用期；於是，我為了不被解雇，決定表現出自己最好的一面。我決定努力再努力。我決定到校不遲到，決定購買並穿著涼鞋，我發誓上課嚴格按照課程計畫。我犧牲別墅夏天的一半時光，只是為了要留在你們身邊，我的朋友。不過，之後發生的事情就如同我一直要跟你們刨根問到底的一樣。我啥都記不得了——理解嗎？我記不得，試用期間，好像是在一開始，究竟發生了啥事。唯一我知道的就是發生於例行性考試前夕的事情。某某同學，請你行行好，幫幫忙。我的記憶一天天的衰退，一天天的失去光澤，就像擺在餐櫃裡不使用的銀餐具。所以，請你在這些銀器上吐口氣，然後用法蘭絨抹布把它擦拭一下。薩維爾老師，——我們站在瓷磚上或者當時所謂的拼花地板上，答道，——薩維爾老師，我們知道了，我們現在知道了，我們想起來了，不過請您不要激動。好吧，我不激動，老天爺，就請講吧，拜託，請講吧。激動難安。薩維爾老師，或許，這對您將會是極為不愉快的消息。行了，老師不斷催促我們，我洗耳恭聽啦。您明白怎麼一回事，您以前就已知道發生什麼事情的，是您當時自己告訴我們的。是啊，是啊，但我要說：我的記憶就如同銀器一樣。那就請您聽好。那天我們本應在某某教室進行最後一次考試，正好是您的地理科考試。我們規定於早上九點前到校，我們都已集合在教室裡，等您等到十二點，您卻一直不來。後來，轉角處傳來皮鞋嗒嗒聲，出現了裴利洛，說道，考試延期到第二天。班上有人猜說，您生病了，於是我們決定去探望您。我們先去了教師休息室，丁柏根太太給了我們您城裡的地址。我們便動身了。打開您家大門的是一個婦女，臉色出奇的蒼白，頭髮也已花白。老實說，我們從來沒見過一個女人如此像似白堊。她嘟嘟囔囔的，聲音難辨，就像從牙縫裡擠出來，身穿的外衣又讓人困惑不解，是床單的顏色，沒有鈕子，沒有袖子。甚至可以說，不是外衣，而是兩條被單縫合的袋子，中間再挖個洞——留給腦袋瓜子用的，明白嗎？這婦女說她是您的親戚，又問說，有沒有什麼要轉達的。我們答說不用了，並好奇問說哪裡才能找到薩維爾老師您，我說，該如何才能見到您。於是婦人說道：他現在不住這裡，而是住在城外的別墅裡，因為現在是春天哪。她還要給我們地址，不過，感謝上帝，我們也知道您的別墅，便決定直奔您的別墅而去。等等，薩維爾打斷我們的話，那時候我確實已經搬到別墅去，但是你跑錯公寓了吧，因為我的公寓裡不可能有任何這樣的婦人，尤其是女性親戚，我沒有親戚，甚至男性親戚也沒有，我的公寓從春天到秋天一直都是空在那邊，你把地址搞錯了。有可能，薩維爾老師，我們說道，不過，那婦人不知怎地卻對您很清楚，她甚至要說明如何才能找到您的別墅這裡。怪了，薩維爾若有所思地答道，那公寓是什麼地址呢——你沒忘記吧？地址是如此如此，薩維爾老師。如此如

此？——老師又問一次。是的，如此如此。我覺得忐忑不安，薩維爾說道，我怎麼也搞不懂，讓我很忐忑不安哪。那裡哪來這樣的婦人呀？那你注意到沒，大門旁邊，樓梯間那兒，有沒有一輛小雪橇？有啊，薩維爾老師，兒童小雪橇，黃色的，上面有一條繩索是用煤油燈燈芯做成的。沒錯，就是了，沒錯，但是，我的天哪，哪來的婦人呢？為啥是頭髮花白的，又為啥是穿著那樣外衣的婦人呢？我不認識那樣的婦人，我真是惶惶不安哪，最好還是繼續說下去吧。神色抑鬱。於是，我們直奔您的別墅而去。清晨已過，但是，整條鐵道沿線，鐵路之外的樹叢裡，夜鶯仍然無視來來往往的火車，繼續齊聲啼唱。我們佇立在門廊，吃著冰淇淋，聆聽鳥兒歌唱——他們的歌聲比世界任何聲音還響亮。薩維爾老師，我們認為，您不會忘記該如何從火車站走到您的別墅，因此，對這條道路我們不予細表。唯一要說明的是，沿路的溝渠裡還保留著才剛融化的冰冷雪水，車前草的嫩葉卻已迫不及待地暢飲雪水，為的是活命，為的是生存。還可順便一提，花園地段裡已經出現第一批的人群：他們把垃圾燃燒成火堆，挖掘泥土掩埋，再用大鐵鎚往地上敲打，他們還不時揮手驅趕早到的蜜蜂。這一日，在我們聚落裡的所有一切，跟去年以及往年同個時間，毫無兩樣，於是，我們的別墅佇立著，沉浸在喜氣洋洋的六片花瓣的丁香花海中。但是，在我們的花園那兒，這時候忙東忙西的卻是一些陌生的避暑人士，而不是我們，因為在此之前我們已賣掉我們的別墅。也或許，我們根本還沒買過這間別墅。這兒什麼事都說不準，這種情況之下，一切都視時間而定，或者，完全相反——什麼事都與時間無關，我們可能把一切都搞混了。我們可能覺得，那一天是某年某月某日，實際上那一天卻完全是另一個日期。最糟糕的是，如果一件事與另一件事毫無系統地重疊在一起。說得正是，說得正是，現在我們甚至無法確認，我們或者我們的家是否曾經擁有過別墅，或者擁有別墅是過去、是現在，還只是未來的事情。有位學者——這是我在一本學術期刊上讀到的——說道：要是你身在城裡，此時並在心裡想著你在城外擁有一間別墅，並不代表真的有這間別墅的存在。反之亦然：你躺在別墅的吊床時，千萬也別太認真，別以為你午飯後準備要去的那個城市是真實的存在。別墅也好，城市也罷，雖然整個夏天你不時穿梭其間，——這位學者寫道，——只不過是你漫天幻想的結果。學者又寫道：要是你想要知道事情的真相，那真相如下：**此時此地**，你一無所有——沒有家庭，沒有職業，沒有時間，沒有空間，沒有你自己，所有一切都是你的妄想。同意，——我們聽到薩維爾說道，——如果我記得沒錯的話，我從未對此表示懷疑。於是我們說道：薩維爾老師，但是總該有什麼東西存在吧，這是顯而易見的事情，就像河流總是有個名稱一樣。但那會是什麼，究竟會是何物呢，老師？這時他答道：親愛的朋友，或許你們不相信我，不相信我這個無足輕重之人，這個恬不知恥、胡作非為之人，這個追風人與風信旗，但是，請相信另外一個我——那個一貧如洗的詩人與良民，他的出現是要給人們的頭腦與內心帶來一線光明，激起一絲火花，好讓人們的自由意志燃燒起仇恨與飢渴的熊熊烈火。今天我要以滿腔的熱血大聲吶喊，就像人們為明日的復仇雪恨大聲吶喊一樣：世界上一無所有，世界上一無所有呀，除了「風」之外！那「風之使者」呢？——我們問道。以及除了「風之使者」之外，老師答道。從沒有上漆的暖氣管內部傳來嘩嘩的水流聲，窗外漫步著長有千腳、擺脫不去、消滅不了的街道，鍋爐房的地下室裡我們的燒爐工人與守衛手裡拿著剷子，嘴裡嘟嘟囔囔，從一個火爐到另一個火爐轉來轉去，而在四樓上一群愚人跳著卡德利爾舞[17]，響起陣陣轟鳴，撼動著整個學校的地基。

如此這般，我們的別墅佇立著，沉浸在六片花瓣的丁香花海中。但是，在我們的花園那兒，這時候忙東忙西的卻是別人，而不是我們，不過，有可能，這些人還是我們，只不過我們匆匆忙忙走過自己身邊，往薩維爾方向走去，卻認不得自己。我們沿路往下坡走去，走到路的盡頭，往左轉，然後——就跟平日常發生的一樣——往右轉，便來到燕麥田的邊緣，燕麥田之後，正如您所知的，會見到別墅區的勒忒河潺潺流動，那裡也是「夜鷹之地」的開端。一條路將燕麥田劈成兩半，我們在這路上遇見郵差米赫耶夫，或者米德維傑夫。他緩緩地騎著腳踏車，雖然不覺起風，風兒把郵差的鬍鬚吹得四下飛揚，只見綹綹鬍鬚——一綹接一綹——就要飛散而去，好似那不是鬍鬚，而是遭受暴風吹颳的片片殘雲。我們跟他打聲招呼。卻見他緊皺眉頭——或者說愁容滿面？——他沒認出我們，也沒回答我們，逕自踩著腳踏車往前跑，往著水塔方向而去。我們望著他的背影，並喊道：您沒碰見薩維爾·諾爾維戈夫嗎？他頭也不回，像似「郵差腳踏車[18]」的理想化身，像似一塊巨石，像似一個奴隸，牢牢地被釘在腳踏車座位上，米赫耶夫以烏鴉般的沙啞聲音吼出一個詞：那裡。此外，他的一隻手放開把手，擺出一個手勢，後來這種手勢

17 卡德利爾舞（кадриль），一種雙人舞，由六個舞式構成。

18 「郵差腳踏車」（почтальоновелосипед），是作者自創的用法，將「郵差」（почтальон）與「腳踏車」（велосипед）二個詞結合成一個詞，表示「郵差」與「腳踏車」二者已合為一體。

被銘刻在很多古代的聖像與壁畫裡：那隻手印證仁慈，那隻手表示恩賜，那隻手召喚人們並撫平人心，這時手臂彎曲，與手肘和手腕折疊在一起——手掌則朝向一塵不染、光芒萬丈的天空，一副世界創造者的手勢。同時，這隻手指向河流方向。朋友們，薩維爾打斷我們，我很高興你們會在前往我別墅的路上碰到我們這位可敬的郵差，在我們地方上，這被視為吉祥的徵兆。不過，我再度感到忐忑不安，我希望再談談那位婦人，我迫不及待進一步的詳情。說說看，你們可以拿啥人或啥物來比喻她，給個暗喻，或者給個明喻吧，否則我無法很明確地想像她的樣子。親愛的「杏壇老兵[19]」，我們對她的比喻是，夜間鳥兒的啼聲化身為人類的形象，也是一朵日漸凋謝的菊花，愛情之火熄滅之後的灰燼，對了，也是一團死灰，沒有生命之人的呼吸，一道幻影，還有：為我們開門的這個婦人就是祖母墳前那個折斷一隻翅膀的白堊天使，那個——嘿，您應該知道的。這是啥玩意兒，薩維爾回應道，我開始懷疑是不是要做最壞準備，我滿心絕望，這是不可能的事呀，畢竟我現在跟你們在這兒談話，與平常也沒啥兩樣，現在我聽見你們說的每一個字，我有感覺，有觸覺，有視覺，不過，話說回來，似乎，好像你們所描述的一切都有道理，一種逐漸消失、卻又永恆存在的道理。不，我有權利不予相信，不予承認，我有權利表示——這絕對不會是真的，不是嗎？堅定果決地。只見他白髮蒼蒼，披頭散亂。以手示意。薩維爾老師，那兒，就要走到燕麥田的盡頭了——那兒，幾乎馬上就到勒忒河的起頭了。它的河岸又高又陡，相當程度是由沙土堆成的。在陡岸的最上面，是一片青草茂密的平台，長著一些松樹。從平台上可以把對岸與整條河流看得清清楚楚——沿著河流往上與往下，都一覽無遺。河水深藍、清澈，流動得小心翼翼、不徐不急。至於河流的寬度，最好去向那些罕見的鳥兒探聽，那些……翱翔天空、一去不回的鳥兒。我們走向陡岸，一眼便看到您的房子——它跟往常一樣，佇立在對岸的草地上，四周花朵處處，迎風搖曳，蜻蜓棲息其間。那兒還有雨燕和燕子。至於您嘛，薩維爾老師，您本人就坐在水邊，同時有幾根釣竿散落身旁，釣竿梢則分別架穩在特製的支架上。不時會有魚兒上鉤，綁在釣線上的小鈴鐺便輕輕發出叮噹響，把您從午後小盹中喚醒。於是，您睜開雙眼，抖動釣竿，又把一尾白楊魚拖出水面。不對，不對，地理老師說道，我從來都沒釣

19 原文表面意義是「退役軍官」（отставник），但作者筆下卻舊詞新用，將「отставник」一詞用來表示「退休的」（отставной）與「教師」（наставник）二詞結合的縮寫。因此譯者譯為「杏壇老兵」。

到魚兒，一尾也沒，我們勒忒河裡就是生不出魚兒，上鉤的是蠑螈。一定要告訴你們，牠們吃起來一點也不比鯽魚或者鱸魚差，甚至還更好。牠們風乾以後，風味很像裡海擬鯉，配著啤酒吃風味特佳。我有時會拿到火車站那兒販賣：我挑著整整一簍，就在那兒，啤酒亭旁邊販賣。常常我挑呀挑著，牠們就當著我眼前，在簍子裡直接了當地曬乾啦，當然，要在大熱天才行。這時我們走近陡岸，看到您坐在對岸的沙地上，便開口跟您打招呼：您好啊，薩維爾老師，魚兒上鉤嗎？祝你們健康呀，您從對岸答道，今天不知怎地不太多，太陽曬得太厲害呀。沉默半晌，可以聽到，勒忒河倒流的水聲。然後您又問道：喂，我的朋友們，你們怎麼沒上課，跑到這兒蹓躂？沒有啦，薩維爾老師，我們來找您的。學校發生什麼事嗎？沒有啦，還好，正確說，事情是這樣子，今天您沒到學校給我們考試：要考山系、河流與其他的——就是地理科考試啦。真糟糕，您答道，但是我今天不行，覺得不舒服。那您怎麼了——咽喉炎嗎？比這糟哪，同學們，比這糟多啦。薩維爾老師，您要不要到我們這邊岸上來？您有小舟，而我們這兒什麼也沒，雖然我們的小舟在這兒，但是船槳卻鎖在板棚裡；我們有禮物要給您哪，我們帶來一個蛋糕。你們自己吃吧，朋友們，您說道，我沒有胃口，更何況我不喜歡吃甜食，謝了，你們就別害臊了。好吧，那我們——我們或許現在就吃了。我們解開盒子上的繩子，用小折刀把蛋糕切成大小相等的兩半，便吃了起來。自動駁船從旁邊駛過，甲板的線繩上掛著內衣，一個普通人家的小女孩在蕩著鞦韆。我們拿起蛋糕盒蓋跟她揮了揮，但小女孩沒注意到我們，因為她往天空瞧呀瞧的。我們一下子把蛋糕吃完，便開口發問：薩維爾老師，要轉告丁柏根太太和裴利洛校長您何時回校嗎？聽不懂，聽不到，您答道，先讓駁船開過吧。我們等到駁船開走後，再度說話了：要轉告特拉荷琴柏格您何時回校嗎？我不知道會發生啥事，同學們，事情是這樣子，看來，我根本不會回去了，就轉告他們，從這個星期二起我就不在你們那邊工作了，我離職啦。這怎麼一回事，薩維爾老師，我們很難過，我們會想念您的，這來得太突然了。別難過，您笑道，在特教學校裡，就是沒有我，還有很多適任的老師。更何況，我不時會飛回去看看的，我們還會見面，我們的相互關係不會就此結束。薩維爾老師，那我們本週可否全班到對岸探望您呢？來吧，我歡天喜地等待你們的到來，不過，要先告訴其他的人：千萬別帶任何點心過來，我已經完全沒有食慾了。這是什麼疾病啊，薩維爾老師？這不是什麼疾病，朋友，這根本不是疾病，——您說著，站起身來，抖動幾下折到膝蓋的褲管，——事情真相是，我已經**死亡**，您說道，是的，終究是死亡，真是見鬼，**死亡啦**。我們的醫學，當然，是很糟糕，不過有關此事嘛——從頭到尾都很準確，沒有啥出錯的，該怎麼診斷就是怎麼診斷：**死亡啦**，您說道，就是不甘心哪。滿心憤懣。這便是我的想法，薩維爾說道，坐在窗台上，兩隻光禿禿的腳丫子放在暖氣設備上取暖。當你們談起為你們開門的那個婦人，我霎時就有一種不好的預感。嗯，清楚了，我現在所有事情都想起來了，她是我的一個友人，更精確一點，甚至可以說是我的親戚。那之後呢，某某同學？我們回到城裡，來到學校，告訴大家我們發生的事情，正確說，是您所發生的事情。大家頓時一片哀傷，很多人面如死灰，悲痛哭泣，尤其是女生，又尤其是「玫瑰」。啊，「玫瑰」！——薩維爾說道，——可憐的「風中玫瑰」。後來就舉行葬禮，薩維爾老師，您的葬禮安排在禮拜四，您躺在大禮堂，很多人前來道別：所有同學，所有老師，還有幾乎所有家長都到齊了。您知道嗎，大家都很喜愛您，尤其是我們這些特教學生。您知道嗎，有趣的是：在您靈柩裡的上頭擺著一個很大的地球儀，是學校裡最大的，每一個值班為您守靈的都會輪流轉動這個地球儀——真是美麗又莊嚴呢。一直都有管樂團在演奏，由五、六個同學組成，其中包括兩支小號，另外還有幾個大、小鼓，您能想像嗎？很多人講話，裴利洛哭了，他還信誓旦旦地說，要向國民「教釁」[20]部門爭取，讓學校以薩維爾．諾爾維戈夫為名；至於「玫瑰」——您知道嗎？——「玫瑰」朗誦了一篇讓人驚豔的詩歌，她說，那是她整晚熬夜寫出來的。這樣子啊？但我卻記得模糊不清了，說說看，哪怕是一句也好。好吧，好吧，好像，大致是這樣子：

昨日我睡臥床上，在七股颯颯疾風聲中，
是寒風來自孤墳，在七股颯颯疾風聲中。
薩維爾溘然長逝，在七股颯颯疾風聲中。
我輾轉難眠家中，在七股颯颯疾風聲中。
有人走在近身處，在雪上，在風中。
有人循我聲而來，他對我簌簌低語，
於是，我極力回應，呼喚他的名——
他走到我的墳前，
霎時認出我是誰。

20 作者將「教育」（образование）一詞故意說成發音近似的「оборзование」，是作者自創的新詞，將「оборзеть」（俚語，表示：變得囂張、好鬥）與「образование」（教育）二詞合併所得的新詞。因此譯者將「國民教育部門」譯為「國民教囂部門」。

啊，「玫瑰」，薩維爾撕心裂肺地說道，我可憐的女孩，我溫柔的女孩，我認出妳了，認出了，謝謝妳。某某同學，拜託你，好好照顧她，看在我的分上，看在我們老交情的分上。「玫瑰」體弱多病。也拜託你，多提醒她，不要忘記我，要來探望我，她知道路怎麼走，她知道地址。我一直都住在對岸那兒，那兒有好幾間磨坊。告訴我，她功課是不是跟以前一樣優異？是啊，是啊，都是拿五分的滿分。就在此時，我們聽到，先是在四樓，接著在正門整個樓梯間——由上往下——傳來轟隆聲響、嘶吼怒罵、高聲吶喊：這表示，學生預演完畢，他們奔跑，從大禮堂衝往街道方向而去。所有舞蹈團的傻子衝到存衣室，一下子一大群白癡擠成一團，互朝對方臉上吐口水，大呼小叫，眼斜嘴歪，扭動身軀，彼此絆腳，吱吱喳喳，又哈哈大笑。當我們再度把臉轉向薩維爾老師時，他已經不在我們身邊——窗台上空空如也。而窗外依然漫步著那條讓人擺脫不了、像似千足的街道。

好悲傷的故事啊，小伙子，我很瞭解您的感受，一種學生痛失心愛的老師的感受。對了，在我生命中曾經也有過類似的感受。相信嗎，我並不是一步登天就成為科學院院士，在此之前，我得安葬的老師豈止十個。不過，話說回來，阿卡托夫又說道，你答應我要談談一本書，這書好像是您的老師那次給您的。我把這事忘得一乾二淨了，閣下。那本書是他另一次見面時給的——可能早先，也可能後來，不過，要是您容許的話，我就馬上跟您說。薩維爾老師又坐在窗台那兒，烤著腳丫子。我們則若有所思地走了進來：親愛的老師，您應該很清楚，我們對於我們生物與植物老師維塔小姐的感情不是不可理喻，也不是沒有來由的。很顯然，我們的婚禮，不客氣的說，並不像山系一樣遙不可及。不過，對一些細膩的事情我們還是太天真。可否請您——簡單說，告訴我們，該怎麼辦才好，畢竟您曾經有過幾個女人。幾個女人？——薩維爾重述後說道，——是的，就我記憶所及，我曾經有過幾個女人。但是我有個麻煩。你們也瞭解，我沒辦法把事情解釋得一清二楚，我也搞不懂這是啥一回事。只要事情一結束，我就把所有事情馬上忘得一乾二淨。在所有我有過的女人中，我一個也記不起來。也就是說，我只記得她們的名字、臉孔、她們穿的衣服、她們與眾不同的話語、笑容、淚水、她們的憤怒，至於你們要問的事情，我啥都說不上來——我記不得，都記不得了。因為所有這一切都是以感情為基礎，而不是感覺，當然，更別說是理性了。而感情總是稍縱即逝。我只想指出：它每次的發生都跟前一次沒兩樣，於此同時，卻又截然不同，面目一新。話說回來，任何一次都不像第一次，跟第一個女人，那是絕無僅有的一次。不過，有關第一次，我啥也不想說，因為任何事都無法與它相提並論，更何況我們尚未創造出一個詞可以把它說得一針見血。熱情洋溢。嘴帶微笑，幻想著不可能的夢。不過，這兒有一本書要給你們，薩維爾從懷裡掏出一本書並說道，這本書在我身邊是很偶然的，人家拿給我也才這幾天的事，因此，就拿去吧，拿去看看，或許你們會為自己發現什麼呢。謝了，我們說道，便拿著書離開，看了起來。閣下，那是從一位德國教授的作品翻譯而來的精彩小冊子，有關家庭與婚姻，而且我一翻開它的時候，我便馬上完全明白。我只讀完我隨興翻開的一頁，內容大致如此這般——隨即把書還給薩維爾，因為我什麼都明白了。究竟明白什麼，小伙子？我明白，該如何安頓我跟維塔小姐的生活，該建立在怎樣的基礎上。所有的裡面都有寫到。我把整整的一頁都背得滾瓜爛熟。它這樣寫著：他（也就是我，閣下）出門幾天。他想念她，她（也就是維塔小姐）也想念他。他們（也就是我們）有必要像錯誤的教養常常造成的結果一樣，隱瞞彼此的感情嗎？不要！他回到家裡發現，一切都收拾得井然有序（阿卡托夫先生，我們家的客廳裡一定會掛著閣下您，也就是您的全身肖像，當晚您的肖像旁還點綴著朵朵鮮花）。她神色自若，說道：洗澡水已準備，衣服我已放好，我自己已洗過澡啦。（閣下，您能想像嗎？）實在太美妙了，她很快樂，她對愛情早有預感，因此對這一切都已經有所準備。不只他渴望她，她也渴望他，並且她一點都不矯揉造作，明明白白地讓他知道……您瞭解嗎，閣下？維塔對我有所渴望，她渴望我，渴望呀，毫不矯情。我瞭解，小伙子，非常瞭解。但是您並沒有完全體會我的心思。我想的是另一回事，我談你們相互關係時，指的與其說是精神與生理方面的基礎，倒不如說是物質方面的。簡單說，你們準備拿什麼過活，生活費哪裡來，你們收入有多少？假設說吧，維塔會很快同意與你結婚，那接下去呢？您將如何——準備工作還是讀書？啊哈！這就是您閣下所想的，其實，我都已猜到您也會問我這個問題。您大概會看到，我在很快的將來就要從特教學校畢業，顯然會是以自學考生身分。然後，馬上進入某家工程學院的一個科系就讀：我跟我所有同班同學一樣，夢想著成為工程師。我會很快，要是不說飛快的話，成為一名工程師，我會買汽車以及其他的東西。所以說，您不用擔心，我會很快樂的，要是您至少把我當作大學預科生看待的話。慢點，慢點，那您對有關蝴蝶的所有看法又如何解釋？您告訴我，您收藏了很多的蝴蝶，我一直相信，站在我眼前的是一位前途不可限量的年輕同行，結果現在發現，跟我打交道整整一個小時的原來是一個未來的工程師。嘿，我搞錯了，閣下，想要成為工程師的是那一個，「另一個」，他現在不在這兒，儘管他可能隨時都會來到這裡。至於我嘛——怎樣也不要當工程師，寧願去賣冰糖公雞，寧願去當寒酸的皮鞋匠的學徒，寧願做

個年邁的黑人[21]都行，至於當個工程師嘛——不行，說什麼也不行，甚至請您也別問了。我下定決心：只有當生物學家，就跟您一樣，跟維塔小姐一樣，終身都是生物學家，並且主要專攻蝴蝶方面。我想給您一個意外驚喜，阿卡托夫閣下，我有意於近日內寄送我數千隻蝴蝶的收藏品參加昆蟲學家的學術競賽。信件我已準備好了。我大膽期待，不用等太久就會有獲勝的消息，我相信，您對我未來的成就不會不動容，您一定會跟我一起感到歡欣。閣下，您只要想像一下那個早晨，您發現我跟維塔在一起的那個早晨。就在這裡，別墅區的什麼地方——在你們那裡或我們這裡，這不重要。一個充滿希望與幸福預感的早晨，一個紀念我將獲頒學術獎金的消息的早晨。一個我們將永難忘懷的早晨，因為——嗯，其實也不用跟您解釋，這是因為：品嚐榮耀之美味的這一刻，對於一個學者豈容忘懷！正是這樣的一個早晨。

某某同學，請容許做為本書作者的我打斷你的說話，讓我談談，我如何想像你獲得盼望已久的科學院的來函的那一刻，我跟你一樣，都有不錯的想像力，我想我有能力談談。那是當然，請說吧，某某同學說道。

比方說吧，一個這樣的早晨——就是說，隨便一個六月間的星期六早晨——姓氏叫米赫耶夫，或許也叫米德維傑夫的郵差（他相當大的年紀，顯然已過七十，本靠退休金過活，但又在郵局領半薪，分送報紙與信件，傳遞電報與通知書，順便一提，他攜帶這些郵件、電報等，並不是用一般的郵包，而是郵差不常用的袋子——一種黑色假皮製成的、常見的日用購物帶，並且不是用皮帶搭在肩上背著，而是用平常的纖繩掛在單車龍頭的橫把上），總之，一個六月間的星期六早晨，郵差米赫耶夫把腳踏車停靠在你們家的旁邊，只見他一副老態龍鍾，標準的退休人員的樣子，笨手笨腳地爬下單車，踩在路上的灰塵裡，灰塵是苦澀澀的，黃濁濁的，輕飄飄的，漫天飛揚在道路上，他按幾下單車鈴鐺上鏽痕累累的小搖桿。鈴鐺奮力要發出叮叮聲響，哪知幾乎發不出聲音來，原來鈴鐺差不多已經故障，因為內部很多必要的小齒輪經過長期使用，互相磨擦，已經嚴重損傷，另外，那個用小螺絲固定的小小槌子也已生鏽得幾乎不能動彈。不過，無論如何，在這樣的早晨，閒坐在開放的陽台，陽台包圍在你父親的花園裡，花園裡處處蟲鳴鳥

21 「做個年邁的黑人」（негром преклонных годов）一語，引自俄國詩人馬雅可夫斯基（Владимир Маяковский, 1893-1930）的詩歌《致我們的青春年少》（Нашему юношеству, 1927）。

叫，你還是聽到即將壽終正寢的車鈴發出沙啞的吱吱聲，或者更正確說，不是聽到，而是感覺到。你從陽台的階梯走了下來，走過充滿歡樂、蜜蜂忙著採蜜的花園，你打開籬笆門，看見米赫耶夫，便跟他打個招呼：您好啊，米赫耶夫（米德維傑夫）郵差先生。你好，他說道，我給你送來一封來自科學院的信件。請給我吧，謝謝，你說道，面露微笑，儘管你的微笑也不會帶來任何好處，因為你的微笑不能改變任何事情，不管是對你日常的人際關係，還是對這位城郊老郵差的命運，就像其他人千千百百個微笑都不能改變郵差的命運一樣——雖然沒有人規定一定要面露微笑，但是在數百個別墅或非別墅的大小門旁，在豪宅大門或籬笆出口邊，每天都會有微笑歡迎著他。而你也不能不同意我的話，你對所有這一切都清楚得很。不過，從小在學校與家裡，你已經養成了行為舉止處處講究禮節的習慣，這習慣自動發揮作用，讓你不由自主，對米赫耶夫說道：請給我吧，謝謝。你從他青筋暴露、老朽不堪的手中接過一只黃色信封，並且——面露微笑。這一刹那你們短暫交會，行禮如儀，其實你們誰都不需要，卻還是不能免俗地交換客套話（您好啊，米赫耶夫郵差先生；你好，我給你送來一封來自科學院的信件；請給我吧，謝謝），這是你的生命與他的生命的一刹那，這一分鐘你背後的花園裡有好幾隻藍色鳥兒在歌唱，這一時辰有好幾葉淡藍色小舟悠然自得地漂浮，滑動在從此處看不到的勒忒河與其他河流上，這時他伸手遞給你一只黃色信封，他淡藍色的、老人斑點點的、打出生就很不好看的那隻手微微碰觸你的手——你那年輕的、陽光曬得古銅色的、根本不見一絲絲皺紋的手。難不成，——這一剎那你暗自忖道，——難不成我的手哪天也會變成這個樣子？但你馬上又自我安慰：不，不，不會這個樣子，畢竟我在學校裡常常做強身越野賽跑，而米赫耶夫卻從來沒跑過。這也是為什麼他的手會變成這樣子，——你做結論，臉上微微笑著。給我吧，謝謝。不用客氣，——說起話來含糊不清、不露一絲笑容的，正是這位米赫耶夫（米德維傑夫）先生，這位在城郊分送報紙與信件、傳遞電報與通知書的老兒，這位退休的郵差，這位老喜歡把既特別又不特別的袋子掛在手把的憂鬱騎士，這位充滿幻想、鬱鬱寡歡、喜好杯中物的人士。這時候，他既不轉個頭看我一眼，也不看一眼處處是藍色鳥兒的花園，這時候，就跟一分鐘前爬下單車一樣，他是同樣的笨手笨腳地爬上單車，並且笨手笨腳地踩動單車，攜帶著自己的，不，正確地說，別人的郵件，騎往休養所與水塔的方向，騎往市鎮郊區的方向，那兒花團錦簇，蝴蝶飛舞，銀色榛樹處處。他已經有點醉醺醺，或許他還得趕著去分送剩下的信件，以及一些筆跡看似春蚓秋蛇的文件，之後便可打道回府，用水稀釋少量的酒精——他的老婆在當地醫院當任衛生員，因此家裡這玩意兒從來不欠缺，而且也不會無緣無故地欠缺，——然後，將會拿橡樹小木桶裡醃得鹹滋滋的蕃茄下酒喝(擺放橡樹小木桶的地窖裡，冷颼颼的，到處是蜘蛛與發芽的馬鈴薯，還有一股霉味)，再到松林裡、花楸樹林裡，或者水塔後面、以上所提的榛樹叢裡，趁著太陽火焰未熄，在樹蔭底下小睡片刻。年紀上了七十以後，這種大熱天在外面從早到晚東奔西走，對他可沒好處，可得好好休息一下。不過，袋子裡還有某些人的信要送哪：總是有某些人寫信給某些人；有人從不偷懶，馬上就回信；每次都要向鄰居借信封，跑去買郵票，打破頭回想地址，頂著大熱天找郵筒。沒錯，還有某些人的信件要送。於是他馬上騎著腳踏車往水塔方向而去。通往山上的小徑埋沒在未割除的雜草裡，幾乎無法辨識；米赫耶夫腳穿黑色皮鞋，鞋跟幾乎和女子高跟鞋一樣，因此兩腳不時從單車踏板上滑落，同時，龍頭不聽使喚，前輪老是要打橫，讓這輛不算複雜的車子無法順利運轉其他各部位零件，因此輪子不住打滑，輪子運轉當中，輪輻不時切斷蒲公英的頭狀花序——於是，帶著種子的小白傘漫天飛揚，然後緩緩降落在米赫耶夫(米德維傑夫)身上，灑得老郵差一身花絮，好似要在他那頂細氈帽子上與那件這種天氣下想必很悶熱的黑色厚呢豎領襯衫上，播下自己的種子。小白傘也降落在他那件橡膠防雨布的長褲上，長褲有一條褲管——右邊的——用晾內衣用的椴木夾子往上夾緊，高過米赫耶夫的腳踝，免得讓褲管不小心捲進車子的傳動機件——鏈條、依靠螺栓連結後輪的小齒輪、大齒輪，還有焊接在大齒輪上的踏板臂，——否則米赫耶夫就會一下子摔到在草地上或者花叢裡，同時把所有信件灑落一地。然後一陣風吹來，就會捲起信件，把它們送到河的對岸，落在河灣處的草地上：曾經如此發生過或者可能如此發生過，也就是說——彷彿發生過，——那老郵差到時會怎麼辦，豈能不向船家租艘小舟，划到河流對岸那兒，去捕捉與收集自己的，精確說，別人的那些信件：畢竟有些人撥冗寫信可不容易啊，還有些人則是夠有耐性的，或說回來，所有他們蠢話連篇的信件，所有這些賀函，以及看似緊急的電報，可能在一個美麗早晨，只要米赫耶夫一不小心摔落在草地，便揚長飛往河流對岸，——有關此事，從來也沒有人想過，一次也沒有，因為每一個人都會拼命不讓自己摔下腳踏車，因此這時候，理所當然的，誰會在乎這送信的老頭，雖然這老頭一輩子只知道一件事，就是挨家挨戶為他們分送那些信筆塗鴉的、不幸的信件。好大的風啊，——米赫耶夫（米德維傑夫）輕聲地自言自語，——哪來的這陣風颳過樹梢，準會帶來雨水。不過，事實不是如此：什麼風也沒有——不但樹梢沒風，地面也沒風。至少還要過一個禮拜，鎮上才會下雨，所以這段時間將會天氣晴朗，風雲不起，日間的天空將會像瓦特曼蠟紙，蔚藍如洗，夜間則像

狂歡節的黑色絲綢，上面黏貼著五顏六色的金屬薄片，像濕潤的大星星，閃閃發亮。而米赫耶夫——他現在只不過是自我欺騙，他只不過是厭煩這樣的大熱天、這些郵件、這輛單車、這些冷冷漠漠卻又彬彬有禮的收件人，這些人總是堆起笑容，站在自家花園門口向他致意，花園裡則長滿漿汁飽滿的蘋果，引來蟲子嗡嗡作響；而他只想用一些些的變化，什麼都沒關係，讓自己覺得有點希望；在這燠熱的別墅區，生活對他而言單調、乏味，他似乎屬於這裡，但又幾乎不參與其中，儘管每個在這裡或河流對岸擁有房子的人都認得他本人；每當米赫耶夫踩著那輛鈴鐺叫不出聲的老爺車經過這兒，路上碰到的別墅居民都會對他笑臉迎人，而他則是擺出愁眉苦臉，或者沉入幻想的老人家模樣，好像很欣賞路人般，默默地看了看他們幾眼，然後騎著單車漸行漸遠——往火車站方向、往碼頭方向或者——就像現在——往水塔方向。默默地。米赫耶夫是近視眼，帶著一副無框眼鏡，時而蓄起鬍子，時而刮掉鬍子，也或許，是風兒把他的鬍子撕扯掉；不過，有鬍子也好，沒有鬍子也罷，他在別墅居民的眼裡是一個少見的老年夢想家，一個單車愛好者，一個郵局作業的大師。這陣陣的風兒，他繼續自我欺騙，到傍晚時候定會轉變成暴風雨，轉變成大雷雨，攪動各家花園，到時花園濕漉漉，花草樹木亂糟糟，還有許多貓兒的茸毛也將亂糟糟、濕漉漉：牠們將躲藏到各家的閣樓、柱腳，發出淒厲叫聲；河流將氾濫，溢出河岸，淹沒別墅，淹沒所有陽台上沸騰的茶具與煙味嗆人的煤油爐，淹沒籬笆上每個信箱，而目前躺在米赫耶夫袋子裡、等著他馬上挨家挨戶送往各個信箱的所有郵件，都將化為烏有，化為片片廢紙，上面只剩下沖洗得模模糊糊、毫無意義的字跡；還有，那些船隻——都是像呆子般的平底船，表皮磨損、剝落，休養所裡沒事幹的人士與別墅區的無聊人物平日常划著那些小舟沿江兜風，——那些船隻都將船底朝天，順流而下，直奔大海。沒錯，米赫耶夫幻想著，大風要把這裡整個花園與茶炊的生活攪動得天翻地覆，並且掀起漫天狂沙，至少也要好半天的。這位退休郵差突然想到什麼時候、什麼地方讀過的一句話：微風可以從塵土裡製造銀色的船隻龍骨。[22]這就是了，從塵土裡，米赫耶夫分析著，就是龍骨，就是船隻的龍骨，有龍骨的船隻，就是說，不是平底船，真是好傢伙。但願快起風吧！大風在原野，小風在樹梢[23]，——米赫耶夫再次引經據典，此時小徑往右轉彎，有點往山下走去。現在來到一條小橋，小橋越過峽谷，

22 「微風可以從塵土裡製造銀色的船隻龍骨」，引自西班牙詩人暨劇作家賈西亞．羅卡（Federico Garcia Lorca, 1893-1930）的詩歌《索列亞的詩歌》（Poem of the Solea, 1921-1922）。

峽谷裡牛蒡叢生，想必也棲息著蛇類。這時可以脫離車子踏板，讓兩條腿稍作休息：兩條腿自由自在懸掛在半空中，在車架兩邊微微晃蕩，不去觸動單車踏板，讓車子自行滑動——迎風而去。這就是「風之使者」嗎？——你心裡想著米赫耶夫。你已經看不到他了，正如人家有時候說的，他消失在拐彎處——融化在別墅區七月間的暑氣中。他讓飄浮在空中的蒲公英種子灑滿一身，在單車每公尺的奔馳間，他都面對著一種風險，可能弄丟那些人們在夏日閒閒沒事幹而寫下的明信片。他現在帶著那青筋暴露的老朽雙手，迎著夢想飛奔而去。他滿腹的牽掛與忐忑，他幾乎被摒棄在別墅區的生活圈之外，這是他很在意的。可憐的老兒，你暗自忖道，很快，很快你的苦痛就會離你而去，並且你自己將會變成金屬般清脆響亮的逆風，變成山裡的蒲公英，變成六歲女娃的小皮球，變成公路單車的踏板，變成義務兵役，變成飛機場的鋁板，變成森林大火的灰燼，變成黑煙，那種節奏感十足的食品工廠與紡織工廠的黑煙，變成高架橋上吱吱嘎嘎的叫聲，變成海邊的鵝卵石，變成日間的光亮與金合歡的莢果。或者——變成道路、道路的部分、路上的石頭、路邊的樹叢，變成冬天路上的陰影、變成竹子的嫩芽，變成無盡的永恆。真是幸福的人呀，米赫耶夫。或者米德維傑夫？

我覺得，你把我們郵差的故事說得很精彩，親愛的本書作者，你也把收取信件的早晨描寫的很不錯，我絕對沒有能耐說得如此清楚明白，你非常有才華，我很欣慰，由你執筆有關我、有關我們每個人的有趣故事。說真的，我不知道還有誰有能力如此成功地完成這項工作，感激不盡。某某同學，你對拙作給予如此高的評價，我非常高興，你知道，我近來很努力，每天都要寫作好幾個小時，而其他的時刻——也就是沒在寫作的時間——都在思索，明日要如何寫得更好，要如何寫才能讓所有未來的讀者喜歡，這些讀者中最重要的自然是你們，書裡的這些主角：薩維爾、維塔、阿卡托夫、「睡蓮」們、你們的父母、米赫耶夫（米德維傑夫），甚至裴利洛。不過，我擔心，裴利洛校長他會不喜歡：畢竟，他是那種如過去小說所提的，**有些過度疲憊與陰沉**。我想，一旦我的書落到他手裡，他一定會打電話給我父親——就我所知，他和我父親在部隊時是老同志，曾經一起效力在庫朱托夫麾下——而且他一定會說：您知道嗎，他們亂七八糟寫些什麼東西詆毀您跟我嗎？不知

23 「大風在原野，小風在樹梢」，引自西班牙詩人暨劇作家賈西亞．羅卡的詩歌《鐘聲》(Bell, 1921-1922)。

道，檢察官老爸會說，寫些什麼？反我們的[24]，校長說道。是誰寫的？——檢察官一定會好奇地問道，——告訴我作者何名何姓。作者是某某，校長說道。我擔心，以後我將會很麻煩，甚至是最大的麻煩，我擔心，我會馬上被送到「那裡」，也就是札烏澤大夫那裡。說的沒錯，親愛的本書作者，我們父親正巧服務於這個部門，這個負責麻煩的部門，那你在稱呼上幹嘛非用自己的真名不可？你幹嘛不「名匿」[25]？這樣的話，他們就是白天打燈籠也找不到你。一般來說，這主意不錯，我很可能就這樣做，不過，到時我面對薩維爾將會很尷尬：他為人膽大果敢，寧折不屈，一生中從來不幹這種事。勇者無畏，白璧無瑕，我們這位地理老師單槍匹馬對抗所有人，總是亮開騎士的面甲，橫眉怒目。他可能對我觀感不佳，或許會評斷我毫無可取之處——不論做為一個詩人，或者做為一介平民——而他的意見對我卻是彌足珍貴。某某同學，請給我個意見，我該如何是好。親愛的作者，我覺得，雖然薩維爾老師已經不能與我們同在，顯然，他也已經無法對你有任何想法，但是無論如何，我們所作所為，最好要跟我們老師本人在同樣情況的作為一樣：他是不會用匿名的。明白了，很感謝你，那現在我想請教你有關本書名稱的意見。從一切看來，我們的故事已接近尾聲，也該是決定我們要在封面擺上什麼標題的時候了。親愛的小說家，我會把你的作品取名為「愚人學校」；你知道嗎，有「鋼琴演奏學校」、「『梭魚』[26]演奏學校」，那你的書何妨叫做「愚人學校」，更何況，這本書不只是關於我或關於「他」，或關於「別人」，而是關於我們所有都算在內，包括所有學生與老師，不是這樣嗎？沒錯，你們班上有幾個人參與本書，但是我覺得，要是本書名之為「愚人學校」，那有些讀者會詫異：書名「愚人學校」，卻只描述兩、三名學生，那其他人呢？怎麼不見其他那些年輕角色呢？年輕學子形象多元化，讓人驚奇，那些人在我們今天的學校裡舉目皆是呀！不用擔心，親愛的作者，就轉告你的讀者，沒錯，就直接這樣說，某某同學要求轉告，整個學校裡，除了他們兩個人外，或許，還有「風中玫瑰」，此外絕對沒有什麼有意思的東西了，也沒什麼讓人驚奇的多元化，所有人都是面目可憎的傻子，你再告訴他們，「睡蓮」說，可以只寫他就

24 「反我們的」(антинаш)，是作者自創的新詞，他將俄語詞綴「反」(анти)與單詞「我們的」(наш)合併而成。

25 此處故事中人錯將「псевдоним」(匿名)一詞說顛到，說成俄語中沒有的單字「минодвесп」，因此顛倒翻譯為「名匿」。

26 故事中人發生口誤，將「威尼斯船謠」說成與俄語語音相近的「梭魚」。

好，因為只有他才值得一寫，因為他遠比其他人來得優秀，來得聰明，就連裘利洛校長對此都心中有數，所以說，提到愚人學校，只要刻劃同學某某某，便足足有餘——如此這般，一切馬上清楚明白，就這樣轉達吧，還有，總之，你幹嘛要操心，管誰會怎麼說或怎麼想，畢竟這書是你的，親愛的本書作者，你高興怎麼處理我們這些角色與故事標題，這是你的權利，所以說，就如同我們問薩維爾老師要不要吃蛋糕時他所說的——你們自己來吧！就自己決定為：「愚人學校」吧。好吧，我同意，不過有備無患為妙，我們還是添加幾頁內容，談談學校什麼事情，就告訴讀者有關植物課的事吧，譬如說，負責這門課教學的是維塔老師，好多日子以來你對她可是深情難忘呀。沒錯，親愛的作者，這我欣然同意，也非常高興，我認為，一切很快就會塵埃落定，我們的相互關係會愈來愈明朗，愈來愈明確，好似這不是一種關係，而是一艘船在清晨裡，航行於大霧瀰漫的勒忒河上，當大霧漸漸散去，船隻愈來愈往目標接近，沒錯，我們就再寫幾頁有關我的維塔吧，不過，話說回來，這是罕有的事，我還真不知道，該從何下筆，該如何用字遣詞，給我一點提示吧。某某同學，我覺得，最好的起頭用詞是：「於是」。

於是，她走了進來。她走進生物研究室，牆角豎立著兩具人體骨骼。一具是人工製造的，另一具是真實的。校方是在叫「骷髏」的專賣店採購的，這家店位於本地的市中心，此外，在店裡，真實的比人工的價格貴很多——這是可以理解的，並且對於這種「鯿魚」狀況[27]很難不予認同。有一回，我和我慈祥、心愛的母親一起走過這家「骷髏」店，——那是在薩維爾過世後沒多久，——我們看到他佇立在這家店面的櫥窗前，櫥窗裡展示著貨物樣品，並懸掛著一個招牌：「本店收購民眾骨骼」。你還記得，那時秋天已近，整條街道緊緊包裹在火槍兵長長的披風裡，雙座敞篷馬車與一般輕便敞篷馬車都已凍僵，失去往日的莊嚴，它們的車輪與馬蹄激起的泥水滿街飛濺，所有人開口只談天氣，並哀嘆夏日已逝。卻見薩維爾老師——滿臉鬍鬚，身材削瘦——站在櫥窗前面，他身穿牛仔方格襯衫，以及帆布外褲，褲管捲到膝蓋，他的外表唯一能證實秋天已近的是，他平日光禿禿的腳丫子上現在穿著一雙防水靴。媽媽見到老師這個模樣，不禁舉起戴著黑色針織手套的雙手，並輕輕互擊：老天呀，薩維爾老師，這麼糟糕的天氣，您在這兒幹什

27 故事敘事人發生口誤，將「事情」狀況（положение вещей）說成俄語發音相近的「鯿魚」狀況（положение лещей）。

麼？您已面無人色，身上只穿著這麼單薄的襯衫和外褲，您會感染肺炎的，我們跟您道別的時候送您的保暖外出服呢？還有帽子呢？那是我們這些家長會委員一起挑了好久才買到的呀！呵，同學的媽啊，——您就別擔心啦，薩維爾微笑，答道，——感謝老天爺，我不會有事的，倒是好好照顧您的兒子吧，他都已經流鼻涕啦，至於那件衣服啊，我這麼說吧：真是見鬼，去他的，就是讓人受不了，我穿得都要窒息，不是這邊會擦破皮，就是那邊太窄，把人擠壓的好悶，瞭解嗎？更何況，這些都是別人的東西，對我都是不勞而獲，不是用我自己的錢買的——我就把它當掉了。小心點，——薩維爾老師抓起媽媽的手，——您會被公共馬車濺得一身泥水，離路邊遠一點。那為什麼，——媽媽問道，同時用力把手儘快掙脫他的手掌，這個動作未免也太明顯了，——為什麼您人會在這裡，在這間奇怪的商店旁邊？我剛剛把我的骨骼賣掉了，老師説道，——我立下遺囑，將我的骨骼按分期收款方式賣掉了。您就轉告裴利洛吧，要他派一輛車子前來，我立下遺囑，特別把我的骨骼留給我們學校。但究竟為什麼，媽媽大吃一驚，難道這骨骼對您不寶貴嗎？很寶貴啊，同學的媽，很寶貴，但是怎麼也得賺錢餬口呀：要過活——就要會見機行事，不是嗎？您是知道的——我已不在學校任職，要是光靠私人教學為生的話——那很快就要蹺辮子啦：您想想看，現今各學校裡我所教授的這項科目被當掉的人會很多嗎？說的是，說的是，媽媽說道，說的是。於是媽媽就不再多說了，我們轉身便走。再見啦，薩維爾老師！哪天我們跟您一樣的時候，也就是當我們就要不久於人世的時候，我們也會立下遺囑，把骨骼留給我們心愛的學校，到時一代代的傻子——不管是優等生，還是好學生，還是不及格的學生——都要根據我們不朽的骨架研究人類的骨骼結構。親愛的薩維爾老師，這不是達成永垂不朽的最短途徑嗎？我們在單獨面對自己的虛榮心時，這正是我們狂熱追求、朝思暮想的呀！她走了進來，我們全班起立，遮住了那些骨骼，因此她沒看見，但是當我們坐下之後，骨骼站立如故，於是她再度看到骨骼。確實，他們永遠站著。你承認吧，你有點喜愛他們，特別是真的那具。這我不隱瞞，我確實喜愛，甚至**直到現在，過了那麼多年**，我還喜愛他們，是因為他們自成一格，他們在任何情況之下都特立獨行，處之泰然，特別是在角落那一具，你把他叫做薩維爾那一具。聽著，你剛剛為什麼有幾個詞說得不清不楚：直到現在，過了那麼多年，——你這是要表示什麼，我不明白，我們怎麼啦——難道我們已經不在學校就讀，不上植物課，不跑強身越野賽，不用袋子裝著跟部中空的拖鞋到學校，不寫針對喪失學校信任的說明書嗎？大概沒了吧，大概吧，我們已經不寫、不跑、並且不上課，我們好久不到學校了，我們不是以優異成績從學校畢業，就是因為成績不及格被趕出校門——現在我已經想不起來了。好吧，那離開學校所有這些年我跟你究竟所為何事？我們工作啊。原來如此，那在哪裡，作什麼？哦，在很多不同的地方。開始的時候，我們在父親的檢察機關服務，他把我們帶到他辦公室擔任削鉛筆的工作，於是，我們跟著出席很多法院的開庭。那段日子，父親對已故的薩維爾·諾爾維戈夫進行起訴。那是怎麼一回事？難不成老師幹了什麼錯事？沒錯，新修的法律規定，私人屋頂或庭院的風信旗一律予以銷毀，薩維爾就是不予理會，不把風信旗取下，我們父親便建議法官與陪審員對地理老師從重量刑。於是他在缺席審判的情形下，被處以死刑。真是見鬼，但是怎麼沒人為他辯護？有些地方有人得知關於薩維爾·諾爾維戈夫一案之後，便發生抗議示威事件，但還是維持原案判決。之後，我們便到警報部清掃大院，有一位部長三不五時把我們傳喚到他那兒，他要利用喝茶時間向我們諮詢天氣狀況。我們受人尊敬，深獲好評，被視為很有價值的工作人員，因為部會裡沒有人像我們一樣，一張臉看起來總是戰戰兢兢的樣子。他們已經準備要將我們提拔，晉升為電梯管理員，哪知我們竟很神奇地提出申請，並在札烏澤大夫的推薦之下，進入李奧納多的工作室服務。我們在他那兒擔任學徒，在米蘭城堡的壕溝裡工作。我們做學徒都很謙遜，但話說回來，這位名滿天下的畫家有多少事得歸功於我們，同學某某某！我們協助他觀察四隻翅膀的動物的飛翔，攪拌碾土，運送大理石，製造投擲運動器材，不過，最重要的——糊紙板盒子，並破解字謎。有一回，他叫我們過去：少年人，我現在正在創作一件女人畫像，全部都已畫完，就差臉部；我一片茫然，年紀大了，想像力開始退化，給我出個主意，依你們看，這張臉該是什麼樣子。於是，我們說了：這張臉應該是維塔．阿卡托娃，我們心愛的女老師，當她一如既往走進我們教室上課的樣子。好主意，老藝術大師說道，那麼給我描繪她那張臉，描繪一下吧，我很想看看這個人。我們就描繪了。沒多久，我們便跟李奧納多結算薪資，離職而去：簡直太無趣了，老得研磨顏料，一雙手怎麼洗也洗不乾淨。然後我們做過檢驗員、公車售票員、火車車廂掛鉤工、鐵路郵務部稽查員、衛生人員、挖土機司機、玻璃匠、夜間守衛、河上擺渡人、藥劑師、荒漠的木工、礦坑運輸工、鍋爐工，還有「罪魁禍首」[28]，正確說——磨刀工，更正確是——負責削鉛筆的人。我們就這樣東晃西蕩，西晃東蕩——四處工作，只要有機會殺……，就是只要有機會助人[29]就行。於是，不論我們走到哪裡，

28　「罪魁禍首」（зачинщик），為敘事人的口誤，因與後文的「磨刀工」（заточник）俄語發音相近。

就有人這樣說我們：瞧瞧，他們來了——「那些過來人」。我們對知識充滿飢渴，熱愛真理，是薩維爾及其原則與主張的繼承人，我們為彼此感到驕傲。所有這些年來，我們的生命非常有意思，也非常充實，不過在各種波折起伏之中，我們從未忘懷我們的特教學校，還有我們的老師，尤其維塔老師。我們常常想像著那一刻，她走進了教室，而我們站立著，注視著她，也想像著那些我們直到今日仍然知道的所有一切，但所有這一切——都變成多餘、愚蠢、毫無意義——霎時一去不回，就像我們脱落的皮膚屑、削掉的水果皮，或者振翅而飛的鳥兒。那你為何不談談她走進來時是如何模樣，為什麼不如同「水塔」所說的，給她做個特寫式的描寫？不，不，不可能，這沒有好處，只會讓我們的對話堆砌多餘的東西，我會陷入太多的定義與細節中而糾纏不清。不過，你剛剛提到李奧納多的要求。當時在他的工作室裡，我們似乎可以好好描繪一下維塔老師。可以的，不過我們的描繪卻是簡練扼要，因為我們當時能說的就這樣，不能說的更多了：親愛的李奧納多，您不妨想像一個女性，她如此之美，當您凝視著她的臉龐，您會情不自禁地流下喜悅的淚水。於是——很感激，少年人，感激不盡，——畫家回答，——這夠了，我已經看到這個人啦。好吧，這樣子的話，那描寫一下生物研究室也好，還有我們，那時我們先是站立，後來坐下，你就簡單說說我們當時課堂上出席的同學吧。

那裡有鳥兒的標本，有水族箱、爬蟲類動物飼養箱，九十歲時騎單車兜風的帕甫洛夫的肖像也懸掛在那兒，就吊在半空中，還有各種花花草草的盆子與箱子擺在窗台上，其中有些植物是來自非常遙遠的地方，來自非常遙遠的年代，來自白堊紀的什麼地方。此外——蝴蝶標本與植物標本的收藏品，是好幾代人的心血所收集而來的。我們也在那兒，迷失在綠葉、密林與樹叢之中，陷入顯微鏡、落葉以及染得血淋淋的人類與非人類的內臟模型之間——於是我們上課在其中。拜託，給我河流註冊處的船隻清單，正確說——談談坐在位置上的我們吧。現在我已記不得大多數人的姓氏了，不過，我還記得，譬如說，在我們之中有個男孩，他在打賭的時候可以連吞好幾隻蒼蠅，有個女孩會突然之間站起身來，把全身衣服脫個精光，因為她自認身材很美，——就這樣一絲不掛。有個男孩老把手久久地插在口袋裡，要他擺個別的動作，他就是不會，因為他意志薄弱。有個女孩不停給自己寫信，也不停給自己回信。有個男孩，雙手非常的細小。還有個女孩，大大的

29 可能為故事中人口誤：俄語「殺人」(наложить руки)與「助人」(приложить руки)二詞組發音與結構皆近似，故事中人先說「殺」(наложить)，馬上又改口說「助人」。

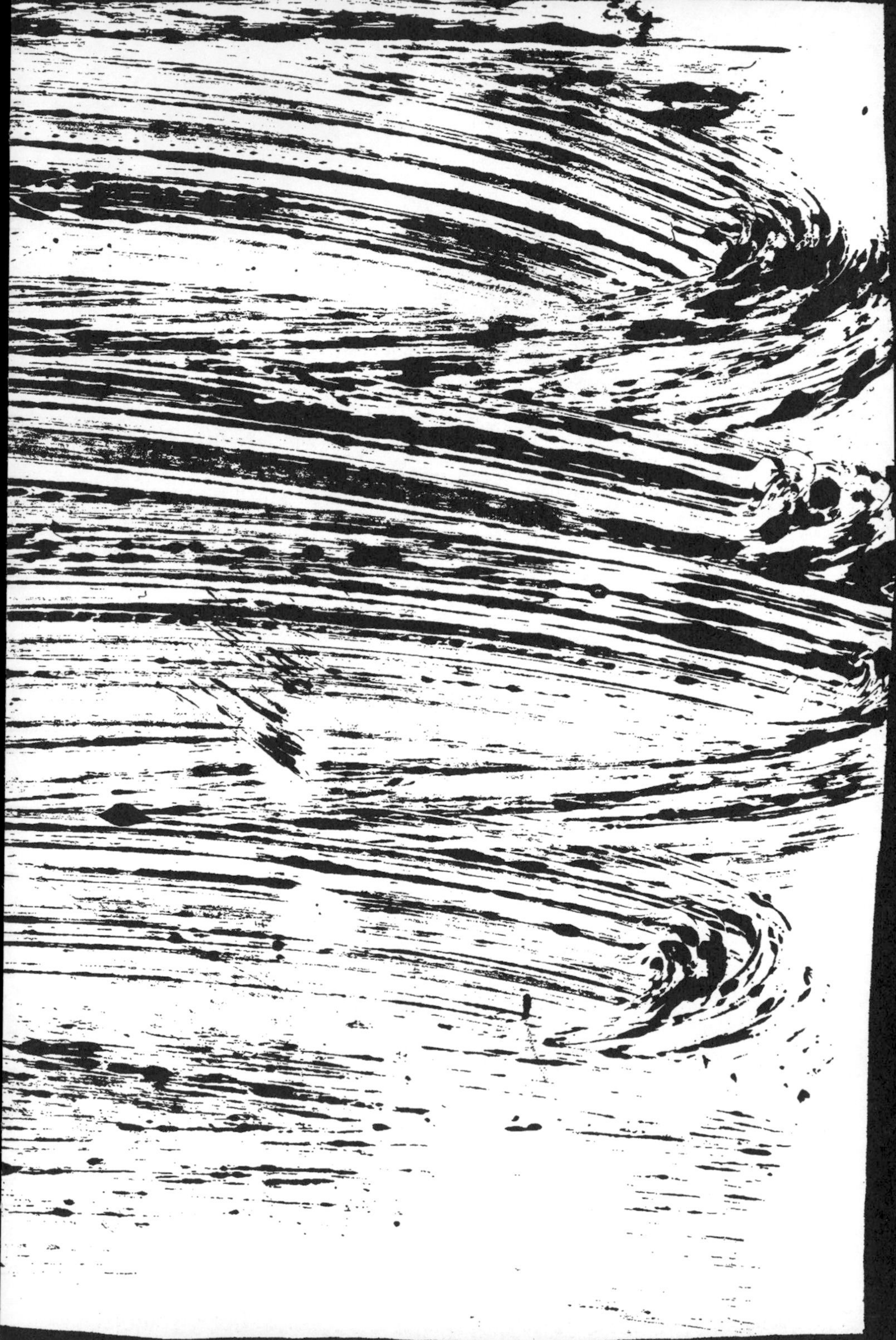

眼睛，又長又黑的辮子，還有長長的睫毛，她讀書成績只拿滿分，哪知她大概在七年級時竟然過世，在薩維爾老師死後沒多久，她對薩維爾老師的情感既甜蜜又折磨，而他，我們的薩維爾老師，也深愛著她。他們相愛在他的別墅，在醉人的勒忒河岸，也在學校這兒，在體育課報廢的護身墊上，在各樓層漆黑的樓梯間，在裘利洛鐘擺條理分明的滴答聲中。還有，可能就是這女孩，我們跟薩維爾老師都把她稱為「風中玫瑰」。對了，可能，也可能根本從來沒有這樣的女孩，她只是我們所虛構的而已，就像世界上其他的一切。這也是為什麼你那耐性過人的媽媽問你：女孩怎樣了，她真的過世了嗎？你該是如此回答：不曉得，關於這女孩我一無所知。於是，她走了進來，我們心愛的維塔老師。她站上講台，便翻開學生名冊，呼叫某人名字：某某同學，請你說說各種杜鵑。那人便開始說呀說的，但是，無論他怎麼說，以及無論其他人與學術性植物書籍怎麼說杜鵑，從來沒有人說到有關杜鵑的重點——維塔老師，妳有聽到我說的嗎？——重點是：杜鵑花在阿爾卑斯山麓什麼地方的草原每分每秒都在生長，它們比我們幸福得多，因為它們不明白愛情，不懂得怨恨，不知道裘利洛的拖鞋制度，甚至不知死亡為何物。即使死亡，也沒什麼好惋惜，它們不會難過。還有樹木，還有小草，還有狗兒——他們都是如此。只有人類，以自我為中心，顧影自憐，才會對死亡感到難過與痛苦。你還記得，就連薩維爾這樣一個完完全全將自己奉獻給學術與學生的人物，都曾經在死後說過：我死亡了，就是不甘心哪。

某某同學，請容許我作為本書作者再度打斷你的發言。事情是這樣，本書也該告一個段落：我的紙張都已告罄，要是你有意再對本書補充兩、三段你生命中的故事，那我要到店裡跑一趟，馬上購買幾疊的紙張才行。很樂意，親愛的本書作者，我確實很想要，但就怕你不會相信我。我可以談談我們跟維塔老師的婚禮，談談我們跟她美滿的生活，還有談談我們別墅聚落所發生的故事，那一天「風之使者」終於開始工作了：那天河水洩出河岸，淹沒所有別墅，沖走所有船隻。某某同學，這非常有意思，聽起來也完全可信，這樣吧，我跟你一塊去買紙張吧，一路上你就把來龍去脈跟我說分明。好吧，「睡蓮」說道。我們嘻嘻哈哈東扯西聊，一下子清點口袋裡的零錢，一下子互拍肩膀，一下子用口哨吹起愚蠢的小曲，我們來到千足般的街道，神奇地變成兩個路人。

Вольте мне, автору,
е повествование.
пора заканчивать:
га. Правда, если вы
сюда еще две-три
зни, то я сбегаю
пазу несколько пачек.
ой автор, я хотел бы,
оверите. Я мог бы
ветой Аркадьевной
иом с ней счастье,
лучилось в данном
ей, когда Насылающий
боту: в тот день река
топила все дачи

Ученик такой-то, п
снова прервать ва
Дело в том, что кни
у меня вышла бу
собираетесь добавит
истории из своей ж
в магазин и куплю
с удовольствием, дор
но вы всё равно не
рассказать о нашей
свадьбе, о нашем бол
а также о том, что
посёлке в один из д
взялся наконец за р
вышла из берегов, за
и унесла все лодк

то весьма интересно
вполне достоверным,
месте с вами
агой, и вы по дороге
орядку и подробно.
Симфеля.
ересчитывая
хлопая друг друга
тывая дурацкие
ые на тысяченогую
образом
прохожих.

Ученик такой-то,
и представляется
так что давайте
отправимся за бу
расскажете всё по
Давайте, говорит
Весело болтая и
карманную мелоч
по плечу и насв
песенки, мы выхо
улицу и чудесны
превращаемся в

關於
薩沙·索科洛夫

宋雲森

薩沙·索科洛夫（Саша Соколов，原名：Александр Всеволодович Соколов），俄國旅居美國後現代主義小說家兼詩人，一九四三年十一月六日出生於加拿大渥太華，父親弗謝沃洛德·索科洛夫少校當時於蘇聯駐加拿大大使館擔任助理軍事專員。他於一九七六年在美國出版的《愚人學校》（Школа для дураков）讓他聲名大噪，從此崛起世界文壇。他現雖擁有加拿大國籍，但大多時間旅居美國。

一九四六年，父親因遭加國政府指控從事間諜工作，而被驅逐出境，於是三歲的索科洛夫隨父母返回蘇聯，並於次年定居莫斯科。在蘇聯就讀小學階段，即因性好自由，不喜受管束，而在學校給自己惹出不少麻煩。他常常寫一些挖苦老師的俏皮話或短詩，在同儕之間流傳。索科洛夫自小喜愛文學，十二歲時即開始嘗試寫作中篇冒險小說。

一九六一年，他中學畢業，在醫院太平間擔任衛生員，後轉到實驗室從事標本製作。一九六二年，進入軍事外語學院就讀，卻於第二年試圖非法穿越蘇聯邊境進入伊朗轉赴西方，但企圖未果，遭到逮捕，並受監禁，在父親奔走下才獲釋放。此後多次嘗試逃離蘇聯，都未獲成功。

一九六五年，遭軍事外語學院退學，應與企圖逃離蘇聯有關。這一年又因拒絕接受徵召入伍，假裝患有精神疾病，在軍方醫院待了三個月。同年，加入文學團體《史墨格》(СМОГ)，其實《史墨格》是勇氣(Смелость)、思想(Мысль)、形象(Образ)與深度(Глубина)的縮寫，不過他們卻戲稱為「最年輕的天才社團」(Самое Молодое Общество Гений)，成員都是莫斯科一些前衛、浪蕩的文學人士。這年他開始以匿名「維力高實」(Велигош)在地下文學雜誌《前衛》發表詩歌作品。

一九六七年，他考進莫斯科大學新聞系，並開始寫作隨筆、短篇小說與文學批評，發表於文學雜誌上。一九六八年，他的短篇小說《老領航員》發表於《我們的生活》，獲得頒發《有關盲者最佳短篇小說獎》。一九六九年，大學三年級，申請轉入莫斯科大學函授部，並開始在報社《文學俄羅斯》擔任記者。一九七二年，大學畢業，離開《文學俄羅斯》，在卡利寧省（今改名特維爾省）謀得職業獵師的工作；後來，攜帶妻子遷居高加索，並服務於報社《列寧旗幟》，但因與編輯起衝突而遭解雇，獨自遷回莫斯科。

一九七三年，索科洛夫完成長篇小說《愚人學校》。這部作品採意識流手法，從一個患雙重人格的青少年的眼光描繪他周圍的世界與人物，深具批判性，不符蘇聯官方既定之「社會主義現實主義」文學路線，未獲蘇聯當局核准出版。於是，他透過當時在莫斯科大學教授德語的奧地利人史丹朵爾（Johanna Steindl）女士，將作品偷偷送往西方，尋求出版機會。一九七四年，大女兒亞麗桑德拉出世，沒多久便與第一任妻子結束婚姻關係。他與加拿大駐莫斯科大使館接觸，企圖謀求離開蘇聯的機會，遭到蘇聯特務單位隨時監視。一九七四至一九七五年其間，索科洛夫在莫斯科近郊的圖希諾擔任鍋爐工。他並與史丹朵爾多次申請結婚，未獲批准，史丹朵爾甚至被沒收蘇聯簽證，強迫出境。因史丹朵爾前往蘇聯駐維也納大使館進行絕食抗議，於是在奧地利總理的介入下，索科洛夫才得於一九七五年十月獲准離開蘇聯，移居奧地利維也納。這年，他與史丹朵爾在維也納結婚，並在家具工廠擔任木工。

索科洛夫的小說《愚人學校》原稿幾度輾轉，終於落到美國一家專門出版俄文作品的出版社——《阿爾迪斯》（Ardis）手中。《愚人學校》屬後現代主義小說，誨澀難懂。出版社將作品交予著名流亡美國俄裔作家、當代小說之王——納博科夫（В. В. Набоков, 1899-1977）審閱，獲得納博科夫高度推崇。《愚人學校》於一九七六年在美國出版之後，深受美國與西方文學批評界的欣賞，暢銷歐美各地。於七十年代末，《愚人學校》也經由地下出版界（самиздат）刊登，在蘇聯流傳。

一九七六年底，索科洛夫由維也納移居美國。一九七七年三月，兒子出生。一九七八年春，完成第二部長篇小說《狗與狼之間》（Между собакой и волком）初稿，但出版社與友人評價不一，索科洛夫著手修改初稿。這部作品與《愚人學校》一樣，具有某種程度的自傳性色彩，與作者當年擔任職業獵師的工作有關。但因《狗與狼之間》的文字比《愚人學校》更艱難、深澀，翻譯成英文更加困難，於一九八〇年問世後，在美國與西方市場的接受度大不如《愚人學校》。不過，《狗與狼之間》於列寧格勒（今名聖彼得堡）的地下文學雜誌《鐘》出版後，深獲俄國讀者好評，於一九八一年獲得該雜誌頒發「安得烈·別雷文學獎」（Премия Андрея Белого）。

一九八〇年，索科洛夫在美、加各地演講，並執教於加州蒙特利的「米多貝利國際研究學院」（Middlebury Institute of International Studies at Monterey）。索科洛夫日益風靡美國，美國「斯拉夫暨東歐語教師協會」於一九八四年十二月特別以《索科洛夫與前衛文學》為題，舉辦研討會。一九八五年，索科洛夫的第三部長篇小說《紅木》（Палисандрия）出版。這部作品集歷史小說、驚險小說、回憶錄等體裁於一爐，諷刺史達林與後史達林時代蘇聯社會之菁英分子。

一九八六年，索科洛夫獲頒蘇聯「《十月》雜誌文學獎」（Премия журнала «Октябрь»）。二女兒瑪麗亞也於這一年出生於紐約。由於戈巴契夫於一九八五年上台，擔任蘇聯共黨總書記，實施開放政策，允許蘇聯發行俄國流亡海外作家的作品。於是，八〇年代末，俄國文壇形成強大的「回歸文學」浪潮。在這波浪潮中，索科洛夫的作品終於脫離地下，得於一九八九年開始在蘇聯合法發行。索科洛夫也於此時訪問莫斯科，這是他自一九七五年離開蘇聯後首次返回祖國。

索科洛夫後來又與第二任妻子史丹朵爾離婚。接著，經歷幾段婚姻，目前太太是美國划船教練瑪琳．洛依(Marlene Royle)女士。

索科洛夫在俄國聲名大噪，於一九九六年獲頒「普希金文學獎」(Пушкинская премия)。之後經過十年，於二〇〇七年發表隨筆與演講之匯編：《驚慌的小洋娃娃》(Тревожная куколка)；二〇〇九年，出版長詩《瞭望塔》(Газибо)；二〇一一年，出版詩集《三聯畫》(Триптих)，包括《推理》(Рассуждение, 2007)、《瞭望塔》、《愛鳥人》(Филорнит, 2010)三篇長詩，後又出版即興之作——詩體散文《穿越捷普森》(Пересекая Тепсень)；二〇一二年，於加拿大多倫多出版《受絞刑者之家：隨筆與自由詩》(In the House of the Hanged: Essays and Vers Libres)。

雖然索科洛夫本身對俄國經典文學有深入研究，他的文學創作卻採用很多後現代主義手法與意識流技巧，在文字、敘事、人物等方面喜顛覆各種傳統與規則。他的長篇小說不重視情節的合理性與結構的完整性。在文字上索科洛夫用心最深，他把自己的小說創作，用一個自創的俄語新詞稱呼：прозэзия（散文詩），也就是散文（проза）與詩歌（поэзия）的結合體。因此，有研究者表示：「索科洛夫筆下的主角是他的文字」。

關於《愚人學校》

宋雲森

索科洛夫的《愚人學校》(Школа для дураков, 1976)是奠定俄國二十世紀後現代主義文學的代表作之一。俄國二十世紀後現代主義思潮濫觴於六〇年代末，此時的蘇聯社會正值「解凍時期」結束未久。這批俄國後現代主義文學的奠基人(除索科洛夫外，還有葉羅費耶夫、布羅茨基、比托夫等)都敏銳感受蘇聯社會的虛假與僵化，因此他們深具強烈的批判性與反思能力，並在作品中突出主觀抒情與自白色彩，努力尋求文學手法與體裁形式的新穎與多樣。

《愚人學校》的主角是一位具雙重人格的青少年，被送到弱智兒童學校就讀。小說透過主人翁的主觀認知，展現主人翁身旁的世界與人物。主人翁的世界包括他的家庭、學校、居家的城市與城外的別墅區。小說中，真實與幻想混淆難辨，過去、現在與未來互相交錯，故事地點不斷跳動，情節彼此穿插，生與死沒有界線，敘述常常話中有話，讓人費解，形成一個多層次的迷宮，在在考驗讀者的耐性與學識。

對於《愚人學校》，西方與俄國的讀者在網路上的評價呈現兩極化，有人誇之為「精彩絕倫，難得一見」，有人斥之為「不知所云，不值一讀」，也有人認為本書具「心理治療」的功效。不過，東西方的批評界對本書的反應似乎是褒遠大於貶。無論如何，必須承認，它是一部很特殊的長篇小說，深具原創性，並獲得一九八七年諾貝爾文學獎得主——布羅茨基（И. А. Бродский, 1940-1996）、當代小說之王——納博科夫（В. В. Набоков, 1899-1977）等著名流亡美國俄裔作家的讚譽。例如納博科夫將《愚人學校》稱為「風采迷人、充滿悲劇、感人肺腑的書籍」。在納博科夫的背書之下，本書在美國與西方廣受注意。本書出版至今已四十年，被翻譯成二十種以上文字暢銷世界各地。

以下分「文字密碼」、「敘事風格」、「小說結構」與「小說體裁」等方面介紹《愚人學校》。其中對本小說的解讀僅代表筆者個人拙見，筆者不敢妄稱這是小說的標準答案，因為標準答案是後現代主義者所極力反對的，他們歡迎各人有各人的詮釋。

文字密碼

索科洛夫表示：「對於我來說，作家的意義在於他的語言，我需要語言。」索科洛夫在文學創作中念茲在茲的是文字如何創新，如何突破前人。透過自創的詞彙、新奇的句型、顛覆性的語法、文字的音響效果等，他呈現各式各樣的隱喻、反諷、戲擬(parody)、人物心理等。《愚人學校》本文還未開始，作者便玩弄起文字遊戲，即使俄國讀者也不見得都有能耐理解這些文字的暗示。以下我們嘗試對小說本文之前的一段獻詞與三段引文進行解碼。

首先，小說一開始的獻詞是「獻給一個弱智男孩，維佳．波里雅斯金，也是我的朋友與鄰居」。索科洛夫曾經在接受訪問時指出，這段文字是虛構的，也就是實際上並沒有維佳．波里雅斯金這個弱智男孩的存在。既然如此，這段文字的用意為何？其實，獻詞裡面暗示本小說的重要主題。重點在於維佳．波里雅斯金這個俄文名字。維佳．波里雅斯金的俄文是Витя Пляскин，它源自виттова пласка一詞，也就是精神醫學裡的「舞蹈症」，俄文另外的名稱是хорея或пляска Свитого Витта，英文的名稱是chorea。

所謂「舞蹈症」，是人類可能因先天遺傳，也可能因後天感染，運動神經受損，而造成肢體做無法控制的不規則運動，類似手足舞蹈，有時甚至記憶受損，影響思考。這裡作者暗喻「舞蹈症」，是借用它「不受控制的不規則運動」的概念。因此，由小說的獻詞：「獻給一個弱智男孩，維佳．波里雅斯金」，我們可獲致以下推論：其一，小說是關於一個弱智男孩的故事；其二，逃脫社會僵化之規則的控制是小說的重要主題之一；其三，本小說的創作風格也是不遵守各項既定規則。

接著，討論小說本文之前的第一段引文：「這時候，薩維爾，也就是帕維爾，被聖靈充滿，瞪著眼看他，說：『呵，你這魔鬼的兒子，充滿各樣詭詐奸惡，是眾善的仇敵，你還不停止扭曲主的正道嗎？』」這段文字引用自《聖經．使徒行傳》，十三章，九至十節。「薩維爾，也就是帕維爾，被聖靈充滿……」透露以下訊息：小說中人物大都具雙重名字或雙重人格。小說中的薩維爾，也就是帕維爾（根據英文的翻譯為「掃羅」與「保羅」）與聖經中的同名者有精神上的聯繫，傳達著類似上帝的訊息。另外，引文中薩維爾（帕維爾）怒斥：「你這魔鬼的兒子」、「是眾善的仇敵」。聖經中薩維爾（帕維爾）的怒吼也代表小說中薩維爾（帕維爾）內心的抗議，因為小說中薩維爾（帕維爾）的言行與精神受到反面人物的敵視與迫害。小說中的薩維爾（帕維爾）是一個崇尚自然，追求自由，反對權威與教條的地理教師。小說中的反面人物則是威權體制與僵化思想的代表，包括主人翁的檢察官父親、精神科大夫札烏澤、特教學校校長裴利洛、教務主任丁柏根太太（特拉荷琴柏格）。

再討論第二段引文：「驅趕、撐住與奔跑；欺侮、聽說與見到；旋轉、呼吸與依賴；還有仇恨與忍耐」。這是一組違反規則變化的俄語動詞，並按俄語韻律排列，不過，這兩項特徵無法表現在漢語譯文中。此外，譯者為顧及漢語翻譯中押尾韻的需求，而將原文中幾個詞的先後次序調換。作者透過這些不規則變化的俄語動詞，表示本篇小說將不按牌理出牌，將打破很多小說創作的既定原則，超乎讀者的期待。另外，索科洛夫將這些動詞按俄語韻律排列，也透露作者喜好在散文中玩弄音響效果的特質。這些音響效果包括：韻律、狀聲詞、近音詞、語音的聯想等。不過，索科洛夫的這項文字特色有時無法表現在漢語翻譯之中。

至於第三段引文：「同樣的名字！同樣的長相！」，這兩句話引用自美國作家愛倫坡（Edgar Allan Poe, 1809-1849）的短篇小說《威廉．威爾森》（William Wilson, 1839）。這段引文再度強調，本書是關於人物的雙重人格。首先，主人翁也是故事敘事人，是雙重人格疾病的患者。《愚人學校》即是由主人翁的兩個「我」的對話拉開小說的序幕，並貫穿全局（第二章例外），其間不時揭露兩個「我」之間的競爭與衝突。

敘事風格

《愚人學校》是一部荒謬、晦澀、錯亂的意識流小說。故事的敘事是隨人物跳動、飄忽、迷離的意識而流轉變化。這種未經深思熟慮、未經嚴密安排的流動意識，是索科洛夫想要迅速捕捉的。因此，在他筆下，故事敘述人想到哪裡就說到哪裡，場景快速跳動，時空不斷轉移，不相關的情節互相交錯，邏輯跳躍，無跡可尋，常讓讀者丈二金剛摸不著頭腦。例如：

> ……在十二月天的一個下午，車站裡竟然還會有小吃店。而且裡面還將會傳來歌聲——狂野而沙啞。**喝口茶吧，閣下，——茶要冷掉了**。談談天氣吧。準確說，談談暮色。趁著你還年少，多體會寒冬暮色吧。此時暮色降臨。日子難熬啊，離開窗前一下也不行。關於明日功課，大家所知道的科目中一科也沒做完。簡直是個童話故事。院子裡，暮色籠罩，雪是灰燼般的深藍顏色，或是鴿子翅膀的顏色。功課還沒做完。心臟是夢幻般的虛空，腹腔神經叢也是夢幻般的虛空。承載著整整一個人的憂愁。你還小。不過，你明白，你都已明白。媽媽說道：這一切都會成為過去。童年會成為過去，就像橘紅色電車發出叮噹響聲，越過大橋，四下噴灑出幾乎不存在的點點火花。領帶、手錶、公事包。跟父親的一樣。但是，將會有個女孩，沉睡在河邊的沙灘上——一個單純的女孩，有一對單純的睫毛，穿著潔淨貼身的游泳褲裙……

由以上一段文字，我們可以看到，故事敘述人（具雙重人格的青少年）談到冬天的小吃店，突然邀請對話人（阿卡托夫院士）喝茶，接著，是對話人有關寒冬暮色的談話，但中間又穿插他想到功課沒做，隨即又轉到對話人有關人生虛空與憂愁的感慨，這時他的思想卻跳到媽媽的談話，再聯想到電車，與電車乘客的領帶、手錶、公事包，更進一步聯想到父親，然後，意識出其不意地流動到他心儀的女生。短短的敘述內容裡，空間迅速移動：歌聲狂野的小吃店、寒冬暮色的院子、胸腔的虛空之境、奔馳的電車外面、河邊的沙灘；時間也從十二月寒冬穿梭到炎炎夏日（由「穿著潔淨貼身的游泳褲裙」判斷）。這段文字內容跳動分割，前後不相連貫，作者只是企圖按人物念頭閃現的先後做紀錄，呈現人物瞬息萬變的心理世界。其中，人物的「自由聯想」也是意識流作家的重要寫作技巧。根據佛洛伊德的精神分析理論，人類頭腦具聯想能力，如果讓它自由馳騁，一些似乎是不相干的人事情景會由前意識與潛意識的世界一一浮現，它們象徵著人類潛抑的欲求。

另外，特殊的詞彙、詭異的句型，甚至標點符號的顛覆性用法，都是索科洛夫表現人物深層心理與創造小說氣氛的重要手段。其中，作者喜用不帶標點符號的文字，短則幾句話，長則四、五頁，連續不斷，不但不分段，更是未加一個標點符號，最受人矚目。《愚人學校》中採用不帶標點符號的文字的情境包括：人物在半睡半醒之間，思想模糊；情緒激動；熱情澎湃；心慌意亂；心虛緊張；陷入沉思；草木陷入沉睡之中等。例如：鐵道郵務辦公室的主管問他睡夢中的太太，他的睡衣是自己縫的還是買的，這時他的太太意識模糊，思緒渾沌，作家便用一長段不帶標點符號的文字做為太太的答覆，表現她處於意識模糊、思緒渾沌的狀態：

是縫的不對是買的下著雪很冷我們從電影院回家的路上我想到我這丈夫這個冬天將沒有保暖的睡衣剛好看到一家百貨公司而你留在街上買幾根香蕉……然後在男性內衣部門一下子看到這件睡衣還有中國式長褲與上衣如此毛茸茸的始終拿不定主意該買什麼好總的來說我較喜歡長褲又不算貴顏色又好看可以穿著睡覺呢去上班時也可穿在裡面也可穿著走在家裡……

至於人物的激動情緒，索科洛夫也會以不帶標點符號的文字表現。例如，故事主人翁幻想著要去與暗戀的女老師維塔會面，洶湧澎湃的熱情吶喊似乎要從胸懷迸發而出：「維塔維塔維塔維塔這是我啊特殊教育學校的學生某某某啊給我回個話吧我愛妳」。

不帶標點符號的文字也是索科洛夫暗示人物心虛、心情緊張的手法之一。例如，主人翁的媽媽帶著主人翁去上音樂課，其實她是去和音樂老師幽會。在電氣列車上與列車查票員談到帶兒子上音樂課一事，她突然變得口齒不清：

……我們有點遲到，趕不上十點的課，不過我們會補課的下車站的時候我們會走得比平常稍微快一點啦我兒子的老師很有才華他是作曲家確實他不是很健康你們也知道那是在前線打戰但是非常有才華還有他孤家寡人的一個人住在一間有塔樓的老屋子裡呢你們都理解他那兒不是很舒適而且常常很凌亂但是這又有什麼打緊呀如果事關兒子的命運的話……

此外，意識流作家偏愛運用「內心獨白」(interior monologue)的技巧，以揭露人物的心理活動，最佳例子包括愛爾蘭作家喬伊斯(James Joyce, 1882-1941)的小說《尤利西斯》(Ulysses, 1922)、美國作家福克納(William Faulkner, 1897-1962)的小說《喧聲與狂怒》(The Sound and the Fury, 1929)等。這種「內心獨白」被應用於

《愚人學校》，但作為故事敘事人的主人翁是一個患雙重人格的青少年，因此「內心獨白」的技巧被顛覆得錯綜複雜，眼花撩亂：其一，「內心獨白」的那個「我」，到底是「這個我」，還是「另外一個我」，他們思想不同，觀點不一，經常互相抬槓；其二，有時這兩個「我」又合而為一，以「我們」身分敘述故事；其三，「我」的「內心獨白」常常變成兩個「我」的「內心對話」；其四，兩個「我」的「內心對話」之中，又不時夾雜與其他人物（薩維爾老師、阿卡托夫院士、母親等）的對話，而且對話之間常常不使用引號與冒號，也不指出說話人。這種對話貫穿全書（第二章例外），讓小說的敘事變得晦澀複雜，混淆難懂。例如：

> 小伙子，您怎麼了？您睡著了嗎？啊，什麼？不是啦，怎會呢，我只是稍微陷入沉思，不過，現在已經回神了，不用擔心……我有一個朋友——跟我在同一班讀書的——宣稱，他從什麼地方弄到整整一桶的硫酸。不過，或許他是說謊，誰知道。總之，他準備把父母溶解在桶子裡。不，不是所有人的父母，而只有自己的父母。我覺得，他不喜歡自己父母。怎樣，閣下，我認為，他們正在採收當年他們自己播種的果實，因此輪不到我和您來論斷誰

是誰非。沒錯，小伙子，沒錯，輪不到我和您……還是回到我們這些蠢蛋吧，閣下。同樣是那個美好的月分的一天，特教學校裡傳言，薩維爾老師您竟像是「按照梭魚的命令」一樣，遭到解聘。

那時我們都坐下來寫陳請書……

以上這段文字，敘事複雜，考驗讀者的耐心與細心。首先，阿卡托夫說話：「小伙子，您怎麼了？您睡著了嗎？」，「我」回答：「啊，什麼？……我只是稍微陷入沉思……不用擔心」；接著，「我」又說：「我有一個朋友……總之，他準備把父母溶解在桶子裡」，「另外一個我」反駁：「不，不是所有人的父母……他不喜歡自己父母」；然後，「我」對阿卡托夫說：「還是回到我們這些蠢蛋吧，閣下」。之後，「我」敘述學校的事情，並轉向薩維爾說：「您竟像是……遭到解聘」；最後，「我」與「另外一個我」合而為一成為「我們」，一起寫陳請書。

不過，以上所述之意識流敘事手法在《愚人學校》第二章〈此時此刻〉中幾乎不採用。由十二篇極短篇（各篇只有兩、三頁）組成的第二章中，僅有〈巡夜者〉一篇小故事運用「內心獨白」的意識流敘事技巧，其他皆與意識流無關。正如

第二章的小標題「寫作於陽台之短篇故事集」所透露的，作者以平易近人的語言與口吻娓娓道來，好像在跟鄰人述說大家身旁的人與事，尤其〈一連三個夏季〉、〈河岸沙丘〉兩篇，作者甚至與讀者直接對話。《愚人學校》其他各章雖然企圖將讀者帶到意識迅速流動的人物內心世界，卻讓人讀之晦澀難懂，而第二章則讓讀者有親切可喜、簡單易懂的感覺。

《愚人學校》的其他各章是透過具雙重人格男孩第一人稱的一個「我」或兩個「我」敘述故事，雖然這兩個「我」經常有矛盾，但矛盾中形成統一的觀點。但第二章是十二篇故事，各由不同人物說故事，有男女老少（第一人稱敘事），更有如上帝的局外人（第三人稱敘事），因此，敘事觀點並不一致。第二章有的故事採用第三人稱觀點的敘事方法，也就是敘事人非故事中人，這些故事包括第一篇〈最後一日〉、第七篇〈博士論文〉、第八篇〈城郊地區〉、第十篇〈土方工事〉、第十一篇〈巡夜者〉、第十二篇〈此時此刻〉（本章以此篇為名）。有的故事採用第一人稱觀點的敘事方法，也就是敘事人是故事中人，這些故事包括第二篇〈一連三個夏季〉、第三篇〈跟往常的星期日一樣〉、第四篇〈補習教師〉、第五篇〈有病的女孩〉、第六篇〈河岸沙丘〉、第九篇〈荒地之中〉。

小說結構

其實，不論是敘事，還是語言、人物、情節等方面，第二章與《愚人學校》其他部分都大異其趣。因此，就結構而言，由於第二章穿插其間，讓《愚人學校》一書顛覆了傳統的長篇小說，也讓已經是晦澀難懂的小說更顯得詭異。

《愚人學校》本質上是長篇小說，共五章，但卻穿插由十二篇極短篇小說構成的第二章，其中，僅第三篇的〈跟往常的星期日一樣〉在人物與情節方面，明顯與《愚人學校》有密切關係，另外，第五篇的〈有病的女孩〉與第十篇的〈土方工事〉的主角有可能是《愚人學校》中的次要角色，〈有病的女孩〉中的女主角可能是長篇裡的「玫瑰」（或「風中玫瑰」）；〈土方工事〉裡的主人翁有可能與長篇裡的丁柏根太太的同居人特里豐·彼得洛維奇是同一位挖土機司機。其他各篇與《愚人學校》似乎沒有多大聯繫。若說有，第二章各篇與《愚人學校》其他部分可能的聯繫是：情節都發生於城市與郊區別墅之間。

同時，第二章的各篇小故事之間的聯繫似乎不大。可能的聯繫是：第三篇的

〈跟往常的星期日一樣〉與第五篇的〈有病的女孩〉都有玻璃匠，卻不知他們是否同一人；第四篇〈補習教師〉中的故事敘事人後來成為車站女報務員，不知與第九篇的〈荒地之中〉出現的車站女報務員是否為同一人。另外，各故事間的共同性還有：正如之前所言，故事地點具一致性（城市或別墅區）；情節都是這一地區人物生命中的一段軼事。最後，透過第一篇〈最後一日〉與最後一篇〈此時此刻〉在人物與情節的銜接，而讓本章在結構上奇異地前後串連。

由於索科洛夫強調呈現人物飄忽迷離的內心與衝突矛盾的人格，並不重視小說結構與布局，因此他的作品顯得結構較為鬆散，例如《愚人學校》的五章之間，即使扣除第二章，情節的聯繫並不嚴密。當然這與後現代主義作家的世界觀也有密切關係。後現代主義作家一向反對完整與統一的世界觀，包括統一的小說結構。另外，後現代主義藝術家也想方設法迴避小說的結局，因為他們認為，小說不可能成為一個完成的整體。這也是為何《愚人學校》的結局是：故事敘事人的兩個「我」變成兩個路人，嘻嘻哈哈一起買稿紙去，準備繼續寫故事。這個結局不太像小說的結束，倒似故事的開端。

後現代主義作家在創作中反對遵循單一的原則，這種審美觀反映在他們多元化的體裁形式。他們也歡迎對作品的多元化詮釋。《愚人學校》讓人驚奇的是：它融合多種體裁於一身。這些體裁包括教育小說、心理小說、諷刺小說、使徒行傳、聖經故事、田園詩、民間故事等。

《愚人學校》描寫青少年的主人翁與環境（家庭，尤其是學校）發生衝突，經過一段發展的教化過程，逐漸走向成長。因此，將本書列為「教育小說」（роман воспитания）應當毫無疑問。「教育小說」產生於啟蒙運動時代的德國，德文名稱是Bildungsroman。歌德（Johann Wolfgang von Goethe, 1749-1832）的小說《威廉·邁斯特的漫遊年代》（1807-1821）是第一部教育小說，而佛雷塔克（Gustav Freytag, 1816-1895）的小說《借方與貸方》（1855）則為教育小說的經典之作。但是，《愚人學校》與一般教育小說仍有不同：一般教育小說中，主人翁在成長過程逐漸認識自己與周圍環境，並與現實環境達成和解；《愚人學校》中，主人翁在成長過程學習到的是如何維持自己的純真與理想，不受現實環境（愚人學校）的污染。

《愚人學校》也類似於愛倫坡的短篇小說《威廉．威爾森》，是描寫雙重人格的心理小說，但是，索科洛夫的筆下將雙重人格的詮釋更往前推進，打破正常世界與非正常世界的界線，因為主人翁身邊幾乎所有的正常人也具雙重人格，例如：薩維爾（帕維爾）是酷愛自由、充滿智慧的人物，卻與自己未成年的女學生偷情；主人翁的媽媽對兒子充滿愛心與耐心，卻背著丈夫與音樂教師有婚外情；丁柏根太太（特拉荷琴柏格）是學校教務主任，卻與住宅管理人有染，並逼死自己丈夫；鄰居的一個助理檢察官竟然有偷竊的習慣。

諷刺小說以揭露、嘲諷、批判或抨擊的手法，描寫現實生活中醜陋、腐敗、落後的人、事、物。《愚人學校》諷刺的對象是供弱智生就讀的特教學校、學校校長裴利洛、教務主任丁柏根太太（特拉荷琴柏格）與主人翁的父親。特教學校的教育與規定處處充滿威權與教條，壓制個人自由，違反自然與人性，例如「拖鞋制度」即是勞民傷財、違反人性的措施；裴利洛在學校裡睥睨四方，是威權制度的代表人物，他永遠是一臉陰沉、滿身疲憊；丁柏根太太則宛如學校的特務，隨時監視學校師生的一舉一動，向校長報告，並提出各種懲罰手段，薩維爾（帕維爾）老師即是她的受害人；主人翁的父親是檢察官，是當前體制與法律的維護者，在他眼中全世界的人都是壞人，他的鄰居都是賤民和醉漢，把這些人繩之以法是他最大的任務。索科洛夫對這些人與事的嘲諷被視為對當時蘇聯社會的批判，因此，《愚人學校》未獲當局同意出版，作者只好偷偷送往西方發行。

使徒行傳的體裁表現於小說中對薩維爾（帕維爾）老師的描寫。除了名字外，薩維爾（帕維爾）與聖經中的掃羅（保羅）還有多項的共同點：其一，都是身材矮小，其貌不揚；其二，掃羅皈依耶穌基督之後，成為使徒保羅，努力宣揚基督的福音，而小說中的薩維爾（帕維爾）則不時傳遞類似基督福音的訊息與發人深省的哲理，例如他所敘述的《荒漠中的木匠》的寓言不但隱喻耶穌基督被釘上十字架的故事，也傳達「……被釘上去的人就是你自己，你被釘上十字架的時候，動手釘鐵釘的還是你自己……」的宗教理念；其三，使徒保羅受到猶太教當局的迫害，而薩維爾（帕維爾）則受到特教學校的迫害。

至於聖經的故事，則以「戲擬」方式體現在小說裡老郵差米赫耶夫（米德維傑夫）身上，米赫耶夫「擺出一個手勢，後來這種手勢被銘刻在很多古代的聖像與壁畫裡：那隻手印證仁慈，那隻手表示恩賜，那隻手召喚人們並撫平人心，這時手臂彎曲，與手肘和手腕折疊在一起——手掌則朝向一塵不染、光芒萬丈的天空，一副世界創造者的手勢」，簡直是聖經中上帝的翻版。另外，綽號「風之使者」的米赫耶夫幻想著「這陣陣的風兒……到傍晚時候定會轉變成暴風雨，轉變成大雷雨……河流將氾濫，溢出河岸，淹沒別墅，淹沒所有陽台上沸騰的茶具與煙味嗆人的煤油爐，淹沒籬笆上每個信箱……」，讓人聯想到聖經中上帝對人類的懲罰。

此外，《愚人學校》裡對大自然的描寫簡直就是田園詩（pastoral）。大自然在小說中不但佔有很大的篇幅，還刻畫得細膩、優美、感人，尤其是別墅區的河流沿岸，「四周變得如此美……只要我往河流一瞧，看到對岸……樹林是如此五彩繽紛，我就開始哭泣，拿自己一點辦法也沒有……」；「就在河灣處，那兒這樣的百合，以及黃色的睡蓮多得是，多得沒人想去動它們，最好就是如此坐在小舟上，看著它們，一株株個別看或者全部一起看都可以。在那兒可以看到藍色蜻蜓，拉丁語叫作*simpetrum*，還有動作快速、神經兮兮的水黽，很像長腳蜘蛛，另外，薹草之間悠游著一群鴨子，實際上，就是野鴨。牠們顏色有些斑駁，發出珍珠似的光澤。那兒還有河鷗：牠們把鳥巢藏在島上，藏在所謂的垂柳之間，也就是那些枝葉低低下垂、發出銀光色的柳樹之間」。小說主人翁將這條河流稱為「勒忒河」（Lethe），勒忒河是希臘神話中冥府的一條河流，死者飲其水，即盡忘前生事。小說主人翁經常倘佯其間，在這裡他逃避學校之壓力，也逃避與父親的衝突。大自然在索科洛夫筆下象徵對單純生命的回歸與對人為權威與教條的對抗。

俄羅斯民間故事多次出現在《愚人學校》之中。其中，〈吱吱嘎嘎〉故事中擄走小女孩的灰熊影射的對象主要是負面人物——教務主任，又是主人翁鄰居的丁柏根太太，她另一個封號叫「老巫婆」；另有俄國成語「按照梭魚的命令」，引用自俄國童話故事《傻子葉梅利亞》，「按照梭魚的命令」在童話故事中，宛如神奇的咒語，具有不可思議的力量，在《愚人學校》中它被用來暗諷負面人物裴利洛校長神通廣大，為所欲為。

當然，小說中還有大大小小其他體裁的運用，例如：主人翁的陳請書變成自白書，薩維爾的遺囑宛如一篇告別演說等。各種不同體裁或者暗示主題，或者配合情節作戲擬，或者嘲諷人物，或者象徵某種理念等，它們融合於一書之中，讓《愚人學校》形成一種獨特的體裁與風格。

作者 薩沙．索科洛夫
翻譯 宋雲森
編輯 邱子秦、許睿珊
發行人 林聖修
設計 盧翊軒@見本生物
插畫 Galina Popova
出版 啟明出版事業股份有限公司
地址 台北市敦化南路二段59號5樓
電話 02-2708-8351
傳真 03-516-7251
網站 http://www.cmp.tw
服務信箱 service@cmp.tw
法律顧問 北辰著作權事務所
印刷 漾格印刷企業有限公司
總經銷 紅螞蟻圖書有限公司
地址 台北市內湖區舊宗路二段121巷19號
電話 02-2795-3656
傳真 02-2795-4100
中華民國 106年6月 初版
ISBN 978-986-93383-6-3
定價 NT$ 700元 HK$ 200元

愚人學校

國家圖書館出版品預行編目(CIP)資料
愚人學校 / 薩沙．索科洛夫 (Sasha Sokolov) 作；
宋雲森譯．-- 初版．-- 新竹市：
啟明，民106.06
面； 公分
ISBN 978-986-93383-6-3(平裝)
880.57 106006609

ИНСТИТУТ ПЕРЕВОДА
AD VERBUM

Published with the support of the Institute for Literary Translation (Russia)